조선의
핫플레이스

강원의 명소

조선의
핫플레이스
강원의 명소

2023년 3월 20일 초판 1쇄 발행

글   권혁진
펴낸이   원미경
펴낸곳   도서출판 산책
편집   김미나 정은미

등록   1993년 5월 1일 춘천80호
주소   강원도 춘천시 우두강둑길 23
전화   (033)254_8912
이메일   book4119@naver.com

ⓒ 권혁진 2023
ISBN 978-89-7864-118-0 정가 18,000원

조선의
핫플레이스

강원의 명소

글 권혁진

  강원일보에 '조선시대 핫플레이스, 강원의 명소는 지금'이라는 제목으로 연재했다. 문인들의 시문이 남아있는 강원도의 명소를 소개하는 형식이었다. 기간이 다 되어 연재를 그만두게 되었는데, 시원함이 앞섰던 것 같다. 글을 쓰는 것은 언제나 괴로움을 동반하니까. 그런데 시간이 흐를수록 아쉬움이 점점 커지는 것이 아닌가. 강원도 18개 시군의 명소를 다시 검토하고 자료를 모으고 답사를 다니며 백여 꼭지의 글을 썼다.

  그동안에 펴낸 책의 도움을 많이 받았다. 수정하고 첨삭했지만 기본 골격과 내용은 비슷하다. 『화천 인문 기행』에서 곡운구곡과 김수증의 은거지를 참고했다. 춘천지역은 『춘천의 문자향』이란 책이 있었기 때문에 가능했다. 『설악 인문 기행』 1, 2에서는 인제와 속초 편을 쓰는 데 도움을 받았다. 몇 년 동안 금요일마다 설악에 들어갔던 추억이 새롭다. 『강원의 산하 선비와 걷다』에서는 철원, 횡성, 원주 등에 대한 글을 쓰는 데 도움을 받았다. 『김시습 호탕하게 유람하다』는 화천과 춘천, 평창과 강릉을 유람했던 매월당의 흔적을 다시 돌아볼 수 있었다. 『정약용 여행을 떠나다』는 춘천과 화천의 글을 쓰면서 뒤적였다. 『오대산의 인문학』에서 다룬 오대산의 명소를 다시 꺼내 읽어보니 곳곳을 답사하던 기억이 떠오른다. 영동지역의 명소는 『관동 800리 인문기행』을, 철원 지역은 『한탄강 인문기행』에서 다루었던 주제들과 겹치는 것들이 많다.

출간한 책뿐만 아니라 틈틈이 발표한 논문을 참고하기도 했다. 청평산 유산기와 이자현에 대한 기존의 논문이 있어 청평사와 관련된 글을 쓸 수 있었다. 수타사와 홍천의 누정에 대한 글도 참고하였다. 그리고 보니 강원도에 관심을 가지고 글을 쓴 지가 10여 년이 되었다.

글을 연재하게 된 계기는 김남덕 기자님 덕분이다. 사진까지 제공해 주었으니 이 책은 거의 '남의 덕'으로 된 것이다. 감사함을 전한다. 출판 시장이 녹록지 않음에도 불구하고 책을 출간한 도서출판 산책 원미경 대표님께 경의를 표한다. 책을 편집해 주신 김미나, 정은미 선생께도 감사를 드린다. 그리고 글에 몰두할 수 있게 해 준 아내와 딸 순지 아들 순원에게 사랑하는 마음을 전한다.

2023년 3월

영서
북부

1

화천

춘천

홍천

영서 남부

영월

정선

태백

영동
지역

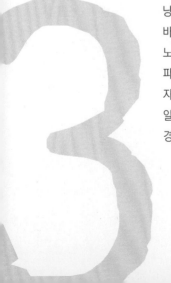

3

양양

속초

고성

인제
양구
철원
화천
춘천
홍천

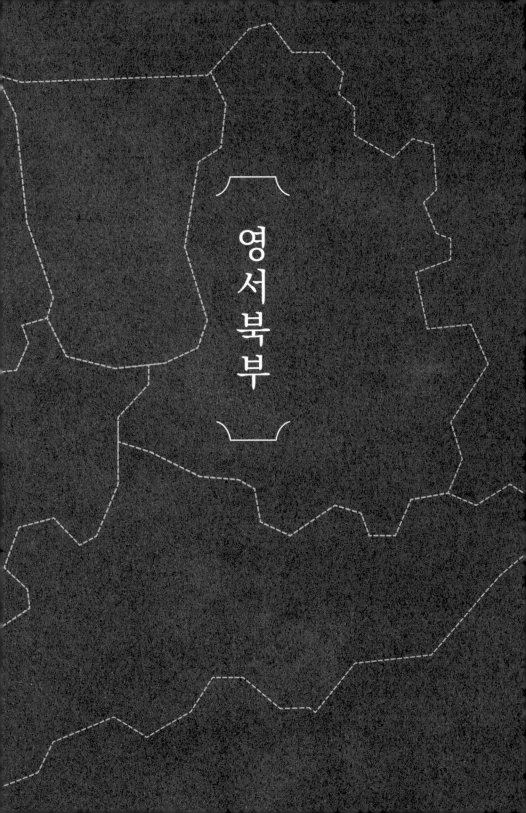

영서북부

인제

도적폭포
용대리
백담사
영시암
한계리 대승폭포 오세암 봉정암
한계사지
인제읍 합강정

합강정

소양수의 발원지는 두 곳이다. 하나는 강릉부 오대산에서 나와
서북쪽으로 흘러 기린의 옛 고을을 지나는데, 춘천부 동쪽 1백 40
리에 있다. 이른바 기린수다. 또 하나는 인제현 한계산에서 나와 남
쪽으로 흘러 서화의 옛 고을을 지나니 이른바 서화수다.

정약용은 「산수심원기」에서 소양강의 발원지를 기린수와 서화
수로 보았다. 기린수는 내린천을, 서화수는 인북천을 말한다. 서화
수는 한계산에서 나오지만, 인제현 북쪽 백여리에 있는 회전령에서
도 발원한다고 추가로 설명한다.

내린천은 오대산과 계방산에서 흘러온 물과 방태산 남쪽의 물을
받아들인다. 홍천 은행나무숲을 지나 피장처避藏處: 전쟁이 일어났을 때
피할 수 있는 곳로 유명한 삼둔(달둔, 월둔, 살둔), 인제의 미산계곡을
지난다. 현리에서 진동계곡과 방태산 북쪽에 있는 또 다른 피장처
인 사가리(아침가리, 연가리, 적가리, 명지가리)의 물을 받아들여
몸집을 키운다.

한계산은 설악산의 다른 이름이다. 대승폭포, 소승폭포의 물을
받아들인 것이 한계천이다. 내설악 골짜기의 물은 수렴동을 거쳐
백담계곡으로 흘러든다. 미시령 도적폭포의 물, 대간령과 소간령의
물, 진부령과 고성군 흘리에서 발원한 물은 용대리에서 만난다. 모
든 물은 한계리에서 합류하면서 북천이 되어 원통으로 향한다.

강원도 금강군 이포리에서 발원하여 휴전선을 지나 인제군 서화면을 관류하고 원통으로 흐르는 물은 인제의 북쪽을 흐르는 물이라는 뜻에서 인북천이라고 부른다. 양구군 해안에서 흘러들어온 물도 받아들인 인북천은 원통에서 북천을 받아들이면서 남쪽으로 흐른다.

북진하는 내린천과 남쪽으로 흐르는 인북천이 만나는 곳이 합강이다. 인제, 홍천, 양구, 고성에서 발원한 물이 비로소 합류하는 곳이다. 오대산, 계방산, 방태산, 설악산의 물이 화합하는 장소다. 여러 물줄기를 수렴하는 곳이라 푸근하고 넉넉하다. 여러 골짜기의 물을 받아들이니 골짜기의 왕이라 할 만하다. 낮춤의 미덕을 깨닫게 하는 합강이다.

합강 기슭에 '합강정'을 1676년에 세웠다. 한계령과 미시령, 진부령을 통해 영동과 영서를 넘나드는 시인묵객들은 합강정에 올라 고단함을 잊곤 했다. 대간령과 흘리령을 넘은 보부상도 잠시 땀을 식히는 공간이었다. 김수증金壽增은 "강호의 누대는 경관이 크고 넓으며 장엄하고 화려한 곳이 많다. 내가 직접 본 곳들을 가지고 차례를 정해본다면 청풍의 한벽루와 춘천의 소양정과 우열을 다툴만하다."며 합강정의 풍광을 맘껏 자랑했다. 김창흡金昌翕은 "만 리 밖 증상蒸湘: 동정호로 흘러 들어오는 세 강 중 하나로 뛰어난 경치를 자랑한다과 비슷한 곳이라, 영호남 여러 정자도 견줄 곳 없네."라고 더할 수 없는 칭송을 추가했다. 합강정은 십十 자 모양으로 뒷 모서리에 방을 만들고 나머지는 누대를 만들었다. 방이 있어 하룻밤을 묵을 수도 있으며, 유흥을 즐기기도 했다. 정자 아래로 내려가 뱃놀이도 할 수 있었다. 한시와 여행기에 합강정의 역사가 기록되었다.

합강정

합강정 아래 나루터가 있어 인제읍과 덕산리를 이어줬다. 여행객의 무사를 염원하는 미륵불이 합강정 아래서 강을 바라보고 있다. 자식을 낳지 못하는 사람들의 간절한 기원도 들어준다고 믿었다. 백성들의 고단한 삶의 버팀목이 되었던 미륵불은 지금도 보호각 안에서 강물을 바라보고 있다.

합강정 옆엔 중앙단이 설치되어 있다. 인제가 강원도의 중앙에 있어서다. 1742년에 왕명에 의해 전국의 중앙단이 만들어져 시행될 때 설치되었다. 가뭄이나 전염병이 심하면 관찰사가 친히 제를 올려 천지신명에게 빌었다.

한계사지

머리를 드니 바위산이 장벽처럼 펼쳐져 있다. 한계사지가 설악산 품 안에 있다는 것을 일깨워준다. 뒤를 돌아보니 가리능선이 장엄하다. 가리봉과 주걱봉이 만든 산줄기가 병풍처럼 늘어섰다. 그 사이 아늑한 곳에 한계사지가 자리 잡았다. 잘 정돈된 한계사지가 펼쳐진다. 절터는 직사각형의 낮은 철책으로 나뉘었다. 그 안에 영화로웠던 절의 이야기를 들려주는 석조물들이 누워 있다.

돈욱은 「설악산심원사사적기」에 한계사에 대한 구전을 기록하였다. 화천에 비금사琵琴寺라는 오래된 절이 있었다. 절이 있는 산에 사냥꾼들이 드나들면서 살생을 일삼아 산수가 더러워졌다. 이를 모르는 승려들이 샘물을 길어 부처님께 공양하였다. 이를 보다 못한 산신령이 하룻밤 사이에 비금사를 설악산 대승폭포 아래에 있는 옛 한계사터로 옮겼다. 절에 유숙하던 승려와 나그네는 그 사실을 몰랐다. 일어나 보니 절 주변에 기암괴석이 둘러쳐져 있고 절벽으로 흘러내리는 폭포가 마치 옥을 뿜어내는 듯했다. 까닭을 몰라 어리둥절하고 있는데 홀연히 관음청조가 날아와 "화천의 비금사를 지금 옛 한계사터로 옮겼다"라고 말하여 사람들에게 신비함을 알렸다. 이 이야기는 한계사가 중건되었음을 알려주는 이야기다. 언제 중건되었는지 모르겠으나 17세기만 해도 한 차례의 중건이 있었다.

구사맹具思孟, 1531~1604은 「팔곡선생집」에서 한계사와 관련된 재미난 이야기를 들려준다. 한계령을 오가는 사람들은 한계사에서 잠을 자야만 했다. 한계사 스님들은 사람들 접대하는 것이 힘들어 절을 버려두고 떠나서 빈 채로 버려졌다. 지금은 무너지고 부서진 지이미 오래여서 옛터만 남았다고 증언하고 있다.

홍망을 계속하던 한계사가 역사의 뒤안길로 사라진 시점은 김수증이 한계사를 방문하기 일 년 전인 1691년이었다.

> 아침 식사를 하고 나서 한계사 옛터로 내려갔다. 절은 지난해에
> 재앙을 만나 석불 3구는 깨어진 기와 조각과 잿더미 속에서 타서
> 훼손되었다. 오직 석탑만이 뜰 한 모퉁이에 서 있고, 작약 몇 떨기
> 가 거친 풀 속에 활짝 피어 있을 뿐이다.

김수증의 「한계산기」에 의하면 한계사는 김수증이 방문하기 일 년 전에 화재를 만나 석불 3구는 깨어진 기와 조각과 잿더미 속에서 타서 훼손되었고, 석탑만이 뜰 한 모퉁이에 서 있었다. 현재 이곳에는 석탑과 돌사자상이 남아 있다. 김수증이 한계산을 방문한해는 1691년 5월이었으므로 1690년에 화재가 났던 것이다.

김창협金昌協, 1651~1708의 여행기도 이를 뒷받침한다. 그는 1696년 8월에 이 일대를 여행하고 「동정기」를 남긴다. "10리 만에 원통역이 나타났는데, 큰 소나무들 사이를 계속 걷노라니 수목의 끝을 따라 은은히 보이는 몇몇 봉우리들이 마치 눈에 덮인 것 같아 기분을 들뗐다. 15리를 가서 절에 묵었다. 절이 전에는 폭포 밑에 있었는데 1690년에 불타서 옮겨 세웠으며, 그 후 얼마 지나지 않아 또 불이나 임시로 대강 얽어 놓은 상태인데, 미처 다시 세우지 못하였다." 공사 중인 절은 한계사가 불에 타자 한계리 쪽으로 내려와 지은 운

한계사지

홍사를 말한다. 「심원사사적기」에 의하면 운홍사는 1704년 화재를
당해 백담계곡으로 옮기게 된다.

한계령을 오가는 사람들에게 휴식의 공간을 마련해 주었던 한계
사. 절터는 주춧돌과 탑만이 지키고 있다. 한계사에서 머물던 스님
은 어디로 가셨는지 찾을 길 없고, 가리봉 위 푸른 하늘만 보일 뿐
이다.

은하수가 하늘에서 떨어지는 듯

대승폭포

지그재그로 이어지던 계단 중간 전망대에 도착했다. 발밑을 바라보면 오금이 저리지만, 시야가 트여 있어서 주변의 경치가 한눈에 들어온다. 동쪽을 보니 한계령 정상 부근이다. 서쪽을 바라보니 한계사지 근처다. 정면에는 가리능선이 장엄하게 하늘을 받치고 있다. 가리봉과, 주걱봉, 그리고 삼형제봉이 만든 산줄기가 설악산 서북능선과 나란히 치달린다. 이채李采, 1745~1820는 대승폭포를 찾아가는 길에서 느낀 두려움과 고통, 그리고 희열을 가감 없이 표현했다. "험한 산길 오르고 또 오르는데, 새벽 비를 맞으니 미끄러워, 솔가지 꺾어 잔설을 쓸고, 몇 번이나 이끼를 문질렀던가. 벌벌 떨며 앞으로 갈 수 없어, 단풍나무 숲에 앉아 잠시 쉰다네.(중략) 날아갈 듯 신선이 되려는지, 걸음걸음 발밑에서 구름이 피어나네."

대승폭포는 금강산의 구룡폭포, 개성의 박연폭포와 함께 우리나라 3대 폭포의 하나로 꼽힌다. 남한에서 제일인 셈이다. 대승폭포는 대승령으로 가는 등산로에 있으며 높이는 88m다. 명칭의 유래를 알려주는 이야기가 전해온다. 옛날 한계리에 대승이라는 총각이 살았다. 하루는 폭포가 있는 절벽에 동아줄을 타고 내려가서 돌 버섯을 따고 있었다. 절벽 위에서 대승아! 대승아! 하고 돌아가신 어머니의 외침이 들리는 것이 아닌가. 동아줄을 타고 올라갔으나 어머니는 간 곳 없고 동아줄에는 지네가 매달려 동아줄을 뜯어 막 끊어지려는 참이었다. 대승은 급히 동아줄을 타고 올라 무사히 살아날 수 있었다. 후세 사람들은 죽어서도 아들의 위험을 가르쳐준 어머니의 모성을 기려 대승폭포라고 부르기 시작했다고 한다.

등산로에서 좌측으로 향하니 폭포보다도 넓은 바위가 펼쳐졌다.

대승폭포

유명한 '구천은하九天銀河'가 새겨진 바위다. '구천은하'는 이백의 시
「망여산폭포望廬山瀑布」에서 힌트를 얻었다. 멀리 봤을 때는 강물을
매단 것 같더니, 가까이서 바라보니 은하수가 쏟아져 내리는 것 같
지 않은가! '구천은하'는 바로 '은하수가 하늘에서 쏟아져 내린다'
는 뜻이다. 폭포를 보니 '은하수가 하늘에서 쏟아져 내린다'는 비유
가 과장이 아니라는 것을 깨닫게 되었다.

대승폭포는 한계폭포로도 불렀다. 한계폭포라는 이름이 더 알려졌
다. 대승폭포란 명칭을 사용한 사람들은 김시보, 안석경, 정약용 등
몇 사람뿐이었다. 언제부터 대승폭포란 이름만 사용하게 되었는지 알
수 없다. 폭포 위에 지금은 없어진 대승암大乘庵이 있었다. 폭포를 구
경하러 온 사람들이 묵곤 했던 암자였다. 김수증도 이곳에서 하룻밤
을 지낸 곳이다. 암자의 이름에서 폭포의 이름이 유래했을 것 같다.

설악산의 기행을 기록한 「장유록壯遊錄」에 실린 시를 읽는다.

> 모양은 흰 무지개 땅에 드리워 서 있는 듯　形似白虹垂地立
> 기세는 은하수가 하늘에서 떨어지는 듯　勢如銀漢落天來
> 물방울 바람 따라 뒤집어지자 안개가 되니　玉沫隨風翻仆霧
> 조물주 뜻이 있어 별천지를 만들었네　化翁多意別天開

무지개가 펼쳐지고, 은하수 드리워진다. 속세의 인간이 살지 않
는 별천지가 펼쳐진다. 폭포를 구경하는 사람들은 자리를 뜰 줄 모
른다. 대승폭포의 또 다른 절경은 깎아지른 절벽이다. 설악산 어디
가나 흔한 것이 바위 절벽이지만 이곳의 절벽은 색다른 감동을 준
다. 아름다움보다는 강건한 힘을 보여준다. 도끼로 거칠게 내려찍
어서 만든 것처럼 야성적인 힘이, 원시적인 힘이 느껴진다. 폭포의
물만 보면 제대로 감상하지 못한 것이다.

신선이 사는 세계

백담사

용대리와 백담사 사이에 펼쳐진 계곡의 아름다움은 내설악에서도 손에 꼽을 정도다. 이 구간에는 너무나 많은 경관과 이야기가 기다리고 있다. 금강연, 두타연, 광암, 상암, 제폭, 학암, 포전암, 부전암 등이 줄줄이 이어진다.

1709년, 홍태유洪泰猷, 1672~1715는 백담사 뒤 고개 천춘령千春嶺에 올라 눈 앞에 펼쳐진 광경을 보고 다음과 같이 기록한다.

조선의 핫플레이스

백담사

돌길이 끝나자 다시 험한 고개다. 고개가 끝나자 비로소 산이 열
리고 골짜기가 넓게 펼쳐진다. 서너 채의 시골집이 계곡과 떨어져
자리하고 있다. 처음 고개 위에서 바라보니 인가의 연기가 보인다.
황홀하여 신선들이 사는 별다른 세계라 생각했다.

당시 백담사는 없었고, 버스 주차장과 백담산장 일대에 화전민만
살고 있었다. 고개 위에서 바라본 깊은 산속의 마을은 신선이 사는
마을로 보였다. 백담사가 들어선 것은 18세기 중반이다. 백담사의
전신은 한계령에 있던 한계사다. 화재 때문에 절을 옮겼으나 다시
화재가 나자 한계령 시대를 마치고 대승령을 넘게 된다. 곰골을 지
나 평평한 곳에 자리 잡았을 때 명칭은 심원사였다. 다시 화재를 입
자 암자골로 옮기고 선귀사라 하였다. 또다시 화재를 입자 시내 건
너서 영취사를 지었다가 백담사 자리로 온 것이다.

백담百潭이란 이름은 곡백담曲百潭에서 유래했다. 이의숙은 「곡백
담기」에서 "산 안의 모든 물은 서북으로 쏟아져서 용대리로 흘러간
다. 황장연으로부터 아래로 20리, 맑은 물굽이와 깨끗한 못이 많으
니, 이것을 통틀어 곡백담이라 부른다."고 적었다. 백담사의 이름은
'곡백담'에서 유래했을 것이다. 대청봉에서 절까지 작은 담潭이 100
개가 있는 곳에 사찰을 세웠기 때문에 백담사라 불리게 되었다는
전설이 더 널리 알려져 있다.

백담사로 가기 위해선 수심교를 건너야 한다. 개울의 돌탑은 어
느덧 백담사를 대표하는 명소가 되었다. 만해기념관에 들렀다. 만
해 한용운이 출가한 곳이 바로 이곳이며, 「불교유신론」, 「님의 침
묵」 등을 저술한 곳이기도 하다. 기념관에는 만해 스님의 일생을
알려주는 자료를 전시한다. 기념관 밖에는 만해시비와 흉상이 놓여

있다. '나루ㅅ배와 行人'을 천천히 읽었다. "… 그러나 당신이 언제든지 오실 줄만은 알아요. 나는 당신을 기다리면서, 날마다 날마다 낡아갑니다. 나는 나룻배, 당신은 행인" 흙발로 짓밟혀도 원망하지 않고, '임'을 안아 물을 건너며, '임'이 오실 때를 기다리는 헌신적 사랑을 보여주는 시는 아무나 노래할 수 없는 경지다.

매월당 김시습의 시비가 눈에 들어온다. '저물 무렵'이라는 시다. 김시습이 설악산에 한때 머물렀으니 그때 지은 시일지도 모른다.

조선의 핫플레이스

> 천 봉우리 만 골짜기 그 너머로   萬壑千峰外
> 한 조각 구름 밑 새가 돌아오누나   孤雲獨鳥還
> 올해는 이 절에서 지낸다지만   此年居是寺
> 다음 해는 어느 산 향해 떠나갈 거나   來歲向何山

매월당의 매운 고독이 느껴진다. 정처 없이 떠돌아다녀야 하는 그에게 현실은 신산하기만 하였을 것이다. 지금은 이 절에서 찬바람을 피하고 있지만, 내년을 기약할 수 없다. 설악을 떠난 김시습은 강릉을 거쳐 양양으로 향했다.

누구는 백담사를 신선들이 사는 무릉도원으로 생각했다. 만해는 깨달음의 세계로 백담사를 가꾸었다. 안석경은 설악산을 유람하고 글을 남긴다. 백담사에 대한 또 다른 인상이다.

> 백담사로 들어가니 절은 넓고 한적한 곳을 차지하고 있다. 사방을 둘러봐도 기이한 곳이 없다. 여럿 묘한 가운데 있으면서 홀로 평범하고 심상하니, 또한 기이하다 할 수 있다.(「후설악기」)

내 삶 괴로워 즐거움 없구나

영시암

김창협과 함께 성리학과 문장으로 이름을 떨쳤던 김창흡金昌翕, 1653~1722은 조선시대 문예부흥을 주도한 문인으로 기억된다. 벽운 정사에 머물던 김창흡은 화재를 당하자 거처를 옮겨 영시암을 세 운다. 영시암의 생활도 잠시, 1714년에 찬모가 호랑이에게 물려 죽자 설악에서의 생활을 접고 산을 나오게 된다. 김창흡을 생각하 면 제일 먼저 떠오르는 한 편의 시가 있다. 속내를 가장 잘 보여주 는 것이 이 시가 아닐까? 얼마나 고통스럽고 힘들었으면 이 시를 썼을까?

> 내 삶은 괴로워 즐거움이 없으니　吾生苦無樂
> 속세에서 모든 일 견디기 어렵네　於世百不甚
> 늙어서 설악에 투신하려고　投老雪山中
> 여기에 영시암을 지었네　成是永矢庵

'영시永矢'는 '영원히 맹세한다'는 의미이다. 무엇에 대해 영원히 맹세를 하였을까? 속세에 나가지 않겠다는 맹세일 것이다. 영시암 을 찾는 일은 김창흡의 뛰어난 학문과 인품을 그리워하거나 존경하 는 마음 자세도 필요하지만, 그의 깊은 슬픔과 고독을 공감하는 것 이 먼저다.

영시암

영시암의 첫인상은 소박함이다. 영시암은 담장이 없다. 등산로는
경내를 통과한다. 채마밭은 시골집 밭하고 다를 것이 없다. 정돈되
지 않은 뜨락의 화단은 마음을 푸근하게 한다. 투박한 질그릇 같은
느낌이다. 목마른 사람을 위한 식수대가 있고, 나무로 만든 의자 몇
개를 보리수 아래에 놓았다. 식사 시간에 맞춰 지나가면 국수 공양
을 할 수 있다.

북향으로 높은 곳에 영시암을 지었다. 뒤에는 조원봉이 있으며,
서쪽의 선장봉과 서로 쌍벽을 이룬다. 시냇물이 암자 앞에서 휘돌
아 흐른다. 개울 안쪽의 땅은 가로 세로로 5~6백 보는 족히 된다.

시내 밖으로는 산줄기가 겹겹이 둘러싸고 있다. 북쪽의 최고 높은 곳은 고명봉이다. 암자는 판자집으로 남쪽은 복실이고 북쪽은 작은 다락이어서 시원함과 따뜻함을 갖추었다. 정자가 있는 터를 '동대' 또는 '소광대'라고 했으며, 정자는 '농환정弄丸亭'이라고 하였다. 암자에서 서남쪽 2백 보 거리에 또 정자를 세웠는데 무청정茂淸亭이라 명명했다. 한유韓愈의 「반곡서盤谷序」를 따른 것이다.

　김창흡이 영시암을 떠난 후 암자는 급격하게 쇠락하게 된다. 1749년 인제 현감 이광구李廣矩는 영시암이 폐허가 된 것을 살펴보고 안타까워하면서 비를 세우고 기록하는 것을 도모하였다. 홍봉조洪鳳祚가 마침 방백이었는데, 그 일에 감동되어 비문을 쓰게 된다. 설정雪淨 선사가 옛터를 돌아보고 한탄하다가 여러 사람의 도움을 받아 1760년에 영시암을 중건하게 된다. 중건한 영시암의 성격은 바뀌게 된다. 유학자가 살던 거처에서 스님이 거처하는 절이 되었다. 자연스럽게 유불이 합쳐지게 된 것이다.

　이의숙의 「영시암기」를 보면, "암자는 처음에 조원봉 아래 있었으나, 지금은 조금 북쪽으로 옮겨 조원봉과 마주하고 있다. 처음에는 작은 집이었으나, 지금은 넓은 구조이다. 그러나 비어 있고 지키는 사람이 없다. 오른편에 유허비를 세웠으니, 도백 홍봉조가 지은 것이다."라는 구절이 있다. 다시 지은 영시암은 원래 있던 자리에서 계곡 쪽으로 이동하여 지었다.

　새로 지은 영시암이 언제까지 이곳에 있었는지 알 수 없다. 유허비의 행방도 묘연하다. 한국전쟁 중 폭격에 비석이 부서졌다는 설이 있지만 확실치 않다. 다만 탁본만이 남아 있어 아쉬움을 달래준다.

오세암

오세암 가는 길은 흙길이다. 봉정암 가는 길과 전혀 다른 길이다. 봉정암 길이 굳센 바위로 이루어진 길이라면, 오세암 길은 포근한 길이다. 봉정암 길이 바위와 세찬 물이 굽이치는 길이라면, 오세암 길은 숲속의 길이다. 봉정암 길이 주변의 아름다움에 정신을 잃고 나를 잊어버리는 길이라면, 오세암 길은 오직 나를 생각하면서 걷는 나를 찾는 길이다.

「건봉사급건봉사말사사적」에 실려 있는 「오세암사적」에 의하면 오세암의 역사는 신라 때 자장법사가 암자를 짓고 관음암이라 하면서 출발한다. 고려 때 설정雪頂 조사가 암자를 중수했다고 하지만, 대부분의 기록물은 1643년에 설정雪淨이 중수한 것으로 나온다. 근대의 고승인 만해 한용운이 머물면서 「십현담十玄談」의 주석서를 쓴 것으로 유명하다. 동시에 「님의침묵」도 함께 탈고했다. 혹자는 "푸른 산빛을 깨치고 단풍나무 숲을 향하여 난 작은 길을 걸어서, 차마 떨치고 갔습니다."라는 구절의 배경이 설악산이라고 하는데, 크게 틀린 것은 아닌 것 같다.

설화산인雪華山人 무진자無盡子는 오세암 주변의 형세를 '연꽃이 반쯤 피어있는 형상이며, 가운데에 한 줄로 뻗어 나온 지맥은 금모래가 깔린 듯'하다고 논한 바 있다. 그렇다면 오세암을 둘러싼 봉우리들은 연꽃이다. 오세암 창건 설화에서 말하는 절 뒷산인 관음조암도 꽃잎이

오세암

고, 관음보살이 오세동자를 아들처럼 안고 있는 모습을 한 어머니 바위인 만경대도 꽃잎이다. 그 가운데에 오세암이 자리 잡고 있다.

이의숙李義肅, 1733~1807은 「오세암기」에서 오세암을 이렇게 묘사한다.

사자항(獅子項)에서 멈추어 서서 가까운 곳을 주의 깊게 살펴보면 그윽하게 암자가 있으니 오세암이다. 김시습이 이곳에서 숨어 지냈다. 경계는 매우 편안하고 고요하다. 시내와 언덕은 밝고 환하며, 둘러싸고 있는 것은 가까이 다가서지 않는다. 동남쪽에 빼어난 산이 불쑥 섰는데, 봉우리가 이지러진 곳은 멀리 있는 봉우리로 채워졌다. 그림처럼 더욱 푸르고 울창하니, 산 중에 뛰어난 곳이다.

새로 지어진 건물들은 고풍스런 멋과 거리가 있지만, 오세암 현판을 달고 있는 건물은 시골집처럼 푸근하다. 특이한 점은 마루가 깔린 것이다. 법당이 안방처럼 편하다. 건물 안 동자상이 해맑은 미소를 짓고 있다. 오세동자다. 주위를 둘러싼 불상도 다 동자다. 오세암을 찾은 조선시대 선비들은 오세암이라 불리게 된 이유를 김시습이 이곳에서 거처하였기 때문이라고 믿었다. 오세암이 김시습과 관련 있다는 설을 뒷받침하는 것은 이복원李福源, 1719~1792이 1753년에 설악산을 유람하고 지은 「설악왕환일기」다. '암자의 이름은 오세동자의 뜻에서 취했다고 한다'라고 스님에게서 들은 이야기를 기록했다. 서응순徐應淳, 1824~1880은 오세암에서 하룻밤을 묵으며 시를 지었다.

> 텅 빈 산 속 옛 절에, 목련 꽃 피었는데,
> 동산에 밝은 달 뜨니, 매월당이 오시는 듯
> 古寺空山裏 木蓮花自開 東峯明月上 猶似悅卿來

동산[東峯]은 동쪽에 있는 산이며, 김시습이기도 하다. 김시습의 호가 동봉이다. 열경悅卿은 김시습의 자字이다. 밤 중의 달과 김시습을 중첩시켰다. 호젓하고 한가로운 오세암의 밤이다. 하얀 목련은 달빛에 은은히 빛났을 것이다. 김시습이 머물던 곳. 한용운이 깨달음을 얻은 곳. 연꽃이 핀 형상을 한 이곳. 속인들이 마음을 비우고 깨달음을 얻어야 할 곳이다.

봉정암

자장율사가 중국에서 석가의 사리를 가지고 돌아와 봉정 석대 위에 5층 석탑을 세운 후 사리를 봉안하면서 봉정암의 역사는 시작된다. 설악산에 부처의 사리를 봉안하게 된 인연이 귀를 쫑긋하게 한다. 자장율사가 처음에 금강산으로 들어가 사리를 봉안할 곳을 찾고 있었다. 그런데 어디선가 찬란한 오색 빛과 함께 날아온 봉황새가 스님을 인도하였다. 병풍처럼 둘러싸인 곳인데, 바위는 봉황처럼 보이기도 하고, 부처님처럼 생긴 것이 아닌가. 이곳이 부처님 사리를 모실 인연 있는 장소임을 깨닫고 탑을 세워 사리를 봉안하고 암자를 세웠다. 참으로 기이한 인연이라 하지 않을 수 없다. 「설화산백담사사적」은 이렇게 적는다. 신라 제27대 선덕왕 7년에 자장율사가 중국 청량산에 들어가 문수보살을 찾아뵙고, 석가여래 사리 7매를 전해 받았다. 당태종 9년에 우리나라로 돌아와 설악산 봉황봉 석대 위에 5층 석탑을 세워 사리를 봉안하고, 산 이름을 설산雪山이라 고쳤다. 탑 아래 몇 칸의 절을 건축하고, 이름을 봉정암이라 하였다. 항상 예배드리고 참선으로 도를 닦으니, 우리나라 율종의 시초가 되었다.

조선시대에도 사람들의 발길이 끊이질 않았다. 사대부들은 봉정암에서 하룻밤을 보내곤 했다. 김창흡은 봉정암에서 인상적인 것으로 '탑대에서 바라보는 달'을 꼽았다. 탑대는 석가사리탑이 있는 바위를 가리킨다. 탑대에서 달 구경하는 것이 봉정암의 특별한 멋이지만 달구경의 흥취를 반감시키는 것이 바람이라고 하였다. 잘 때도 베개 밑에서 윙윙 바람 소리가 난다고 적어 놓을 정도로 바람의 위세는 대단한 것 같다. 더군다나 파도가 들끓는 것 같다고 했으니 바람의 소리를 상상하기 어렵다. 부정적으로 봤으나 '봉정의 바람'도 봉정암만의 독특한 특징이다. 홍태유에게도 '봉정의 바람'은 충격적이었던 것 같다. "(봉정암에) 처음 도착했을 때는 숲과 산이 고요했는데, 한밤중이 되자 바람이 크게 일어 온갖 구멍이 소리를 내니 바위와 골짜기가 진동한다. 하늘은 청명하다." 얼마나 소리가 크게 났으면 온갖 구멍에서 소리가 나는 것 같다고 했을지 짐작하기 어렵다.

석가사리탑

탑대에 올라가니 전망대가 설치되어 있다. 올라서자마자 앞으로 펼쳐진 장관에 한동안 말을 잃었다. 용의 이빨을 닮았다는 용아장성이 가까이 보인다. 용아장성이 시작되는 곳에 곰 모양의 바위가 귀엽게 서 있다. 북쪽을 바라보니 공룡능선이 밀려든다. 용아장성이 수려하다면 공룡능선은 웅장하다. 동쪽은 전혀 다른 모습을 보여준다. 용아장성과 공룡능선이 바위로 이루어진 뼈라면 대청봉 방향은 흙으로 이루어진 살이다. 직선의 힘과 기교에 긴장했던 시선을 곡선의 부드러움으로 풀어준다. 상반된 두 아름다움이 겹치는 곳에 봉정암이 자리 잡고 있으니 참으로 묘한 곳이다. 이복원은 「설악왕환일기」에서 이렇게 묘사한다.

> 만 겹의 천 길 산봉우리들이 뛰어오르고 나는 듯이 내달리면서 각자 탑대 아래에서 모습을 드러내니, 마치 창과 도끼와 깃발이 대장의 단상을 둘러싸고 호위하는 듯하다. 비록 길고 짧으며 듬성하고 조밀한 것이 들쑥날쑥하여 가지런하지 않지만, 위치와 기세는 매우 삼엄하고 엄숙하다. (중략) 이때 정신과 기분이 산뜻하고 상쾌하여 갑자기 어제 일곱 번 넘어지고 여덟 번 엎어졌던 위험을 잊어버리고, "남쪽 변방에서 죽을 뻔했지만 나는 원망 하지 않네. 이 유람 너무 좋아 내 평생 최고였으니"라는 시구절을 읊었다.

설악산 곳곳이 다 뛰어난 풍경이지만 봉정암에서 바라보는 설악의 풍경은 뇌리에 깊이 박혔다. 이복원은 절묘한 시 구절로 자신의 감동을 읊었다. 시를 패러디하여 이렇게 읊조린다. "설악에서 죽을 뻔했지만 나는 원망하지 않네. 이 유람 너무 좋아 내 평생 최고였으니."

도적폭포

용대리를 출발하여 영동지방으로 가는 방법은 세 가지다. 속초로 갈 때는 미시령을 넘는다. 고성으로 가는 사람은 진부령으로 향한다. 진부령과 미시령 사이에 대간령을 이용하기도 한다. 진부령과 미시령 사이에 있다고 해서 '샛령', '새이령'이라고도 한다. 영서와 영동을 이어주는 가장 빠른 길이었다. 마장터와 주막터의 흔적들이 남아 있는 이 코스는 교통의 기능을 잃고, 백두대간 등산객들의 주요 탐방코스가 되었다.

미시령 길이 새로 넓게 뚫리면서 구도로와 신도로란 이름이 생겨났다. 구도로도 옛날 선인들이 다니던 길과 비교하면 신도로였지만 지금은 호젓한 길이 되었다. 옛길로 방향을 틀었다. 바야흐로 가을, 주변은 이미 붉은색으로 갈아입는 중이다. 창암을 지나 문암 아래서 바위를 한참 바라보다가 미시령 옛길로 접어들었다. 붉은색으로만 채색된 것이 아니라 노란색도, 푸른색도 적당히 섞여 있다. 눈만 호강하다가 계곡으로 접어드니 계곡물 소리에 귀도 호강한다. 조금 올라가니 '도적폭포'란 투박한 간판이 보인다. 계곡의 돌은 백담계곡의 돌과 다르다. 백담계곡의 돌들은 흰색이 많은데, 이곳은 짙은 검은색이다.

도적들이 지키고 있다가 고개를 넘어 다니는 사람들의 물건을 빼앗은 뒤 폭포 아래 못에 빠뜨려 죽였다고 해서 '도적폭포'고, 폭포

도적폭포

밑의 못은 '도적소'라 한다는 전설이 전한다. 오래전부터 입에서 입으로 전해왔던 것 같다. 이곳을 지나던 허목許穆, 1595~1682도 마을 사람들에게 전설을 들었던 것 같다. 그는 "이곳은 동해에서 물고기와 소금을 운반하는 길인데, 큰 고개 아래는 장사치들이 지나가는 곳이다. 언젠가 이곳을 지나가던 자가 사람을 죽여서 물에 빠뜨렸는데 이로 인하여 이런 이름을 얻게 되었다"라고 적어 놓는다. 그는 '적담賊潭'이라고 했으니 '도적못'인 셈이다. 김창흡은 도적폭포를 선유담仙遊潭이라 불렀다. '도적'이란 말이 귀에 거슬렸나 보다. 김유金楺, 1653~1719는 흰 눈처럼 부서지는 폭포수를 보고 '설연雪淵'이라 또 바꾼다. 옆의 바위산은 '층옥봉層玉峯', 계곡 이름은 '둔세동遯世洞'이라 적는다.

1724년에 간성군수로 있었던 이덕수李德壽, 1673~1744의 시 한 편 감상하지 않을 수 없다. 도연盜淵을 창벽담蒼壁潭으로 고치고 시를 짓는다.

> 검푸른 절벽 우뚝 먼 하늘에 꽂혀있고　蒼壁亭亭插遠空
> 하얀 용 산허리에서 용틀임하며 올라가네　玉虹矯天半山中
> 흉악한 이름 나를 만나 씻어졌으니　惡名今待吾人洗
> 폭포는 내 공로에 부끄러워야 하리　飛沫應慙策上功

허목은 도적폭포란 이름을 듣고 혀를 찬다. "아, 악계惡溪나 탐천貪泉이 어찌 물의 죄 때문이겠는가. 교지交趾의 풍부함과 악어의 포악함 탓에 이처럼 이름이 치욕스럽게 만들어진 것이다. 이것을 기록하여 세속과 야합하여 악명을 뒤집어쓰고도 부끄러워하지 않는 자의 경계로 삼는다." 교지交趾는 지금의 베트남 지역을 가리킨다.

탐천의 물을 마시고 남쪽으로 가던 사람이 교지 지방의 금은보화를 보고 두 손으로 움켜 가지려고 했다는 이야기가 전해온다. 허목에 의하면 도적폭포라 불리게 된 것은 물의 잘못이 아니다. 지나가는 사람들의 재물을 탐내던 도적들 때문이다. 그렇다면 어떻게 해야 할까? 이름을 바꿔야 한다. 선유담, 설연, 창벽담 중 어느 것이 좋을까? 그러나 지금까지 생명력을 있는 것은 '도적폭포'다. 아마도 세속과 야합하여 악명을 뒤집어쓰고도 부끄러워하지 않는 자들이 끊이질 않는 현실을 경계하기 위해서 당분간 이름을 그대로 써야 할 것 같다.

영서북부 · 인제

양구

두타연

양구읍

두타연

두타연은 민간인 출입 통제선 북쪽에 있다. 안내소에서 출입 신청서를 작성해 군부대의 확인을 거쳐 출입증을 받아야 출입할 수 있는 현실이 답답하기만 하다. 언제나 자유롭게 드나들 수 있을까. 두타연 가는 길은 문등리를 거쳐 내금강의 장안사로 향하던 길이었다. 수입면의 면소재지였던 문등리는 만여 명에 달하는 주민이 거주했었다. 수입천 계곡을 따라 금강산으로 자유로이 여행을 떠났던 선인들이 마냥 부러울 뿐이다.

한국전쟁 이후 60년 가까이 민간인의 출입이 통제됐던 금단의 땅 두타연은 잘 보전된 자연과 수려한 경관 덕분에 양구의 대표적인 관광지로 꼽히고 있다. 금강산에서 발원한 물이 수입천을 따라 흐르다가 계곡 가운데 바위를 만나자 폭포를 만들었다. 폭포 밑에는 길은 연못인 두타연이 형성되었다. 두타연이라 부르게 된 이유는 두타사란 절 때문이다. 두타頭陀란 산스크리트어를 음역한 말로, 의식주에 대한 집착을 버리고 수행하는 것을 뜻한다. 「신증동국여지승람」은 두타사가 두타산에 있다고 알려준다. 이만부李萬敷, 1664~1732는 두타사의 행방을 증언해 준다. 계곡으로 10여 리 들어가면 예전에 두타사가 있었으나 지금은 폐사가 되었으며, 폭포가 깎아지른 절벽 위에서 곧바로 떨어져서 아래에 깊은 못을 만드는데 용연龍淵이라고 알려준다. 이만부가 기록할 당시에 두타사는 이미

두타연(김남덕)

폐찰이 되었다. 허적許橚, 1563~1640은 양구에서 출발해 두타사를 거쳐 금강산으로 향했는데, 두타사에 들려「두타사 석문에 쓰다」를 짓는다. "용문을 뚫은 여력이 푸른 산에 미쳐서, 층진 바위 갈라내어 급류 흐르게 하네. 우뚝선 절벽 원기元氣를 찢는 듯, 치달리는 골짜기에 모든 영령 어지럽네. 맑은 가을 절에 오르니 소름이 끼치고, 대낮에 용 잠겼으니 계곡과 동굴 그윽하네." 두타사 가까이에 있는 두타연과 폭포, 그리고 두타사로 향하는 길을 묘사하였다.

김시보金時保, 1658~1734는 두타폭포와 두타연에 대한 시를 짓는다.

커다란 바위 가르고 꺾이며 쏟아져서　三折奔湍劈巨巖
넓고 둥그런 백 길 와룡담 만들었네　圓成百丈臥龍潭
비고 밝은 것이 별세계 입구 알았으니　坐覺虛明洞門別
산꼭대기 절과 구름 거울 속에 잠겼네　諸天雲物鏡中涵

　두타연의 물은 바닥이 명징하게 보이는 1급수다. 열목어의 최대
서식지이기도 하다. 한 모금 떠서 마시니 답답했던 가슴이 뚫린다.
금강산 가는 길이지만 더 앞으로 가지 못한다. 맞은편 암벽엔 커다
란 동굴이 검은 입을 벌리고 있다. 보덕굴이다. 입구 지름이 10여
m, 길이는 20m쯤 된다. 양구군청은 '신라 헌강왕 때 금강산 장안사
의 고승이 꿈에 남쪽으로 가라는 계시를 받고 두타연 보덕굴에 들
어가 관음보살을 친견한 뒤 이곳에 두타사라는 절을 창건했다.'고
적고 있다.

　주차장에서 한참을 올라가면 양구전투 위령비를 만날 수 있다.
한국전쟁 당시 치열한 전투를 벌였던 곳으로 1994년 백두산 부대
장병들의 이름으로 위령비를 세웠다. 위령비를 참배하고 나오면 조
각공원이다. 전쟁과 평화를 담은 조각품과 한국전쟁 때 사용된 무
기들이 전시돼 있다. 조각공원을 지나서 임도를 따라가는 평화누리
길 중간에 나무로 난간을 장식한 두타1교와 두타2교가 나타난다.
두타2교는 두타연 계곡의 전경을 한눈에 볼 수 있어 트레킹 하는
사람들의 쉼터가 된다.

철원

정자연

화강백전

북관정

칠만암

김화읍

동송읍

직탕폭포

송대소

고석정

숯담

갈말읍

삼부연

박연폭포보다 기이하고 장엄하다

삼부연폭포

삼부연三釜淵에 매료되어 자신의 호를 삼연三淵이라 한 사람이 있었다. 바로 김창흡金昌翕, 1653~1722이다. 삼부연은 김창흡의 집안과 인연이 있다. 할아버지인 김상헌은 1631년 삼부연의 발원지에 난리를 피할만한 마을이 있는데, 길이 험하여 갈 수가 없다면서 시를 남겼다. 이후 김창흡의 아버지인 김수항은 전라도 영암으로 귀양을 갔다가, 1678년 철원으로 유배지를 옮기며 인연을 맺었다. 김창흡은 이듬해 삼부연 용화촌에 거처를 정하였다.

직선으로 떨어지는 폭포만 보이다가 시간이 조금 지나면서 그 위에 굽이치는 조그만 폭포가 보이기 시작한다. 조그만 폭포 밑에 조그만 솥 모양의 못도 보인다. 폭포 위에 또 조그마한 폭포와 솥 모양의 못이 또 있다. 제일 위 폭포는 자세히 보아야 볼 수 있다. 장쾌하게 낙하하는 폭포 위에 있는 두 개의 폭포와 못은 단조로울 것 같은 삼부연폭포에 변화를 주는 곳이다.

폭포에 조금씩 익숙해지면 주변의 바위 절벽들이 눈에 들어온다. 폭포 좌우에 있는 바위는 산이라고 부르는 것이 적절하리라. 힘을 느낄 수 있는 커다란 바위는 주변을 압도할 만큼 기를 발산한다. 울퉁불퉁한 근육질의 바위는 검은색과 붉은색이 거칠게 덧칠해져 있다. 건장한 이미지뿐만 아니다. 폭포수가 떨어지는 곳에서 왼쪽으로 시선을 돌리면 매끄럽게 곡선으로 파여 있다. 인위적으로 판 것이 아니다. 이 흔적은 예전에 폭포수가 이곳으로 흘렀다는 것을 보여준다. 삼부연폭포가 언제부터 형성되었는지는 알 수 없지만, 예전의 물길이 지금과 같지 않았다는 것을 보여준다.

폭포 오른쪽의 바위는 더 많은 이야기를 전해준다. 이현익은 「동유기」에서 오른쪽 벽 위에 조그만 굴이 있다고 알려준다. 전체적으로 둥그렇게 파인 바위의 윗부분에 짙은 그림자를 드리운 곳이 보인다. 이하진은 손톱자국이 있다고 했는데, 바로 굴 주변의 주름진 바위를 묘사한 것이다.

전통적으로 농사를 주요한 업으로 삼았던 철원지역 사람들에게 풍부한 물을 제공해 주는 삼부연은 범상한 연못 그 이상의 존재였다. 세 개의 솥단지 모양의 못 중에 아래에 있는 가장 큰 못을 용연이라 하여 용이 산다고 여겼다. 가뭄이 들었을 때 이곳에서 기우제를 지내곤 했으며, 감응이 있었다는 기록을 여기저기서 찾아볼 수 있다. 폭포가 생긴 유래를 말해주는 전설에도 용이 등장한다. 전설에 따르면 이곳에서 도를 닦던 네 마리의 이무기가 있었는데, 세 마리가 폭포의 바위를 하나씩 뚫고 승천하였다고 한다. 그때 생긴 세 곳의 구멍에 물이 고인 것이 삼부연이다. 마을 이름도 이무기가 용으로 변했다는 의미로 용화동龍華洞이라 불리게 되었다고 한다.

신익성申翊聖, 1588~1644은 「낙전당집」에서 "삼부연폭포는 박연폭포에 비해 더욱 기이하고 장엄하다. 골짜기는 그윽하고 깊어 대낮에도 어둑어둑해 오래 앉아있을 수 없다."고 평한다. 다른 선인들의 기록들도 늘 박연폭포와 비교하곤 했다. 양쪽에 있는 용들이 서로 어울려 놀았다는 이야기가 오래전부터 전해져온다. 삼부연폭포는 송도삼절의 하나인 박연폭포와 어깨를 나란히 해왔다.

대부분 장쾌하게 쏟아지는 폭포를 바라보며 감탄을 하지만 폭포를 감상하는 또 하나의 방법은 폭포 위에서 내려다보는 것이다. 터널을 지나 오솔길을 따라가면 폭포 상류에 도착한다. 예전에 이곳에 상가가 있어서 많은 사람이 찾았으나, 지금은 모두 철거되고 흔적만이 남아 있다. 개울을 건너지른 조그만 다리도 이때 설치되었다. 피부병을 치료하기 위해서 찾곤 했고, 이곳의 맑은 바람을 쐬고 효험을 본 사람들이 많았다. 주변의 나무들이 뿜어내는 피톤치드가 치유해 주었으니 삼림욕을 하기에 적당하였다.

삼부연폭포

순담계곡

허적許磧, 1610~1680은 신철원에 있던 풍전역에서 하룻밤을 보내고 새벽에 고석정으로 향하였다. 오 리쯤 가니 기암절벽 사이로 강물이 흐른다. 고색창연한 바위와 붉은색 어린 골짜기가 마치 선경 같다. 강물은 흘러가다가 홍건하게 고여 깊은 못을 만들기도 한다. 말에서 내려 둘러봤다. 바위들은 맑게 빛나며 붉은 꽃은 은은히 비친다. 내려다보기도 하고 거슬러 올라가기도 하며 오랫동안 떠나질 못했다. 이곳을 '만석담萬石潭'이라 하고 시를 지었다.

새벽에 말 타고 고석정 향하다　曉來跨馬向孤石
우연히 변두리서 만석담 만났네　偶得遞邊萬石潭
들쑥날쑥 높고 낮게 경각(瓊閣) 두르고　錯落高低瓊閣繞
위아래 깊은 못물 푸른 하늘 머금었네　淵淪上下碧天涵

고석정을 구경하러 가다가 만난 선경은 강 양쪽이 모두 바위 절벽인 곳이다. 그 사이로 흘러오던 물은 잠시 멈추며 커다란 못을 만들었다. 만석萬石 정도로 넓다. 넓을 뿐만 아니라 먹을 풀어놓은 것처럼 검푸른색이라 깊이를 헤아리기 어렵다. 바위 사이에 진달래가 점점이 피었다. 마치 구슬을 뿌려놓은 것 같다. 상쾌하고 깨끗한 경치를 완상하다 보니 어느덧 표일飄逸해진다. 표일은 성품이나 기상 따위가 뛰어나게 훌륭하거나, 세상일을 마음에 두지 않고 태평하다는 뜻이다. 이곳에서 노닐다 보니 매인 데 없이 자유롭고 활달해진다. 시간이 얼마나 흘렀는지도 모를 정도의 망아忘我의 상태가 되었다. 느닷없이 만난 선경, 나를 잊고 표일한 상태가 되었다.

허적은 '만석담'이라 명명하고 고석정으로 향했다. 영조 때 영의정을 지낸 유척기兪拓基, 1691~1767가 이곳을 찾아 한동안 요양을 하였다. 이후 순조 때 우의정을 지낸 김관주金觀柱, 1743~1806가 이곳의 주인이 되었다. 그는 20평 정도의 연못을 파고 순채를 옮겨다 심고서 '순담蓴潭'이라 불렀다.

유척기와 김관주가 발자취를 남기면서 순담은 본격적으로 외부에 알려지기 시작했다. 철원을 찾은 시인묵객의 발길이 잇달았다. 성해응成海應, 1760~1839은 1799년 8월에 이한진, 박제가와 함께 철원을 유람하고 「철성산수기」를 남긴다.

> 벼랑을 따라 앞으로 가 청간정(聽澗亭)에 이르렀다. 정자는 네 칸으로 벽에 임하였는데 벽은 수십 길이다. 시냇물이 그 아래로 지나가고 푸른 소나무는 길을 끼고 있는데 사이에 몇 그루 은행나무가 있다. 뒤쪽은 또한 가파르게 끊겼다. 비탈진 골짜기는 깊고 그윽하다.

성해응이 찾았을 때 순담 주변은 많이 달라졌다. 집은 무너져서 거처할 수 없을 정도였다. 순담도 관리를 제대로 하지 않아 황폐해졌다. 벼랑을 따라 강 쪽으로 향하니 정자가 보인다. 수십 길 절벽 위에 네 칸짜리 청간정聽澗亭이 보인다. 정자에 앉으니 한탄강의 승경이 한눈에 들어온다. 비탈진 골짜기는 깊고 그윽하다. 탁하고 검은 감청색 물이 발아래로 흐른다. 강 좌우로 모두 깎아지른 절벽이다. 바위 사이로 소나무 진달래 등이 촘촘하다. 절벽 험한 곳에 정

순담

자가 보인다. 두 칸짜리 한서정閑栖亭이 바위를 기대고 있다. 협곡
하류를 보니 백사장이 햇살에 반짝인다. 그 앞에 흘러오던 물이 가
쁜 숨을 쉬며 넓게 고여 있다. 뱃놀이하기에 적당해 보인다.

고석정

한탄강 지질공원은 이렇게 설명한다. "고석孤石은 철원군 동송읍 장흥리 일대의 한탄강 협곡 내에서 관찰되는 높이 약 15m의 화강암 바위다. 주변에 고석정이라는 누각이 있어 일대의 협곡을 총칭하여 고석정이라 부르기도 한다. 일대는 현무암 용암대지 형성 이전의 지형과 함께 현무암질 용암이 기반암 위로 흘러 용암대지를 형성한 사실을 확인할 수 있는 중요한 지질·지형 학습장으로 높은 가치를 지니고 있다." 지질이라는 시각으로 보면 이러하지만 고석정은 다양한 의미를 지닌 장소다.

고석정을 이해하는 첫 번째 열쇠는 오랜 시간이다. 고석孤石은 철원 땅이 용암으로 덮이기 이전에 있던 기반암으로 약 1억 1천만 년 전(백악기 중기)에 지하에서 형성된 화강암이다. 오랜 기간의 작용으로 지표에 드러난 이후 약 55만 년 전에서부터 15만 년 전 사이에 일어난 화산활동에 의하여 분출된 현무암 용암류에 뒤덮이게 된다. 뒤에 한탄강에 의해 침식작용이 일어나 지표에 다시 드러나게 되었다. 약 1억 1천만이 고석孤石의 나이다.

고석정을 보면 떠오르는 단어가 '높다[高]'이다. 부분 침식으로 인해 고석정은 수면으로부터 20미터 정도 우뚝 솟아올랐다. 「신증동국여지승람」은 바윗돌이 우뚝이 서서 동쪽으로 못물을 굽어본다고 고석정을 설명한다. 「대동지지」는 조금 과장해서 거의 3백 척이나 우뚝 솟았다고 보았다.

고석정의 대표적인 이미지는 외로움[孤]이다. 외로울 '고孤'자가 이름에 들어갈 정도로 강 가운데 홀로 서 있지만 외로움보다는 당당함이 더 어울린다. 푸른 소나무와 함께 바위는 한탄강 거센 물에도 흔들리지 않는 변치 않는 굳은 의지와 절개를 보여준다.

지금은 사라졌지만 고석정에 비석이 있었다. 고려 시대 스님 무외無畏는 「고석정기」에서 신라 진솔왕眞率王이 남긴 비석이 있다고 기록하였다. 진솔왕을 진흥왕으로 보기도 한다. 비석의 성격도 마찬가지다. 순수비로 보기도 하지만 당시의 신라의 국경과 일치하지 않는다는 지적도 있다. 그렇다면 다른 왕일 가능성도 있다. 여하튼 신라왕이 이곳에 비석을 세웠다는 것은 비석의 내용과는 별개로 고석정이 경치가 빼어날 뿐만 아니라 철원 지역을 상징하는 장소임을 보여준다.

다른 곳에 비해 유달리 독특한 풍경으로 인해 이곳을 인간이 사는 세계가 아닌 신선의 세계로 인식하였다. 무외無畏의 기문에 의하면 이곳은 신선의 경계[神仙之區]다. 언덕에서 바라봐도 선경이지만 직접 고석정에 오르면 온몸으로 체험하게 된다. 강가 모래에서 쳐다봐도 또한 독특한 풍경을 연출한다.

특별한 경치를 지닌 곳이라 예부터 수많은 이들이 이곳을 방문했다. 눈길을 끄는 것은 임금의 행차다. 삼국시대부터 자취가 발견된다. 「신증동국여지승람」은 신라 진평왕과 고려 충숙왕이 일찍이 이 정자에서 노닐었다고 알려준다. 진평왕은 비석까지 세울 정도로 특별한 방문이었다. 「고려사절요」는 충숙왕이 철원에서 사냥하고 고석정에 이르렀다고 더 자세하게 기록하였다. 조선시대 들어와서

고석정

도 비슷한 이유로 고석정을 찾았다. 세종이 태종과 함께 고석정에서 사냥한 일이 「세종실록」에 실렸다.

고석정은 놀기에 좋은 장소다. 보기만 해도 좋지만 배를 타고 주변의 깎아지른 협곡을 완상하는 것도 고석정을 즐기는 방법이다. 옛사람들도 여행길에 또는 공무 중에 철원에 들리면 이곳을 찾곤 했다.

단순히 유람에만 그치지 않았다. 흥이 나면 시를 짓곤 했다. 한시뿐만 아니라 가사 작품을 짓기도 했다. 철원의 대표적인 문화공간이었음을 많은 선인의 시문들이 증명해준다.

송대소

三釜瀑(삼부폭) 積禾潭(적화담)도 奇特(긔특)다 ᄒᆞ려니와
漆潭(칠담) 高石亭(고셕뎡) 비길 ᄃᆡ 또 잇ᄂᆞᆫ가?

조우인曺友仁, 1561~1625이 지은 「관동속별곡」 중 철원 지역에 해당하는 부분이다. 작자가 만년에 정철의 「관동별곡」을 읽고 느낀 바 있어, 젊었을 때 관동지방에서 노닐던 기억을 떠올리며 이 가사를 지었다고 한다. 三釜瀑(삼부폭)은 삼부연폭포를, 積禾潭(적화담)은 화적연, 高石亭(고셕뎡)은 고석정이다. 漆潭(칠담)은 어디를 가리키는 것일까?

조우인은 가사 작품만 지은 것이 아니라 한시로 「동주잡영」을 남겼다. 궁왕구도弓王舊都, 북관정北關亭, 칠담漆潭, 삼부연三釜瀑, 고석정高石亭, 여조구저麗祖舊邸, 적탄賊灘을 소재로 하여 시를 지었다. 그중 칠담漆潭에 해당하는 시다.

조선의 핫플레이스

깊은 못 검게 괴어 두려워 다가갈 수 없고　深潭淳黑懼難臨
푸른 절벽 하늘과 나란하고 물을 끼고 있네　翠壁天齊夾水潯
늦게야 피리 불자 못 아래서 응하니　橫吹晚來泓下應
이 사이에 독룡(毒龍)이 있다는 걸 알겠네　此間知有毒龍潛

물이 깊어 옻처럼 검다는 것은 양지리에 있는 칠담과 같다. 두 번째 구절은 양지리의 칠담과 다른 곳임을 보여준다. 절벽이 하늘과

송대소

나란하며 양 절벽이 물을 끼고 있다는 표현은 양지리에 있는 칠담과 다른 특징적인 모습이다. 독룡毒龍에서 칠담이 위치한 곳의 실마리를 찾을 수 있다. 송대소 절벽 중간 바위에 구멍이 뚫려 물이 흘러 내린다. 그 바위구멍을 통해 용이 승천했다고 해서 용굴이라 부른다. 용굴은 다른 전설을 만들었다. 옛날 송도에 사는 송씨 포수 3형제가 이곳에 이무기가 살고 있다는 소문을 듣고 와서 이무기를 잡으러 물속에 들어갔다. 둘은 이무기에 물려 죽고 살아남은 한 사람이 이무기를 잡아서 송도포松都浦라 불리게 되었고, 일명 송대소라고 부르게 되었다고 한다. 사람을 해쳤기 때문에 독룡이라고 표현한 것이다. 조우인의 「관동속별곡」과 「동주잡영」 속 칠담은 송대소를 가리킨다. 조우인은 칠담과 관련된 시를 한 수 더 짓는다. 「칠담에서 노닐 때 철원 부사와 기생을 데리고 함께 완상했다」를 지었으니 조우인에게 송대소는 무척이나 인상적이었고 유람하기에 적당한 곳이었다.

약 55만 년 전부터 시작되어 15만 년 전까지 계속된 화산이 분출되어 흘러나온 용암이 만든 송대소의 현무암 절벽은 높이가 20~30m에 이른다. 좌우가 절벽인 협곡 형태를 보여 '한국의 그랜드캐넌'이라고 부르기도 한다. 부채꼴 모양의 주상절리 패턴도 눈에 띈다. 일반적으로는 주상절리로 표현하고 있지만, 이 경우는 꽃처럼 퍼진 모양이라 '방사상 또는 화형절리'라고 부른다. 송대소에서 눈길을 끄는 곳은 단연 절벽이다. 문외한이 보아도 주상절리는 특이한 아름다움이다. 협곡 사이에 푸르다 못해 검게 고여 있는 물도 두려움을 주는 아름다움이다. 여기에 하나를 추가한다면 봄날 꽃구경과 가을 단풍 구경이다. 구사맹은 철원의 대표적인 명소 중 하나로 '송대소에서 꽃구경'을 꼽을 정도였다.

뛰어난 풍경에 매혹된 이들은 이곳에 집을 짓고 살고 싶어 했다. 일부러 집까지 지을 필요는 없다. 송대소를 조망할 수 있는 곳에 넓은 바위가 마침 있다. 게다가 옆에 소나무가 그늘을 만들어준다. 솔잎 사이로 바람이 불면 시원한 솔바람이 사심私心을 모두 날려 보낸다. 송대소에선 절로 신선이 된다.

직탕폭포

성해응成海應, 1760~1839은 1799년 8월에 이한진, 박제가와 함께 철원을 유람하고 「철성산수기」를 짓는다. 이때 순담, 고석정, 칠만암, 삼부연과 함께 직연直淵을 노래한다.

> 옛 현인 맑은 물 좋아해 昔賢好淸流
> 남악(南嶽) 염계(濂溪)에서 살았네 愛居南嶽濂
> 나 또한 고결한 행동 생각하며 我亦思高擧
> 폭포에 의지해 살고 싶네 栖息依水簾

직연直淵은 어디를 가리키는 걸까? 순담, 고석정 등과 함께 읊었으니 철원에 있는 것은 분명하다. 자료를 살펴봐도 직연을 설명하는 곳을 찾을 길 없다. 시의 내용을 자세히 살피는 수밖에 없다. 두 번째 구절에서 남악南嶽은 중국 5악 중의 하나인 형산衡山의 다른 이름이다. 염濂은 염계濂溪로서 주돈이周敦頤를 의미한다. 황정견은 주돈이의 인품이 고상하고 마음이 대범한 것이 마치 맑은 날의 바람과 비 갠 날의 달과 같아 '광풍제월光風霽月'로 요약하여 칭송했다.

세 번째 구절은 중의적으로 읽을 수 있다. 고결한 행동[高擧]는 '광풍제월'로 묘사되는 주돈이의 인품이다. 그는 형벌을 집행할 때 너그럽고 공정한 판결로 이름 높았다. 1044년 상관이었던 전운사 왕

직탕폭포

규가 죄목을 엄격하게 적용하여 사형에 해당하지 않는 죄인에게 사형을 선고하는 일이 일어났을 때, 그는 사람을 죽여 아첨하는 일을 하면서 관리가 될 수는 없다며 관직을 버리면서까지 사형의 부당함을 항변하여 죄인의 목숨을 구했다.

네 번째 구절은 성해응의 바람으로 독해해야 할 것 같다. 수렴水簾은 '물로 된 발'로 폭포를 의미한다. 설악산의 수렴동은 골짜기에 폭포가 많아서 수렴동이라는 이름을 얻게 되었다. 철원 어디에 폭포가 있는가? 직연이라고 제목을 달았으나 '직탕폭포'를 가리키는 것으로 보인다. 결국 성해응은 시에서 직탕폭포를 의미하는 수렴을 시에 넣어 짓기 위해서 남악과 염계를 포진시켰다.

직탕폭포에서 폭포의 장대함만, 주상절리의 기묘함만 보고 떠나면 뭔가 허전하다. 하천 침식 형태의 하나로 하천이 상류 쪽으로 그 길이를 증가해 가는 침식 현상인 두부침식만 확인하는 것도 뭔가 부족하다. 주돈이를 떠올리며 우리의 삶을 점검해보아야 한다. 하나 더, 우주의 근원과 인간의 본질을 탐구했던 주돈이는 연꽃을 사랑하여 「애련설愛蓮說」을 지었는데, 직탕폭포가 보이는 한탄강에 앉아 그의 작품을 감상하는 것이 마지막으로 할 일이다.

물과 뭍의 초목 중에서 아낄 만한 꽃은 매우 많다. 진의 도연명은 유독 국화를 사랑했고, 당나라 이래로 세상 사람들은 모란을 아주 좋아했다. 나는 홀로 연꽃을 아낀다. 진흙 속에서 자라지만 더럽혀지지 않고, 맑은 물에 몸을 씻어도 요염하지 않다. 속은 비어 있고 겉은 곧으며, 덩굴을 뻗지 않고 가지 치지도 않는다. 멀어질수록 향기가 더욱 맑으며, 당당하고 깨끗하게 서 있어서 멀리서 감상할 수는 있어도 가까이서 함부로 가지고 놀 수 없다. 나는 생각건대 국화는 꽃 중의 은둔한 자이고, 모란은 꽃 중에서 부귀한 자이며, 연꽃은 꽃 중의 군자다. 아, 국화를 사랑하는 이는 도연명 이후에 있다는 말을 들은 적이 거의 없다. 모란을 좋아하는 이는 의당 많을 테지만, 연꽃을 나만큼 사랑하는 이가 얼마나 되겠는가.

연꽃을 꽂은 듯, 백옥을 묶은 듯
칠만암

정철鄭澈, 1536~1593의 「관동별곡」 중 금강산에서 소향로봉과 대향로봉을 눈 아래 굽어보고, 정양사 진헐대에 다시 올라앉아 다음과 같이 묘사한다. "어와 조물주가 바쁘기도 바빴겠구나. 나는 듯하면서도 뛰는 것 같고, 서 있는 듯하면서도 솟아 있는 것 같고, 연꽃을 꽂아 놓은 듯, 백옥을 묶어 놓은 듯하고, 동해를 박차고 나온 듯하고, 북극을 받치고 있는 듯하네." 기기묘묘한 금강산이 눈에 보이는 듯하다. 아마 만물상을 보았어도 이렇게 묘사했을 것이다. 오랜 세월 비바람에 자연적으로 다듬어져 자기 나름의 형체를 갖춘 바위들이 수없이 솟아 있어 이곳에서 만물의 모양새를 다 볼 수 있다고 하여 만물상이라 하였다. 층층 절벽 만 가지 생김새를 가진 기암괴석으로 이루어진 봉우리들이 줄지어 서 있는 만물상보다 많은 바위가 철원 한탄강에 있다. 일곱 배 많아서 칠만암七萬巖이고, 여덟 배 많아서 팔만암八萬巖이다.

양지리에서 강으로 내려가니 온갖 형상의 바위들이 날카로운 기상을 드러낸 채 물결 속에서 제각각 늠름함을 자랑한다. 금강산의 축소판이다. 바위 사이를 흐르는 물이 하얗게 물보라를 일으키며 세차게 흐르기도 하고 잠시 멈추기도 한다. 이곳은 철원에서 출생한 김응하金應河, 1580~1619 장군의 전설이 있는 곳이기도 하다. 김응하 장군이 수만 개의 기암괴석에서 무예를 연마하면서 호연지기를 길렀다고 하는데 참말로 수긍이 간다.

칠만암

　광해군 10년인 1618년에 명나라가 후금을 치면서 조선에 원병을
청한다. 출병을 거절했지만 명나라의 압박과 의리를 지켜야 한다는
대신들의 의견에 따라 도원수 강홍립姜弘立과 부원수 김경서金景瑞
를 따라 김응하는 좌영장으로 출정하게 된다. 심하深河 전투에서 명
나라 군대는 대패하고 조선의 원군도 후금 군대에 항복했을 때, 김
응하 장군은 홀로 3천 명 군사를 이끌고 수만 명의 적군을 상대로

고군분투하다가 장렬히 전사하였다. 군사들이 전몰한 상황에서 김응하 장군은 말에서 내려 버드나무 밑[柳下]에 몸을 기대고 활을 쏘아 적을 사살하다가 화살이 떨어지자 칼을 빼 들고 적을 격살하였다. 그가 전사한 뒤에 적들이 버드나무 밑의 장군이 가장 용감하여 범접할 수 없었다면서 유하장군柳下將軍이라고 찬양하였다. 1620년에 명나라 신종이 그를 요동백遼東伯에 봉하고 그의 처자에게 백금을 하사하였다. 조선에서는 그를 영의정에 추증하고, 충무忠武의 시호를 내렸으며, 충혼비를 의주에 세웠다. 고향 철원에는 포충사褒忠祠를 건립하여 후손들이 제향을 올리도록 했고, 묘정비와 신도비를 세워 장군의 공을 오래 기억하도록 했다. 문인들은 시를 지어 장군을 추모하였다. 성해응은 철원을 유람하다가 김응하 장군이 무예를 연마하던 곳에 들려 「칠만암」을 남겼다.

> 물은 시커멓게 검고　慘慘潭水黑
> 바위는 새하얗게 희네　皚皚石面白
> 협곡의 강 깊고 깊은데　峽江深復深
> 해 저물자 바람이 부네　日暮虛籟作

칠만암에 대한 첫인상이 이렇지 않을까. 한눈에 들어오지 않는 천태만상의 바위들을 어떻게 묘사할 수 있겠는가. 칠만 개나 되는 바위는 햇살에 하얗게 빛나고 바위 사이로 흐르는 물은 검게 보일 뿐이다. 바위 구경에 좀처럼 발길을 돌릴 수 없다. 거기다 김응하 장군의 비장한 최후를 떠올리니 강물 소리는 우는 듯하다. 바람 소리는 전쟁터에서 오고 가는 화살 소리 같다. 강개한 마음으로 시를 지었을 것이다.

내 마음에 흡족하면 된다

정자연

1623년 계해반정으로 인조가 등극했다. 황근중黃謹中, 1560~1633은 늙고 병들었으니 어찌 조정에 나아가 구차하게 작은 공이라도 있기를 바라겠냐며, 전라도 관찰사에서 물러나 철원에 은거했다. 산수가 아름다운 곳에 '창랑정滄浪亭'을 짓고 노년을 즐기면서 전국적인 명성을 얻게 되었다.

정자가 있는 곳이라 정자연亭子淵인 이곳은 소금강으로 불릴 정도로 뛰어난 풍경을 자랑한다면서 이중환李重煥, 1690~1752은 다른 시각으로 정자연 일대를 평가한다. 정자연을 중심으로 한 일대를 산수와 땅에서 생산되는 이익이 좋은 곳으로 지목하였다. "황씨들이 대대로 사는 평강의 정자연은 철원 북쪽에 위치하며 큰 들판 가운데 산이 솟아 있고, 큰 시내가 안변의 삼방치三方峙에서 서남쪽으로 흘러 내려오다가 마을 앞에서 더욱 깊고 커져 작은 배들이 다닐 만하다. 강 언덕 석벽이 병풍 같고 정자와 축대, 수목의 그윽한 경치가 있다."라고 기술하였다.

문인들의 입과 글을 통해 묘사되고 알려지게 된 정자연은 정선鄭敾, 1676~1759의 그림을 통해 명성을 조선에 떨치게 된다. 정선의 눈에 먼저 들어온 것은 강 양쪽 언덕에 늘어선 오래된 나무들이다. 소나무가 대부분이고 사이에 버드나무가 가지를 드리우고 있다. 절벽을 마주 보는 언덕엔 집 몇 채가 숲속에 있다. 그중 두 사람이 앉아

정자연(정선)

물끄러미 강을 바라보고 있는 집이 보인다. 집 바깥에 홀로 서 있는 사람은 누구일까? 배를 띄우기 위해 준비하는 것 같기도 하고, 손님을 위해 낚시를 하려는 것 같기도 하다. 한참 그림을 바라보노라니 그림 속에서 피리 소리가 들려온다. 정자연이 있는 일대 협곡을 무릉동武陵洞이라 불렀다. 어디서 부는지 피리 소리가 골짜기를 울린다. 피리 소리를 듣던 칠리탄七里灘 어귀에 있던 배 위의 나그네는 아예 배를 강가에 대고 감상 삼매경에 빠진다.

김창흡은 정선의 그림을 보고 자신의 심회를 서술하였다.

그림이라는 것은 잘 꾸미는 것이라,
진실로 기이함을 묘사해야 진짜라 할 수 있으니,
추함을 아름답게 할 수도 있네.
그림을 살피니 맑은 연못과 푸른 절벽이라,
검은 바위와 누런 물결 아닌 줄 누가 알겠나.
둘러보고 마음 만족한 걸 취하니,
무슨 언덕이고 무슨 정자냐고 묻지 말라.

　그림은 눈에 보이는 실경을 더 아름답게 그려내곤 한다. 추한 것을 반대로 아름답게 그려낼 수도 있다. 그림 속 풍경을 보고 맑은 연못과 푸른 절벽을 상상한다. 김창흡이 직접 목격한 정자연 일대는 그렇지 않았던 것 같다. 마침 그때는 비가 많이 내려 정자연은 푸른 옥색이 아니라 누런 흙탕물이었다. 정자연 옆 절벽은 빗물을 머금어 검은 쇳덩어리처럼 보였다. 정선의 솜씨가 실경보다 뛰어나다는 것을 칭찬한 것 같다. 그러나 아름답게 그리고 추하게 그리고 간에 크게 문제 될 것이 없다. 중요한 것은 내 마음에 흡족하면 된다. 그런 상태에서는 색깔이 문제가 되지 않는다. 정자연 주변의 언덕 이름도 중요하지 않다. 정자의 이름도 누가 지었는지도 중요하지 않다. 그냥 바라보고 마음에 들면 그뿐이라고 김창흡은 말한다.
　휴게소에서 정자연을 바라본다. 지형은 변함없지만 많은 것이 변했다. 절벽 위 나무는 보이지 않는다. 강변에 있던 집도 사라진 지 오래다. 더 커다란 변화는 이제는 시인과 화가들이 찾을 수 없다는 것이다. 더 이상 이곳을 노래하지 않는다. 그리지 않는다. 언제나 옛 영화를 다시 찾을 수 있을까?

북관정

東州동쥐 밤 계오 새와 北寬亭북관뎡의 올나ᄒ니,
三角山삼각산 第一峰뎨일봉이 ᄒ마연 뵈리로다.
弓王궁왕 大闕대궐터희 烏鵲오쟉이 지지괴니,
千古쳔고 興亡흥망을 아ᄂ다, 몰ᄋ난다.

철원에서 하룻밤을 새우고 날이 새자마자 북관정에 오르니, 임금님이 계신 서울의 삼각산 제일 높은 봉우리가 보일 것 같구나. 옛날 태봉국 궁예왕의 대궐터였던 곳에 까마귀와 까치가 지저귀니, 한 나라의 흥망하던 역사를 아느냐? 모르느냐? 정철鄭澈, 1536~1593의 「관동별곡」 중의 일부다.

북관정은 철원 관아에서 북으로 200보 떨어진 지점에 있어서 공무를 보러 왔다가 오르기 쉬웠다. 언덕에 위치하여 북으로 광활한 들이 한눈에 들어온다. 멀리 수백 리 밖 북한 땅까지조망할 수 있다. 바로 이러한 형세 때문에 북관北寬이란 이름이 지어졌다. 북관정에서 바라본 뛰어난 풍경은 철원을 유람하는 시인이 입에 자주 오르내렸다. 조우인曺友仁은 철원의 명소를 읊었는데 삼부연폭포, 고석정, 송대소 등과 함께 북관정을 들 정도로 철원을 대표하는 명소였다.

북관정터에 오르니 멀리 고원 너머로 김일성 고지와 피의 능선이 펼쳐진다. 한국전쟁 당시 치열한 전투가 벌어졌다는 낙타 고지

북관정(작자미상)

가 손에 잡힐 듯하다. 이뿐만이 아니다. 지금부터 약 55만년~15만
년 전에 생성된 용암대지가 앞에 보인다. 용암류가 골짜기를 따라
흘러내리면서 형성된 화산지형이다. 땅속 깊숙한 곳에서 끓고 있던
용암이 철원에서 북쪽으로 5㎞ 정도 떨어진 오리산과 인근 680m고
지에서 분출되기 시작했다. 흐르던 용암은 추가령 구조곡의 낮은
골짜기를 따라 움직이며 대지를 메웠다. 용암이 식으면서 눈앞에
보이는 광활한 현무암 대지가 되었다.

그 대지 위에 궁예가 성을 세웠다. 북관정에 오른 이들은 한 결같이 궁예를 떠올렸다. 정철도 궁예를 언급했고, 조우인도 궁예왕의 옛 도읍지를 명소로 꼽았다. 「신증동국여지승람」은 철원의 고적으로 풍천원楓川原을 소개한다. "궁예의 도읍지로 부의 북쪽 27리에 있다. 외성의 둘레는 1만 4천 4백 21척이고, 내성의 둘레는 1천 9백 5척으로, 모두 흙으로 쌓았다. 지금은 절반이 퇴락하였다. 궁전의 옛터가 뚜렷이 아직도 남아있다." 풍천원은 철원 용암대지에 해당된다.

윤휴尹鑴, 1617~1680는 1672년에 금강산 가는 길목에 철원에 들렀다. 아침에 북관정에 오르니 펑퍼짐한 넓은 평야가 백 리나 펼쳐져 있다. 서쪽으로 금학산이 우뚝 솟았으며 보개산으로 연결된다. 간단히 술 한 잔 나누고 작별하는데, 그때 마침 시원한 바람이 잠시 스치고 지나간다. 높은 산 가파른 절벽 위에는 이미 가을빛이 역력하다. 정자가 큰 평야를 내려다보고 있어 궁예의 유허가 보이고 보개산·숭암산 등이 보인다. 시상이 떠올라 시를 짓는다.

> 내 봉래산 구경의 꿈을 안고, 가다가 북관정에 올라 보니, 중간에 산들이 확 트이고, 감돌아 물이 흐르는 곳. 저리 광활한 곳 궁예의 옛터인가. 우뚝 솟아 있는 보개산이로세. 비옥한 들판도 천만 주나 되어, 함곡관같은 천연의 요새로세. 영웅호걸도 각기 한때, 옛터엔 쓰러진 담만 남아있네. 흥망이 몇 번이나 되풀이되었을까. 국가치란도 마찬가지라네.

단순히 경치를 구경하는 데서 그친 것이 아니라, 궁예를 떠올리며 역사를 회고하는 곳이었다.

죽음을 각오한 의지를 그리다

화강백전

   김화읍에서 남쪽으로 2리쯤 떨어진 곳에서 조선군과 청군이 싸우기 시작했다. 평지에 진을 친 평안감사 홍명구洪命耇는 2천 명의 병사와 함께 전사했다. 평안도 병마절도사 유림柳琳의 군대는 잣나무 숲 언덕에 진을 치고 적을 향해 포를 쏘았다. 청군은 조선군 진지를 향해 진격하고, 조선군은 그때마다 모두 죽여 시체가 성책에 가득히 쌓였다. 아군은 굽어보고 청군은 우러러보는 지형에다가 잣나무 숲이 빽빽하여 적군의 기병들이 돌격할 수 없었다. 적이 쏜 화살도 대부분 나무에 맞아 사람에게 미치지 못했다. 적의 시체를 모두 거두어 태웠는데 3일이 걸릴 정도였다. 후에 전쟁터에 충렬사를 건립하여 홍명구와 유림을 모셨고, 사당 옆 전각에 홍명구 충렬비와 유림 대첩비를 세웠다.

   김화를 지나던 문인들은 사당에 들리곤 했다. 송시열宋時烈, 1607~1689은 금강산을 구경하고 돌아가다가 충렬사에 들려 「김화현에서 나재懶齋 홍공洪公의 사당에 절하다」를 지어 먼저 간 영혼을 위로하였다.

> 본래의 뜻 벼슬할 때부터 결정했으니   元來志決佩符時
> 오랑캐 구름처럼 와도 담담히 웃었네   虜騎雲屯談笑之
> 조용한 충렬사 옛 잣나무와 어울렸는데   窈窕徽祠依古柏
> 청산은 많으나 봉우리 하나가 기이하네   靑山無數一峯奇

홍명구는 감화 벌판을 채운 적을 보고서도 추호의 흔들림이 없었다. 적군의 칼날이 벌판을 가득 채웠어도 마치 없는 것처럼 초연하였다. 단상에 올라 병사들에게 명령 내리는 모습은 서생의 모습이 아니라 용맹한 장수의 기상이었다. 2천명 병사와 함께 김화를 지키다 쓰러진 홍명구는 전형적인 조선의 벼슬아치였다. 사당 뒤편의 잣나무는 홍명구와 함께 산화한 병사들처럼 보였다. 이후 많은 문인이 이곳에서 술을 따르고 시를 지었다.

겸재 정선은 금강산 여행을 통해 우리 산천의 아름다운 모습을 화폭에 담았고, 이후 진경산수화에 매진하게 된다. 정선은 금강산과 금강산으로 오고 가는 도중에 뛰어난 경치 30여 폭을 그렸다. 그중 하나가 김화 전쟁터를 그린 「화강백전花江栢田」이고, 김창흡은 제화시를 지었다.

> 소나무여! 잣나무여!울창하게 숲을 이루었네
> 그 아래를 오고 가노라니, 옛날과 지금 되었지만
> 진도(陳陶)의 일과 같아, 마음에 슬픔 이는구나

진도陳陶는 지명이다. 두보의 「비진도悲陳陶」 시에, "한겨울에 열 고을의 양가집 자제들 죽어가서 피가 진도 연못의 물이 되었네."라는 구절이 있다. 김화에서 군사들의 죽음이 마치 중국 진도에서의 일 같아 슬퍼한 것이다.

김화를 휘도는 강물은 화강花江이다. 백전栢田은 잣나무밭이다. 경치가 빼어나게 아름다워 그린 것이 아니라, 장렬하게 순국한 넋을 기리기 위해 전쟁터를 화폭에 담았다. 짙은 먹으로 꾹꾹 눌러 표현한 잣나무 잎은 적을 향해 부릅뜬 눈이다. 죽음을 각오한 병사들

화강백전(정선)

의 굳센 의지다. 물 샐 틈 없이 빽빽한 수직의 나무는 뚫리지 않으려는 병사들의 몸짓이다.

김화읍 생창리에 있는 DMZ 생태평화공원은 트레킹 코스를 두 개 개발했는데, 그중 제2코스는 충렬사를 경유한다. 용양보와 암정교 등도 함께 걸을 수 있다.

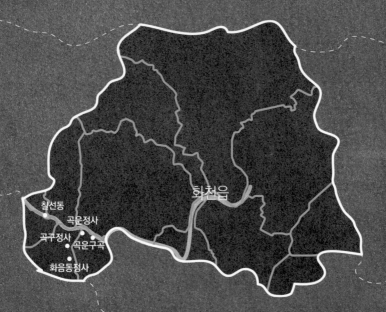

화천

칠선동
곡운정사
곡구정사
곡운구곡
화음동정사

화천읍

곡운구곡

김수증은 1670년에 곡운에 들어와 집을 짓기 시작하였다. 몇 년 걸려 일곱 칸의 집을 짓고 곡운정사라 편액을 걸었다. 곡운정사 위아래 물굽이에 방화계, 청옥협, 신녀협, 백운담, 명옥뢰, 와룡담, 명월계, 융의연, 첩석대라 이름 붙이고 곡운구곡이라 칭하였다.

오탄리를 출발한 김수증은 만월고개에서 멈췄다. 서쪽을 바라보니 산이 파도친다. 하늘은 조그맣게 열려 있고, 산 틈새로 한 줄기 계곡이 보일 뿐이다. 고개를 내려와 계곡을 옆에 끼고 계속 걷는다. 10여리를 걸은 것 같다. 깊은 계곡이 발길을 막는다. 바위 사이로 빠져나가던 물이 이리저리 부딪힐 때마다 하얗게 계곡을 흔든다. 물은 바삐 흐르는데, 한가로운 철쭉은 바위에 물감을 풀은 듯 붉다. 마을 사람들은 이곳을 소복삽小鰒揷이라 불렀다. 그러나 김수증은 붉은 철쭉에 마음을 뺏겨 방화계傍花溪라 부르고, 아홉 곳의 승경 중 첫 번째로 삼았다.

또 10여 리를 걸었다. 돌잔교가 물에 닿아있는데, 점점 탁 트여 참으로 옛사람이 말한 '빛이 있는 것처럼 환하게 보인다'는 것과 같다. 청옥협青玉峽이라 명명했다.

청옥협에서 계곡을 따라 올라가면 봉우리들 사이의 계곡만 보이다가 비로소 인가가 조금씩 보인다. 마치 「도화원기」에서 개울을 따라가니 복사꽃 만발한 도화원이 나타나듯, 그렇게 갑자기 나타난다. 건너편으로 논과 밭이 보이고, 그 사이에 농가가 군데군데 있다. 조금 더 가면 정자가 보인다. 정자 앞의 표지석은 신녀협이라 알려준다.

백운담白雲潭 오른쪽에 군부대가 자리 잡고 있다. 도로에서 내려가면 먼저 만나는 곳이 열운대이다. 열운대에서 보이는 백운담의 이미지는 기이함이다. 넓은 너럭바위가 꺼지면서 만든 폭포는 하얀 물을 끊임없이 쏟아낸다. 중저음의 물소리가 주변에 깔린다. 가까이 갈수록 더욱더 기이하다.

백운담이 기이하고 장엄한 아름다움을 지니고 있다면, 명옥뢰는 맑고 평온한 아름다움을 지니고 있다. 정약용은 여울로서는 극히 아름다운 경관이라고 평하였다. 명옥뢰는 눈으로 보는 곳이 아닌, 눈을 감고 여울 소리를 듣는, 그래서 귀로 감상하는 곳임을 이름으로 알려준다. 특히 밤중에.

안동 하회마을의 축소판 용담리 앞에 와룡담이 있다. 가뭄이 심하면 이곳에서 기우제를 지냈다. 건너편은 모두 커다란 바위다. 바위와 만나는 물은 시퍼렇다. 곡운구곡의 다른 곳과 달리 이곳은 모래가 넓게 펼쳐져 있다.

곡운구곡의 진수를 즐기는 방법 다양하다. 눈으로 볼 곳과 귀로 듣는 곳을 구분할 것. 감상 포인트를 알 것. 구곡을 노래한 시를 함께 감상할 것. 또 하나 있다. 낮에 구경할 곳과 밤에 구경할 곳을 구분할 것. 곡운구곡 중 밤에 거닐어야 되는 곳은 명월계다. 달밤에 소요하면서 만끽해야 한다.

융의연에서 기억해야 할 사람이 있다. 바로 김시습과 제갈공명이다. 의리와 절개로 상징되는데, 김수증은 거처하는 곳마다 두 분의 그림을 걸어놓고 숭모하였다. 애초에는 융의연 주변에 '융의당'을 세우려고 했다. 그러나 무슨 일이 있었는지 건물을 짓지 못하였고, 화음동으로 거처를 옮긴 이후에야 유지당이란 건물을 짓고 두 분을 모시게 되었다.

정선鄭敾, 1676~1759은 서화집인 해악전신첩海岳傳神帖에 첩석대를 그림으로 남겼다. 이병연李秉淵, 1671~1751이 겸재의 그림을 모아 화첩을 만들고 김창흡에게 보여주자, 김창흡은 「이일원의 해악도 뒤에 쓰다」란 글을 지어 주었다. 첩석대에 대하여 "곡운구곡은 첩석대를 근원으로 삼는다. 물소리는 쟁글쟁글하고, 돌은 옥을 겹친 것 같다. 방화계부터 거슬러 올라가는 길이 십여 리인데, 선생의 발걸음이 피로한 적이 없었다."라고 기록하였다. 정선이 곡운구곡 중 첩석대를 그린 이유에 대해선 알 수 없다. 그러나 정선의 심미안에 포착되었다는 것만으로도 첩석대의 뛰어난 경관을 말하여주는 것이 아닐까?

너럭바위(정선)

곡운정사

1712년 정선鄭歚, 1676~1759은 김화 현감으로 있던 친구 이병연李秉淵, 1671~1751의 초대로 금강산을 유람하였다. 내금강과 외금강을 화폭에 담고, 이병연의 시와 스승 김창흡金昌翕, 1653~1722의 시를 더해 「해악전신첩」을 만들었다. 금강산만 그린 것은 아니었다. 금강산 가는 도중에 빼어난 경관을 직접 찾아가 진경을 확인하였다. 철원 지역의 화적연, 삼부연에 먼저 들렀다. 김화에서 청군과 전쟁을 하여 승리한 곳에서 「화강백전花江栢田」을, 김화현에 숙박하며 「화강현재花江縣齋」를 남겼다. 인근에 있는 수태사와 정자연도 빠트릴 수 없었다.

도마치고개를 넘었다. 포천군 이동과 화천군 사창리를 잇는 고개는 조선시대 중요한 문화 루트였다. 일찍이 김시습은 이곳을 통해 사창리로 들어와 한을 삭혔다. '오세동자터'는 지금도 사창리에 남아있다. 이후 송시열과 막역한 김수증金壽增, 1624~1701이 터를 잡고, 조카인 김창흡마저 집을 옮기면서 노론계 문인들이 성지 순례하듯이 사창리 일대를 찾았다. 수많은 시와 여행기들이 창작되었다. 정약용도 해배 이후 1823년에 찾을 정도였다.

김수증은 1670년에 곡운에 들어와 집을 짓기 시작하였다. 몇 년 걸려 일곱 칸의 집을 짓고 곡운정사라 편액을 걸었다. 송시열에게 편지를 써서 곡운정사에 대한 글을 요청하고, 송시열은 1671년 6월에 「곡운정사기」를 짓는다.

곡운구곡도(조세걸)

    김수증은 일곱 칸의 띠집을 지은 후 농수정籠水亭을 짓고, 가묘를 세웠다. 그뿐만 아니라 아이들의 방을 만들고 마구간, 행랑, 부엌 등도 지었다. 조세걸이 1682년에 그린 농수정도에 건물의 위치가 자세하게 재현되었다. 곡운정사에는 비석이 있었다. 이하곤은 1714년에 뜰 가운데 조그만 돌 비석이 서 있는데, 송시열의 기문과 주자의 와룡담 시를 새겼고, 김수증이 예서체로 썼다고 기록하고 있다. 어유봉도 이와 비슷한 상황을 기록하였다. 뜰 옆에 조그만 비석이 있는데 송시열의 기문을 새겨놓았으나 글자가 마모되어 읽을 수 없었다고 전한다. 남유용도 비에 새긴 송시열 글을 읽었다고 적고 있다. 지금은 그 비석이 어디에 있는지 알 수 없다.

곡운정사에서 중요하지 않은 것이 있으랴만, 그중에서 중요한 것은 농수정이 아닐까. 김수증 스스로도 밝혔듯이 그가 곡운에 온 이유가 농수정에 오롯이 담겨있다. 농수정은 겸재 정선이 그린 해악전신첩의 30점 그림 중에 「곡운농수정」이란 화제로 생생하게 묘사되었다. 지금은 전해지지 않아 아쉬울 따름이다. 김창흡은 '시끄러움으로 시끄러움을 보내려고 했으니 각각 묘한 이치가 있다'고 그림에 적어 놓았다. 정선의 그림은 남아있지 않지만, 조세걸의 곡운구곡도 중 6곡 와룡담도와 농수정도에 농수정의 모습이 남아있어 확인할 수 있다. 조세걸의 그림은 농수정의 모습과 주변의 풍광을 시각적으로 보여준다. 문헌으로 전하는 농수정의 모습도 크게 다르지 않다. 김수증은 "남쪽 물가의 소나무 숲이 푸르고 울창하여 정자를 둘만하다. 최치원의 시어를 취하여 농수정이라고 이름 지었다."고 묘사했다.

현재 곡운정사가 있던 곳에 남아있는 것은 영당터 뿐이다. 근래에 세워진 김수증 선생 추모비도 있다. 주춧돌은 풀 사이에 일정한 간격으로 몇 개 박혀있었으나 최근 복원되었다. 그 앞에 흥학비가 아주 오랫동안 이곳을 지키고 있다. 김수증의 「농수정」 시에 차운하여 송시열이 시를 짓는다.

그대 세상 피해 숲속에 있으면서　夫君逃世在林巒
이름을 천지 사이에 없애려 하네　名姓將無天地間
손님도 자못 주인의 뜻 알고　客至頗知主人意
세상일 이야기 않고 청산만 대하누나　不談時事對靑山

음양의 아름다움을 품고 있는 곳

곡구정사

설악산 영시암에 머무르던 김창흡의 발길이 큰아버지가 계시던 사
창리로 향했다. 숙종 41년인 1715년 가을, 삼일리에 곡구정사谷口精舍
가 완성되었다. 이때 김창흡의 나이는 63세였다. 곡구정사는 박후실
博厚室과 유구당悠久堂, 그리고 고명루高明樓로 단촐하게 지어졌다. 판
지와 기와로 담장을 둘러쌓으니 그윽하고 조용하다. 박후실은 김창
흡이 생활하던 곳으로 안석과 지팡이, 그리고 거문고와 책들을 갖추
었다. 김창흡은 「박후실에서 섣달 그믐날에」란 시를 남긴다.

> 깊은 산속 촛불 켜고 있으나 기쁘지 않고　窮山秉燭不成歡
> 은하수 기울자 새벽 추위가 시작되네　星漢斜飛欲曉寒
> 바스락 소나무에 부는 바람 폭죽놀이 아니니　淅瀝松風非爆竹
> 쓸쓸한 판자집은 작은 설 지내지 못하네　蕭條板屋缺椒盤

노년의 김창흡은 박후실에서 한 해를 보내며 시를 지었다. 은하
수가 기울 때까지 밤을 지새운 그의 심사는 새해를 맞이하는 희망
보다 회한에 차 있다. 밤새도록 들리는 것은 소나무를 거칠게 흔들
며 통과하는 매서운 바람 소리와 시끄럽게 장기를 뛰는 하인들의
들뜬 소리뿐이다. 약주와 함께 쟁반에 산초를 담아 어른께 올려야
하지만 올릴 사람도 없고, 젊었던 시절만 생각하는 노년의 추운 겨
울이다. 박후실에서 노년의 회한을 이렇게 시로 남긴 것이다.

영서북부 · 화천

곡구정사, 상담

　문을 나서 동쪽으로 수십 걸음하면 바위와 물이 반긴다. 물은 화음동에서 흘러와 돌 사이로 시원하게 흐르다가, 큰 바위 앞에서 하얗게 부서진다. 서리같이 희고 깨끗하다. 바위는 길게 뻗으면서 층층이 쌓였는데, 좌우로 펼쳐지면서 바위섬을 만든다. 큰 바위를 만난 후 내달리던 물이 쏟아지면서 상담上潭이 된다. 상담을 빠져나온 물이 뿜어내며 떨어지는데 마치 주렴을 걸어놓은 듯하다. 물이 모여서 하담下潭이 된다. 평평하고 넓으며 잔잔하고 깊은 것이 상담과 비교할 수 없다. 연못 가운데 열목어가 많아 통발을 설치하여 잡기도 했다. 하담이 남성적인 계곡의 아름다움을 과시한다면, 상담은 부드러운 여성미를 보여준다. 한 공간에서 음양의 아름다움을 동시에 품고 있는 곳이 상담과 하담이다.

상담 위에 바위를 깎아 다리를 설치했다. 다리 부근의 높고 평평한 바위 위에 정자를 세우고 완재정宛在亭이라 이름 붙였다. 정자를 가운데 두고 양쪽으로 계곡물이 흐른다. 물줄기를 도랑으로 끌어들여 물레방아를 돌리게 하였다. 정자에서 조금 떨어진 곳에 바위를 깎아 홈을 만든 후 나무를 걸쳐 놓고 다리를 만들었다. 다리 기둥을 세울 용도로 바위에 뚫은 구멍이 두 개 보인다. 하나는 네모이고, 다른 하나는 원형이다. 천원지방天圓地方을 의미하는 것은 아닐까? 둥근 것은 하늘을, 네모난 것은 땅을 의미한다.

곡구정사 앞 계곡 가운데의 커다란 바위는 조그만 섬이다. 정자 터의 좌우로 물이 흘렀으나 지금은 정자 터의 좌측으로만 커다란 물줄기가 흐른다. 정자 터 오른쪽은 돌들로 메워져 있어 예전의 도랑의 모습을 찾을 수 없다. 농수로를 따라 물이 흐르고, 넘친 물은 물레방아가 있던 곳으로 흐른다. 물레방아터엔 아직도 절구확이 남아있다. 홍상한洪象漢, 1701~1769이 1721년에 곡구정사에 들렀다. 그때 김창흡은 물레방아에도 일동일정一動一靜의 이치가 있음을 일깨워준다.

김창흡은 하담 옆에 서실을 마련하고 찾아온 문인들과 학문을 토론하는 것을 즐거움으로 여겼다. 방문한 문인들은 서실에서 숙식하며 공부했으니, 서실은 지금의 게스트하우스 역할을 한 셈이다. 완재정에 앉아 일동일정一動一靜의 이치를 생각해본다.

화음동정사

1680년에 경신환국이 일어났다. 남인이 몰락하고 서인이 득세하게 되면서 김수증도 정계로 복귀한다. 이후 회양과 청풍 등지에서 벼슬을 하였다. 1687년에 부인의 상을 치렀다. 1689년에 기사환국이 일어났다. 왕이 후궁인 숙원 장씨의 소생을 세자로 삼으려 하는 것에 반대한 서인들이 내침을 당하고 남인이 정권을 잡게 된다. 동생 김수항은 유배지에서 사사되고, 김수증은 벼슬을 버리고 곡운으로 들어왔다.

기사환국 이후 김수증은 곡운정사를 떠나 화음동으로 이주할 계획을 세우고 삼일계곡 주변에 정자를 세웠으니, 요엄류정이다. 이듬해 여름에 본채인 부지암不知菴이 완성된 것으로 보아, 요엄류정은 화음동정사를 짓기 위한 전진기지 역할을 한 셈이다.

요엄류정에서 남쪽으로 수십 걸음 가서 집을 완성하였다. 화음동정사의 중심이며 김수증이 화음동으로 거처를 옮긴 이유를 알려주는 것이 부지암不知菴이다. 그는 방 네 칸의 집을 짓고, 육유陸游의 시에 "만사는 차라리 잠들어 알지 못하는 것이 낫다.[萬事無如睡不知]"는 말 중 '부지不知'를 취하여 이름을 지었다. 부지암 왼쪽에 두 칸 방을 짓고 자연실自然室이라 하였다. 1699년 여름에 두 칸을 증축하여 세 칸을 터서 방을 만들고, 위쪽 한 칸은 벽 하나를 사이에 두고 노복들의 대기소로 삼았다. 방의 북쪽에 한 칸 청몽루淸夢樓를 짓고 방

화음동정사

과 통하게 하였다. 그리고 방 안에 서가를 설치해 여러 책을 꽂아두
었다. 건물을 완성한 후 울타리를 만들고 문을 세우고 함청문含淸門
이라 하였다. 문기둥에는 "게으르게 문 닫아 거니, 찾아올 나그네가
어찌 있으리."라는 구절을 적었다.

　비록 문을 세웠으나 깊은 산중이라 찾는 손님 없는 이곳은, 반수
암의 스님들과 농사일 때문에 오가는 마을 사람들뿐이다. 울타리
바깥 채마밭은 불가부지포不可不知圃이다. 대문 바깥에 우물이 있어
한천정寒泉井이라 하였다. 우물 아래엔 청여허당淸如許塘이란 못이
있고, 못 옆에 누대를 쌓고 표독립대表獨立臺라 하였다.

그는 마을 사람들과도 허물없이 어울렸다. 화음동정사는 산으로 들어가는 길목이어서 산사람들이 매일 문을 지나다녔다. 마을 사람들은 땔나무를 해 가기도 하고, 목재를 해 가기도 했다. 어떤 때는 뽕잎을 따고, 어떤 때는 화전을 사르기도 했다. 밭을 매는가 하면 산나물을 캐기도 하고, 산에서 벌꿀을 찾기도 했다. 가을이 되면 매를 잡거나 산삼을 캐기도 하고, 잣이나 버섯을 따는 사람도 있어서 늘 집 앞을 지나다녔다. 낯익은 마을 사람은 가끔 잠시 머물러 푸성귀며 열매를 내놓기도 하였다. 반수암에 오는 중과 사람들도 문을 지나다녔다. 그러면 더러 불러다가 말을 나누면서도 시끄럽고 번거로운 줄 모르며 살았다.

인문석이 새겨진 바위 위이자 삼일정 위쪽에 무명와가 있었다. 무명와 세 칸 중에 한 칸이 유지당이다. 인문석이 끝나는 곳에 계단이 있고, 계단이 끝나는 곳에 문이 있었으니, 조모문朝暮門이다. 김수증은 무명와에서 많은 시간을 보냈다. 그의 「무명와기사無名窩記事」에 그의 하루가 고요하게 묘사되어 있다. 나른한 오후에 혼자 거닐다가, 잠시 나무에 기대어 물끄러미 바라본다. 그러다가 달콤한 잠을 자기도 한다. 의지를 최소한으로 줄이고 시간에 몸을 맡긴 채 유연하게 흘러가는 모습만이 보인다. 각박한 인간 세상의 모습을 찾아볼 수 없는 화음동의 생활과 경치는 김수증이 갈망했던 경지일 것이다. 모든 것을 잊고 자연의 변화 속에 몸을 던진 채 함께 유영하는 김수증은 도를 깨친 자의 모습이다. 속세의 시선으로 봤을 때 팽팽한 끈을 놓아버린 사람처럼 보일 수도 있지만, 그는 화음동정사에서 한없이 편안하였다.

선이 되어 거닐다

칠선동

언제부터인지 알 수 없다. 칠선동七仙洞은 광덕계곡이 되었다. 일곱 신선이 사는 골짜기는 사람들의 상상력을 자극해서 시에는 늘 신선이 등장하였다. 이곳을 여행하면 신선이 되어 탈속脫俗의 경지를 노래했다. 이제는 더 이상 신선은 살지 않는다.

김수증은 기장奇壯과 온자蘊藉로 곡운구곡의 백운담과 칠선동을 비교한다. 기이하고 힘찬 남성미를 보여주는 곳이 백운담이다. 김수증은 처음엔 곡운구곡에 매료되어 다른 곳에 흥미를 느끼지 못하였다. 칠선동의 수석水石이 빼어나다는 말을 듣고서 한번 가보고 싶었으나 머뭇거리다가 가지 못했다. 곡운구곡의 수석이 기이하고 훌륭하여, 칠선동이 여기보다 반드시 뛰어나지 않으리라 여겼기 때문이다. 그러나 칠선동에 와 보고 또 다른 아름다움을 발견한다. 온자蘊藉의 아름다움이다. 넓고 온화함, 너그럽고 따스함, 온화하며 고상함으로 풀이가 가능하다. 부드러움과 따스함의 아름다움이다.

칠선동은 7곡으로 이루어졌다. 1곡은 쌍계협雙溪峽, 2곡은 백석뢰白石瀨, 3곡은 탁영계濯纓溪, 4곡은 회승대會勝臺, 5곡은 옥렴천玉簾泉, 6곡은 공심담空心潭, 7곡은 심진원尋眞源이다. 7곡 중에서 4곡과 5곡은 더욱 기이奇異하여 형언할 수조차 없다고 언급하고 있다. 이하곤李夏坤, 1677~1724은 이곳의 일정을 「동유록」에 적어놓았다. "계곡물은 두 갈래다. 하나는 학령鶴嶺 아래에서 나와 남쪽으로 흐르고, 또 하나는 칠선동에서 나와 동쪽으로 흐르다가, 마을 서쪽에 이르러 합류하면서 너럭바위 위를 흘러 아래에 조그만 연못을 이룬다. 돌에는 용과 같은 주름이 있어 꿈틀거리고, 발톱과 뿔이 모두 있어서 와룡암臥龍巖이라 부른다. 돌 위를 걸으며 물고기를 보고, 흐르는 물로 가서 발을 씻으니 매우 마음에 맞는다. 잠시 있다가 방군方君이 마을 사람을 불러 길을 인도하게 했다. 방군이 일찍이 한번 왔었으

칠선동

나 발원지를 찾을 수 없었고, 지름길 또한 익숙하지 않기 때문이라고 한다." 여행기로 적는 것으로 부족했는지 칠선동에서의 감흥을 시로 남긴다. 「칠선동으로 들어가며」가 그의 문집인 「두타초」에 실려 있다.

고목은 푸른 등나무 치렁치렁 늘어뜨리고 　垂藤古木綠毿毿
돌길을 지나 푸른 기운 속으로 들어가서 　石磴穿過入翠嵐
산승(山僧)이 놀래 소리친 곳에 이르자 　行到山僧驚叫處
급히 말에서 내려 맑은 연못 물어보네 　急先下馬問澄潭

어유봉은 「기원집」에서 "수십 보를 가자 계곡물이 하나는 서북쪽에서 흘러오고, 하나는 동북쪽에서 흘러와서 합류한다. 이곳이 곡운 선생이 이름 붙인 쌍계협雙溪峽이다. 서쪽 절벽 높은 곳에 새로 모정茅亭을 지었으니, 지은 사람은 성규헌成揆憲이라 한다. 계곡을 건너 위로 올라가 내려다보니 수석水石은 매우 청량하여, 강가에 있는 정자의 뛰어남과 같다."라고 언급하고 있다.

김수증은 7곡의 이름만 알려주었을 뿐이다. 7곡의 아름다운 모습을 자세히 묘사하지 않은 것은 왜일까? 탐승객들에게 선입견을 주지 않기 위해서일까? 김수증의 배려는 심미안을 갖고 있지 못한 평범한 여행자의 눈을 시험한다. 그래서인지 후대의 탐방객들도 나와 비슷한 고민을 하였다. 어유봉은 "이름을 헤아리고 뛰어난 경치를 증험하여 선생이 그 당시 이름 붙인 뜻을 알려고 했으나, 어떤 것은 의심나고 애매하다."라고 고충을 토로하였다. 김수증의 심미안과 흥취를 이심전심으로 느끼고 싶지만, 어유봉처럼 의심스럽고 애매하기만 하다.

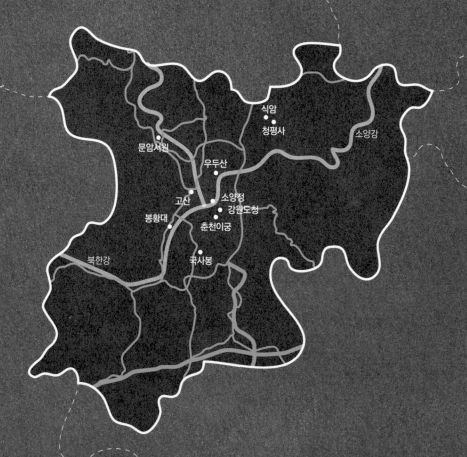

춘천

식암
청평사
소양강

문암서원
우두산
소양정
고산 강원도청
봉황대 춘천이궁
북한강 국사봉

춘천이궁

봉의산 꼭대기에 올라가면 신선이 되어 오르는 듯하다. 앞은 탁 트여 막힘이 없고 주위는 모두 너른 벌판이다. 들판 바깥으로 산이 병풍처럼 길게 이어지면서 둘러싼다. 어떤 산은 높고 어떤 산은 낮은데 각기 뛰어나다. 그 사이로 강이 흐른다. 동쪽의 인제 기린부터 흘러오는 것은 소양강이다. 서쪽 회양부터 내려오는 것은 자양강이다. 못이 되었다가 여울을 이루기도 하고, 굽이치고 휘돌다가 봉황대 아래서 합쳐진다. 눈길이 닿는 수십 리 땅은 농사짓기에 적합하다. 고을의 뛰어난 경관이 모두 봉의산에 모였다. 땅의 형세를 보는 사람들은 모두 춘천을 '큰 땅'이라고 보았다. 홍양호洪良浩, 1724~1802는 오대산과 설악산에서 발원한 소양강과 금강산 만폭동에서 흘러나오는 물이 만나 한강으로 유입되니, 동방 문명의 기운이 발원하는 곳으로 보았다.

풍수를 전략적인 시각으로 바라본 것이 춘천보장론春川保障論이다. 조선 후기에 널리 알려졌는데, 전쟁이 일어났을 때 자체를 방어할 곳은 춘천 한곳 뿐이라는 견해다. 실학자 이익李瀷, 1681~1763은 춘천이 조선의 명운을 지켜낼 만한 철옹성임을 주장했다. "서울은 낙양과 같고 강원도는 관중과 같으며 춘천은 관중의 장안과 같다. 중첩한 산이 사방에 둘러싸여 옹호하고 두 강물이 후면에서 합류된다. 가운데에는 비옥한 들판이 열려서 주위가 수백 리에 달한다. 삼면을 막고 지키며 한 사람이 관문을 막고 있으면 만 명이 뚫고 나가지 못할 것이니, 정말 난공불락의 유리한 지리적 조건이다."

고종은 전란에 버텨낼 수 있는 전략적 요충지이고, 강과 산이 조화를 이뤄 살기에 이상적인 곳이라 생각한 춘천에 이궁離宮 건립을 지시한다. 이궁은 변란과 같은 유사시에 대비한 궁궐이다. 특정 목적을 가지고 지어 놓은 궁을 행궁行宮이라고 하는데 수원 화성행궁이 대표적이다. 1887년 건설을 시작하여 1890년 7월 6일에 춘천이궁이 1차로 완공되고, 증축과 수리를 감독한 춘천부 유수 민두호에게 품계를 올리라고 명한다.

이궁의 핵심 건물은 문소각聞韶閣이다. 1646년에 춘천부사 엄황嚴愰, 1580~1653년에 의해 지어진 문소각은 순임금이 정치를 잘해 태평성대를 이루고 만든 음악 소韶를 듣는다는 뜻이다. 문소각이 위치한 봉의산의 봉의鳳儀는 순임금이 소 음악을 9번 연주하자 봉황이 날아와 춤을 췄다는 뜻을 지니고 있다. 문소각 건립은 전쟁으로 피폐해진 시기에 성군이 출현해 태평성대로 전환되기를 바라는 마음에서 출발했다.

> 태평성대 일어났다 없어짐은 천고의 일이고　韶作韶亡千古事
> 사람이 노래하고 슬퍼함은 누각 앞에 일이라　人歌人哭一樓前
> 때마다 큰 벌판은 하늘과 강 사이에 있고　時時大野空江裏
> 나는 순음악이 크고 온전함을 듣게 되네　我得聞韶之大全

19세기 전반에 시·서·화의 3절로 유명했던 문인이며, 시에 있어서 조선 제일의 대가라고 칭해진 신위申緯, 1769~1845의 「문소각」이란 시다. 그는 춘천부사를 역임하는 동안 경험한 춘천의 풍속과 인물, 지리를 엮어 「맥록」을 편찬하기도 했다.

조양루(김남덕)

　　이궁은 1896년에 강원관찰부 관아로 1910년부터 강원도청 청사로 사용되었다. 건물들은 크고 작은 화재와 새로운 건물의 신축 등으로 철거되었다. 현재까지 온전한 모습으로 남아있는 건축물은 문소각의 문루 조양루朝陽樓와 내삼문 위봉문威鳳門이다.

국사봉

계단이 끝나면 국사봉 정상이다. 정상 가운데 탑이 우뚝 섰다. 망제탑이다. 망제望祭는 먼 곳에서 무덤이 있는 쪽을 향하여 지내는 제사를 말한다. 탑에는 한시가 빼곡하게 새겨져 있다. 시를 지은 사람이 많다는 것인데 도대체 무슨 내용일까.

국사봉에서 무슨 일이 있었던 걸까? 1919년 1월 고종이 승하한다. 그러자 춘천에서는 김영하金泳河와 고을 인사 2~3백 명이 국사봉 정상에 태극단을 쌓고, 소나무 아홉 그루를 심은 후 하늘을 부르며 통곡했다. 참석한 사람들을 대표해서 아홉 사람이 각각 팔괘의 방향과 중앙에 소나무를 손수 심었다. 소상과 대상을 치를 때마다 경찰서 형사들이 반드시 참가해 감시했다. 대상이 끝난 후 하루는 갑자기 집으로 와서 수색하고, 평상시에 지은 시문들을 일일이 조사했다.

1919년 고종의 사망을 계기로 국사봉은 반일의 중심부로 등장하였다. 1993년 12월 7일 선조들의 의로운 일을 기념하기 위해 국사봉망제탑 제막식을 거행했다. 국사봉에서 일어난 일들과 망제탑을 건립하게 된 과정이다.

국사봉 태극단에서 망제만 지낸 것이 아니었다. 국장과 소상, 대상을 치를 때 고을의 인사들은 통곡하면서 조문弔文과 시를 지었다. 열여섯 분의 시가 '국사봉망제탑'에 새겨져 있다. 제일 먼저 김영하가 상복을 입고 눈물을 흘리며 시를 지었다.

국사봉(김남덕)

하늘을 부르며 임금께 곡하니　號天倚斗哭
오백 년 조선의 역사가 눈물짓고　五百餘年淚
삼천리 온 나라가 눈물 뿌리자　一灑三千疆
귀신도 함께 눈물 흘리는구나　鬼神亦爲淚

　간결하게 자신의 슬픔을 노래하고 있지만, 나의 슬픔은 온 나라의
슬픔으로 확대되어 나타난다. 온 천지가 함께 고종의 승하를 슬퍼
한다. '의두倚斗'는 '태산북두泰山北斗를 기대다'로 해석할 수 있다. 그

93

렇다면 '태산북두'는 무엇을 의미하는가? 돌아가신 고종을 의미한다. 시의 특이한 점은 '루淚'를 운으로 사용한 점이다. 슬픔을 드러내는 '눈물'은 직설적이만, 그래서 더 슬프다. 오언시를 지은 사람들은 모두 '루淚'를 운으로 삼아 김영하의 시에 화답을 하였다.

국사봉에서 시를 짓기도 하였지만, 국사봉의 유래를 적은 「국사봉기國士峰記」를 지어 국사봉에 의미를 부여했다. "고종황제가 돌아가시자 피눈물을 마구 흘렸다. 국장을 지낼 때 같은 고을의 사람 이삼 백 명과 단을 쌓고 소나무를 심은 후 통곡하며 조문을 읽길, "의義로 북쪽 오랑캐를 물리치고, 용맹으로 서쪽 귀신을 물리치자" 하였으니, 조문의 뜻을 미루어 알 수 있다. 충忠으로 생긴 분노와 의義로운 담력이 글의 기운에 넘쳐나니, 만일 본디 기른 것이 있지 않았다면 어찌 이와 같을 수 있겠는가? 이에 비로소 이러한 사람이 있고, 이러한 봉우리가 있는 줄 알게 되었다. 그러니 땅은 사람을 만난 이후에 알려진다고 말할 만하다. 만약 오늘 국사國士의 곡이 아니라면, 어찌 국사봉이 있는 줄 알았으랴!" 주진하朱鎭夏의 기문이다. 해발 200m 남짓 되는 야트막한 산인 국사봉이 입에 오르내렸는데, 그 이유는 국사의 풍모를 지닌 김영하金泳河 때문이라고 「국사봉기」는 말한다. 국사봉의 소나무가 다르게 보인다.

봉황이 머물던 곳

봉황대

춘천의 걷는 길 코스 중 의암호 나들길은 서면 금산리부터 시작하여 공지천을 거쳐 송암동에서 멈춘다. 코스 안에 봉황대鳳凰臺가 있다. 대臺는 주변보다 높은 언덕이나 산에 주로 붙인다. 의암호 가에 야트막한 산이 봉황대고, 춘천을 대표하는 명소 중의 하나가 되었다. 춘천을 소개하는 인문지리지에 꼭 들어가곤 했다.

엄황嚴愰, 1580~1653이 편찬한 「춘주지」는 봉황대를 이렇게 설명한다.

> 산자락이 우뚝 솟아나 절벽이 일천 자나 되는데, 누에머리가 강가로 달려 들어가는 형세다. 윗부분이 평탄하여 5~60명이 앉을 만하고, 큰 소나무와 오래된 잣나무가 빽빽하여 사랑스럽다. 장양강과 소양강 두 강물이 넓은 들판 사이를 구불구불 굽이치며 내려오다가 만나서 신연강이 되어, 문암을 지나 서쪽으로 흐른다. 서쪽으로 삼악산을 마주하고, 북쪽으로 백로주를 임하고 있다.

절벽이 일천 자가 된다는 것은 그만큼 높게 보인다는 뜻이다. 실제로 해발 126m이지만 의암호 옆인지라 높게 보인다. 누에머리가 강가로 들어가는 형세는 산의 완만한 모양을 비유한 것이다. 예전엔 야트막한 산줄기가 향로산 줄기와 연결되어 있었다. 그러고 보니 누에 머리 모양으로 보인다. 자양강은 중도 서쪽에 흐르는 강을, 소양강은 중도 동쪽에 흐르는 강을 말한다. 두 강물이 중도가 끝나

영서북부 · 춘천

는 지점에서 만나 신연강이 되고, 만나는 곳에 모래 벌을 넓게 만들었다.

오성 대감으로 널리 알려진 이항복李恒福, 1556~1618이 봉황대에 올라 봉황을 생각하면서 「봉황대에 오르다」란 시를 짓는다.

대가 높으나 이름만 헛되이 지니어서　臺峻名虛設
사람들은 봉황을 모른다고 하누나　人傳鳥不知
태평스런 음악 소리 지금은 조용하니　簫韶今寂寞
언제나 한 번 봉황이 와서 춤 출 것인가　何日一來儀

봉황은 동양 문화권에서 신성시했던 상상의 새로 기린·거북·용과 함께 신령스런 동물로 여겼다. 봉황은 상서로운 의미를 가진 여러 동물을 상상력으로 결합하여 만들었다. 살아 있는 벌레를 먹지 않으며, 살아있는 풀을 뜯지 않고, 무리 지어 머물지 않으며, 오동나무가 아니면 내려앉지 않고, 대나무 열매가 아니면 먹지 않는다고 한다. 정치가 공평하고 어질며 나라에 도가 있을 때 나타난다고 하여, 성군의 덕치를 증명하는 징조로 여긴다.

봉황대에 오른 이항복은 강물을 바라보면서, 순임금이 창작한 음악인 소소簫韶를 아홉 번 연주하자 봉황이 듣고 찾아와서 춤을 추었다는 일을 떠올린다. 현실은 봉황이 춤추는 태평성대와 정반대로 암울하다. 언제 이 시기가 끝날지 알 수 없는 상황이다. 그는 봉황대로 봉황이 찾아와 춤추길 기원한다. 이항복에게 봉황대는 태평성대를 고대하던 곳이었다.

봉황대에 올라 북쪽을 바라보면 봉의산과 그 밑에 펼쳐진 시내가 그림처럼 평화롭게 보인다. 왼쪽으론 의암호와 중도가 시원하게 펼

봉황대(김남덕)

처져 있다. 남쪽으로 시선을 돌리면 삼악산과 의암호가 풍경화를
보여준다. 춘천의 진면목인 산과 호수를 조망할 수 있는 최적의 장
소가 봉황대이다. 옛 시인들이 오르내리며 봉황을 그리워하는 시를
짓던 봉황대는 봉의산과 함께 짝을 이뤄 춘천을 상징하는 장소가
되었다.

조선 제일의 정자

소양정

소양정은 언제 세워졌을까? 엄황嚴愰, 1580~1653이 편찬한 「춘주지」
는 삼한시대에 창건하여서 천년의 옛 모습이 완연하다고 알려준다.
이 기록 때문에 소양정은 '삼한시대'에 세워졌다고 알려져 왔다.
1780년에 이동형李東馨은 소양정을 중수하고 "정자를 세우고 이름
을 붙인 건 삼한시대부터네."라고 시를 짓는다.

소양정을 세상에 널리 알린 사람은 김시습金時習, 1435~1493이다. 그
는 화천 사창리에서 머물다가 1483년에 춘천을 찾는다. 훗날 유명
하게 된 「소양정에 올라」를 남긴 후 청평사로 들어간다.

새 저편 하늘 다할 듯한데 鳥外天將盡
시름 곁 한(恨)은 끝나질 않네 愁邊恨不休
산은 첩첩 북쪽에서 굽어오고 山多從北轉
강은 절로 서쪽으로 흐르며 江自向西流
기러기 내리는 물가 멀고 雁下汀洲遠
배 돌아오는 옛 언덕 그윽하구나 舟回古岸幽
언제나 세상의 그물 떨쳐버리고 何時抛世網
흥이 나서 이곳에 다시 노닐까 乘興此重遊

김시습이 누구인가? 다섯 살에 세종의 총애를 받아 오세동자라
일컬어진 천재다. 거칠 것이 없어 보이던 그의 앞길에 구름이 드리
운다. 삼각산에서 공부하던 21세에, 수양대군이 단종을 몰아내고

소양정(김윤겸)

권력을 잡았다는 소식을 듣는다. 그 길로 삭발하고 방랑의 길을 떠난다. 현실과 이상 사이의 갈등 속에서 안주하지 못한 채 일생을 보낸 것으로 평가받기도 하고, 비록 유학자로서 입신양명하지는 못하였으나 스님으로서, 혹은 도인으로서 누구보다도 자유로운 정신세계를 노닐다 간 경계 바깥의 방랑자로 인식되기도 한다.

김시습의 시선은 하늘에서 땅으로, 먼 곳에서 가까운 곳으로 점점 이동한다. 잠시 하늘을 쳐다보던 그의 눈은, 하늘과 접하고 있는 산을 응시한다. 춘천을 에워싸고 있는 산들은 한두 겹이 아니다. 산, 산, 산이다. 산들은 마치 꾸물거리며 소양정을 향해 오는 듯하다. 산과 산 틈새로 소양강은 유유히 서쪽으로 흘러간다. 조금 더

클로즈업하니 강가의 모래가 보이고, 그 위로 날개를 퍼덕이며 낙하하는 새가 보인다. 아마도 강 건너 모래톱일 것이다. 자세히 보니 소양정이 기대고 있는 강 언덕이 보인다. 소양정 밑에는 나루터가 있었는데, 마침 배는 강 건너에서 소양정 쪽으로 돌아오는 중이다. 먼 곳 하늘에서 출발한 화면은 가까운 곳 소양정으로 집약되면서 응축된다. 그만큼 감정의 농도가 짙어진다. 언제 한 많은 세상을 벗어날 수 있을까?

허균許筠, 1569~1618은 「성소부부고」에서 이렇게 평한다. "모두 속세의 기운을 떨쳐버려 화평和平하고 담아澹雅하니, 저 섬세하게 다듬는 자들은 응당 앞자리를 양보해야 할 것이다." 김창흡金昌翕, 1653~1722은 이렇게 평한다. "이 한편의 율시는 매월당 김시습이 읊은 것이다. 내가 듣기에 김시습이 구름과 물처럼 떠돌면서 일찍이 관동 지방을 두루 다 돌아다녔지만, 춘천에 발자취를 남긴 것이 가장 많다고 한다. 그가 다닌 길을 찾아보면 하나하나 똑똑히 알 수 있을 정도이다. 읊은 것을 보면, 흥을 붙인 것이 심원하고 경치를 묘사한 것이 진실되어 천연으로 이루어졌다. 그러므로 소양정 시로는 마땅히 이것을 윗자리에 두어야 한다." 이후로도 정약용도 찾았고, 유인석도 소양정을 오르내리며 시를 지었다. 시인에겐 창작의 공간으로, 지나는 길손에게 휴식의 공간으로, 권력자의 향락의 공간이기도 했다. 시대를 아파하기도 했고, 외세를 물리치려는 의지를 다지기도 했다. 힘든 현실, 실타래처럼 엉킨 현실을 벗어나게 하는 치유의 공간이기도 했다.

노을이 아름다운 곳

고산

장마 때 다른 곳에서 떠내려왔다는 부래산浮來山 전설은 곳곳에 전해온다. 상중도에 있는 고산孤山의 경우도 그렇다. 고산은 금성에서 떠내려왔다고 금성 관리가 여러 해 세금을 받아 가는 바람에, 근처에 사는 사람들이 매우 고통스러워했다. 7살 먹은 아이가 산을 옮겨서 가져가라고 하니 세금 걷으러 온 관리는 말문이 막혀 돌아갔다고 한다. 여기서 더 발전된 이야기도 전해진다. 부래산은 본래 금성의 산이지만, 이 산이 깔고 앉은 땅은 춘천 땅이니 깔고 앉은 땅값을 내라고 하자 관리는 당황하여 다시는 오지 않았다고 한다. 세금에 시달리던 백성들의 고통과 강 가운데 우뚝 선 바위산이 결합하여 만들어진 이야기다.

고산은 부래산이라고 하지만 고산대孤山臺라고도 한다. 「수춘지」에는 봉추대鳳雛臺라 적고 있는데, 봉의산에 비해 규모가 작아서 '봉황의 새끼'라는 이름이 붙었다. 그러고 보니 춘천은 봉황의 고장이다. 「춘주지」는 고산을 이렇게 기록한다. "고산은 부의 서북쪽 10리에 큰 들판의 강 언덕 위에 있다. 바위 봉우리가 우뚝하며 텅 빈 위에 십여 명이 앉을 수 있다. 눈 아래로 넓은 들녘이 30리 두루 둘러싸고 있다. 소양강, 장양강, 문암, 우두산, 봉의산, 봉황대, 백로주가 한눈에 들어온다."

외롭게 홀로 우뚝 서 있는 고산은 시인들의 좋은 소재가 되었다.
김시습과 이항복이 다녀갔고, 이주李胄의 발길도 고산에 닿았다.

고산(孤山) 꼭대기에 올라　試上孤山頂
돌아보니 고산(孤山) 외롭지 않네　回首爾不孤
뭇 봉우리 아름다운 병풍처럼 둘러싸고　綵屛環衆岫
두 개의 호수 맑은 거울처럼 옆에 있네　明鏡夾雙湖
성근 빗방울 때때로 내리다 그치고　疎雨時來歇
땅거미 내리자 반쯤 있는 듯 없는 듯　斜陽半有無
날개가 생기는 것 느끼니　自知生羽翰
이전의 내가 아니로구나　非復向來吾

배를 타고 고산을 구경하는 사람에겐 고산은 외롭게 우뚝 서 있
는 외로운 이미지로 다가왔다. 이주는 배에서 내려 고산 정상까지
올라가서 주변을 둘러본다. 주변의 모든 풍경이 눈에 들어온다. 동
서남북을 조망하니 산봉우리들은 병풍처럼 둘러싸고 있고, 좌우의
강물은 유유히 흐르다가 잠시 멈추어 있다. 마치 호수처럼 보인다.
고산이 홀로 있는 것이 아니라 주변의 경관들과 벗하며 함께 있다
는 것을, 정상에 올라가서야 알았다. 바야흐로 비 내리다 그친 저
녁 무렵. 석양 속에 우뚝 선 고산은 붉은 바탕 속에 주변의 경관들
과 어우러져 신선이 사는 선계仙界를 만들었다. 이주도 선경 속에
사는 신선이 된 듯하였다. 이주뿐만 아니라 예민한 시인들은 고산
의 저녁노을을 포착하고, 춘천의 팔경에 '고산낙조孤山落照'를 포함
시켰다.

소양정에서 봤을 때 뛰어난 경치 여덟 개인 소양팔경은 봉의산에
머물러 있는 구름을 의미한 '봉의귀운鳳儀歸雲', 호암虎巖에 부는 솔

고산(김남덕)

바람인 '호암송풍虎岩松風', 화악산의 푸른 기운인 '화악청람華岳淸嵐', 월곡리의 아침 안개인 '월곡조무月谷朝霧', 고산의 저녁노을인 '고산 낙조孤山落照', 우두 들녘의 저녁연기인 '우야모연牛野暮煙', 매강 어부들의 피리 소리인 '매강어적梅江漁笛', 노주를 돌아드는 돛단배인 '노주귀범鷺洲歸帆'이다.

문암서원

터널을 지나니 용왕 샘터다. 인근에 있는 서원에서 공부하던 서생들이 마시곤 했다. 물 한 모금 마시고 물통에 채웠다. 문암서원을 향해 길을 나섰다. '서원말길'이란 도로명 주소가 목적지에 다 왔음을 알려준다. 마을의 옛 이름은 서원리였다.

한국수력원자력(주) 입구로 들어가니 오래된 벚나무가 길 양옆으로 길게 서 있다. 춘천지역의 몇 안 되는 벚꽃 명소여서 벚꽃이 필 때면 늘 몸살을 앓곤 한다. 벚꽃 터널이 끝난 곳에 주차장이 있고, 철조망으로 둘러싸인 운동장에 서원이 있었다.

서원은 사림들이 학문연구와 선현제향을 위해 설립한 교육기관인 동시에 향촌 자치기관이다. 우리나라 최초의 서원은 풍기군수 주세붕이 안향을 배향하고 유생을 가르치기 위해 백운동서원이 시초다. 춘천지역에도 문암서원文巖書院과 도포서원道浦書院, 그리고 구봉서원九峰書院이 있었다. 문암서원은 1612년에 건립되었고, 인조 26년인 1648년에 사액을 받았다. 춘천지방 거주자로 생원 진사에 합격한 자는 217명인데, 그중 춘천향교 출신 합격자는 41명뿐이며, 나머지 176명은 서원 출신인데 사액서원인 문암서원 출신이 많았을 것으로 연구된 바 있다. 과거뿐만 아니라 춘천지역의 선비들이 모여 학문을 닦고 몸을 수양하던 공간이었다. 250여 년 동안 춘천의 문화를 이끌어오던 문암서원은 1871년에 흥선대원군의 서원철

한국수력원자력(주) 입구

폐령을 피하지 못하였다. 위패는 뒷산에 묻고 서적은 향교에 헌납해야 했다.

1823년에 정약용은 문암서원에서 하룻밤을 보냈다. "서원은 깊은 산중에 있어 평생에 서울 양반을 보지 못하는 터라 자못 분주히 접대하며 존경하는 기색이 있었다." 촌사람들이 서울 양반을 깍듯이 모신 것이 아니라 대학자에 대한 접대가 아닐까. 재실에 불을 넣어 온돌이 몹시 따스하였다고 적었다. 당시 서원에서 배향하던 분에 대한 기록도 자세하다. "이황李滉을 주벽으로 모셨는데, 선생의 외가가 춘천에 있어 어렸을 때 노닐던 유적이 있어서다. 좌측에는 이정형李廷馨을 배향하였으니, 만년에 춘천에 살았기 때문이다. 우측에는 조경趙絅을 배향하였으니, 이름난 관리로 문화의 유적이 있기 때문이다."

다산은 서원에서 하룻밤 자면서 시를 한 수 짓는다.

깊은 산속 공부하는 곳　嶺麓藏修地
푸른 강 앞을 돌아 흐르네　滄江繞案回
재실은 함께 공부할 만한데　齋堪書共讀
선비들 자주 술 갖고 오네　儒以酒頻來
풀은 우거져 돌층계 덮었고　碧草深堦石
붉은 창문 재처럼 은은하네　紅欞隱竈灰
어찌하여 산중 스승이 되어　何由作山長
은둔하며 영재 기르고 있나　遯跡育英才

무슨 연유인지 모르겠으나 시속에 그려진 서원은 많이 퇴락하였다. 단지 시적 표현일 수도 있지만 조선 후기 서원의 모습을 보여주는 것 같기도 하다. 선비들이 자주 술 갖고 온다는 표현은 쉽게 쓸 수 있는 표현이 아니다. 선비가 학문을 하는 방법은 장수유식藏修游息 네 가지다. 장藏은 마음속으로 항상 학업을 품고 있음을 뜻하고, 수修는 닦고 익혀서 폐할 수 없음을 말한다. 유游는 놀면서 견문을 넓히는 것을 말하는 것이며, 식息은 물러가 쉬면서 학예를 익히는 것을 말한다. 곧 학문을 하는데 어느 때나 잠시의 잊음도 없다는 것이 장수유식이다. 서원은 퇴락했으며 학생은 공부를 하지 않는다. 시대를 걱정하는 다산의 모습이 보인다.

신성한 우두산
우두정과 우두사

옛날 소를 놓아먹이던 시절, 소들이 묘지를 마구 밟고 헤집어 엉망으로 만들어 놓아도 다음날이면 신기하게도 다시 솟아나 원래 상태가 되었다. 일본 왕자 숙슬肅瑟의 무덤이라는 설도 들려왔다. 일본인들이 이곳을 신성시하고 신궁을 건립할 생각까지 했다. 무덤을 벌초하고 지성으로 공을 들이면 아들을 얻는다고 하여 부녀자들이 몰래 벌초하는 일이 많았다. 병든 이가 기도를 하면 병이 낫는다는 이야기도 광범위하게 퍼졌다. 솟을뫼(소슬묘) 전설을 들려주는 우두산은 전설의 보고다. 다양하게 전해지는 이야기들은 우두산의 신성성을 기본 줄기로 한다. 피를 흘린 현대사의 한 대목도 있다. 우두산은 한국전쟁 초기에 국군장병들이 춘천시민과 하나가 되어 적군과 대항했던 곳이다. 주력을 섬멸함으로써 초기 전선에서 유일하게 승전보를 올렸던 곳이다. 하늘에서 내려온 소가 소양강 물을 먹는 형상이라는 우두산은 성스러운 공간이면서 동족끼리 피를 흘린 곳이다.

화천 사창리에서 머물다가 1483년에 춘천을 찾은 김시습은 우두사에서 하룻밤을 보내며 시를 짓는다.

깃들던 까마귀 저녁 종소리에 놀라 날아가고　棲鴉驚散暮天鍾
절은 안개와 노을 몇 겹 속에 서 있는데　寺在煙霞第幾重

107

궁한 선비 언제나 봉황의 날개 붙잡으려나　措大幾時將附鳳
스님은 이 저녁에 벌써 용에게 항복 받았는데　闍梨今夕已降龍
달 밝은 수풀 아래 스님 절로 돌아가고　月明林下僧歸院
구름 짙은 산 앞 학은 소나무에 쉬고 있는데　雲暝峯前鶴▣松
강가의 느긋한 나그네 가장 한스럽게 하는 건　最是江頭饒客恨
갈대꽃 깊은 곳에 기러기 꾸룩꾸룩 우는 소리　荻花深處雁嗈嗈

　모두가 보금자리로 돌아가야 할 시간. 아내와 아이들이 조잘대는
곳, 거기다가 따뜻한 아랫목은 마음을 훈훈하게 해 준다. 그러나 찬
이슬, 아니 서리를 피해야 할 늦가을 속의 김시습의 신세다. 비박을
해야 할지도 모를 상황에 우두사의 종소리가 들려온다. 놀라서 날
아가는 까마귀는 기쁨이다. 잠시 뒤 다시 쓸쓸해진다. 스님은 신통
력을 발휘해 용을 제압하는데, 나는 이 나이에 도대체 뭐 하나 이룬
것이 없다. 늘 마음을 비우려고 했으나 쉽지 않다. 모두 잠들 시간.
스님도 학도 긴 휴식을 취한다. 종일 타관을 걷고 또 걸어서 온몸이
노곤하지만 쉽게 잠들 수 없다. 불면증이 언제 시작되었는지 모르
겠다. 억지로 억지로 잠의 문턱으로 들어서려는데 소양강 갈대밭에
슬피 우는 기러기야! 김시습의 머리는 다시 또렷해진다.

　우두산에 거처하던 김경직金敬直, 1569~1634은 조선 중기 한문 4대
가의 한 사람으로 춘천에서 유배 생활을 하던 신흠申欽, 1566~1628과
우두정에서 도의를 나눈 것으로 유명하다. 김경직과 신흠만 우두정
에서 거닐었던 것이 아니다. 이수록李綏祿, 1564~1620은 우두정에 들
려 시를 한 편 남겼다. 그는 광해군 때 여러 관직을 지내다가 1617
년인 광해군 9년에 폐모론이 일어나자 벼슬을 사직하고 고향에 내
려가 은거한다. 김상헌金尙憲, 1570~1652은 1635년에 우두산을 지나간
다. 그때 나이 66세. 청평사에서 저녁나절이 되어서 내려오다가 우

우두산(김남덕)

두사의 옛터에 들렀다. 옆에 있는 우두정에 올라 시를 짓는다. 우두
정과 우두사를 품고 있는 우두산은 시를 지으며 거닐었던 춘천의
문화공간이었다.

청평사

일찍이 김상헌은 청평산의 계곡에 주목하였다. 계곡은 서천西川
과 선동仙洞을 지칭하는데, 이곳의 아름다움은 대관령 서쪽에서는
비슷한 곳이 없다고 말한다. 김상헌은 산이 높고 웅장하며 기묘한
것 등에서 청평산의 특징을 찾아낸 것이 아니라 계곡에 주목하였
다. 다산 정약용은 청평사를 유람하고 경운대폭포, 구송정폭포, 와
룡담폭포, 서천폭포에 대한 감흥을 시를 읊었다. 청평산은 폭포의
나라였다. 다산이 언급한 폭포는 어디에 있는가. 경운대폭포는 매
표소 위부터 아래를 아우른 곳, 좁게는 매표소 아래가 다산이 노래
한 경운대폭포다. 환희령으로 가기 위해 물을 건너면 너럭바위가
넓게 펼쳐져 있어 쉬기에 적당하다. 청평사로 오고 가는 사람을 맞
아들이고 전송하는 공간이었다. '청평팔경' 중의 하나로 꼽히곤 했
다. 너럭바위 옆에 구송정이 있었다. 아홉 그루의 소나무가 주변에
있었기 때문에 이름을 얻었고 구송대라 부르기도 했다. 구송정과
가까이 있는 폭포를 구송정폭포라 불렀다. 줄여서 구송폭포라고도
했다.아래위 폭포를 한데 묶어 이단(이층)폭포, 형제폭포, 쌍폭(상
하)으로 옛 문헌은 불렀다. 형재폭포 중 위 폭포는 와룡담폭포다.
물이 떨어지는 바위 절벽은 강철로 주조한 듯 견고하다. 물이 떨어
지면서 만든 연못은 푸르다 못해 시퍼렇다. 파란 물감을 풀어놓은
연못은 진짜 용이 살 것 같다. 연못에 용이 산다고 해서 와룡담이라

청평사

고 부르고, 줄여서 용담이라고 했다. 이곳을 찾은 김창협과 정시한, 안석경은 용담으로 기록하였다. 서천폭포는 꿈틀거리는 용을 연상시킨다. 두 가닥 폭포 중 하나는 떨어지면서 바위를 움푹 파서 절구확을 만들었다. 공주탕이라고 하는 곳이다. 공주탕으로 떨어진 물은 한참 빙글빙글 돌다가 아래로 흘러간다.

청평사는 폭포뿐만 아니라 고려정원으로 주목받고 있다. 엄밀한 의미에서 청평사는 정원이라기보다 원림園林이다. 청평사 원림은 지형 지세를 이용하면서 인공물은 조화롭게 자연에 동화되도록 배치하였다. 대표적 조경 시설인 영지는 원래 늪지인 자리에 연못을 조성하였고, 원림 내 많은 장소도 석축 몇 단 쌓고 최소한의 수양 및 휴식을 위한 공간만 확보하였다. 소요대는 자연적으로 생긴 평평한 암반을 그대로 이용했고, 척번대도 자연 그대로다.

청평사는 영현永玄 선사에 의하여 973년(광종 24)에 창건된 백암선원에서 출발한다. 이후 보현원으로, 다시 문수원을 거쳐 현재의 이름을 갖게 되었다. 청평사에서 유명한 것은 비석이다. 당대의 뛰어난 문장가가 글을 짓고 서예가가 글씨를 써서 명성이 자자했다. 문수원비는 김부철金富轍이 글을 지었고 스님 탄연坦然이 쓴 것이다. 맞은편은 이제현이 찬하고 이암李嵒이 쓴 것으로 장경비藏經碑로 알려졌다. 김상헌은 1635년에 지은 「청평록」에서 "절 앞에는 두 개의 연못과 두 개의 비석이 있는데, 서쪽에 있는 것은 김부철金富轍이 이자현의 사실을 기술한 것을 승 탄연坦然이 쓴 것이고, 동쪽에 있는 비석은 원나라 태정황후泰定皇后가 태자를 위하여 이곳에 불경을 보관해 복을 구한 사실을 이제현이 찬하고 이암李嵒이 쓴 것이다"라고 기록하였다.

청평사를 상징하는 건축물은 회전문이다. 사천왕문을 대신하는 것이며, 중생들에게 윤회전생을 깨우친다는 의미의 문이다. 회전문은 상사뱀 설화가 얽혀있다. 중국의 어느 공주에게 상사뱀이 붙어 청평사에 와서 이를 치유했다는 이야기는 일찍이 「유점사본말사지榆岾寺本末寺誌」에 실린 이래 다양한 형태로 전해지고 있다.

청평사는 영서 지역에 가장 오래된 고찰일 뿐 아니라 사상사와 서예사에서 매우 주요한 위치를 점하고 있다. 또한 거사불교와 굴산문의 법맥을 이해하는데 중요한 곳이고, 조선 시대의 원찰형 가람 배치를 유구를 통해 살필 수 있는 사찰이기도 하다. 고려 중기에 예종이 차茶를 여러 차례 이자현에게 하사한 것은 차 문화사에서 중요한 사료다.

식암

산은 높지 않아도 신선이 살면 명산이 된다는 말이 있다. 아무리 높고 웅장한 산이라도 신선이 없으면 여느 산과 별 차이가 없다는 뜻이다. 당나라 사람 유우석劉禹錫이 지은 「누실명陋室銘」에 나오는 문장이다.

청평산이 알려진 이유는 경치가 뛰어나서가 아니라, 뛰어난 인물이 거처하였기 때문이다. 박장원朴長遠, 1612~1671은 「유청평산기」에서 이렇게 말한다. "춘천의 청평산은 본디 소봉래로 불렸으니 관동 지방에서 명산이다. 온 나라에서 명성을 떨칠 수 있었던 것은 어찌 단지 산수가 뛰어나고 기이하다는 것 때문이겠는가? 예로부터 널리 알려진 인물들이 머물러 살았다. 고려조에는 이자현李資玄이 있고, 이조에는 김시습 같은 이가 있었다" 청평산이 유명한 이유는 경치의 빼어남도 있지만, 이자현, 김시습같이 뛰어난 인물들이 은거라는 방식으로 거처했기 때문이라는 것을 알 수 있다. 이자현이 청평산과 먼저 인연을 맺은 후 전국적인 지명도를 갖게 되었으니, 이자현이 살면서 명산이 되었다고 평가해도 무방하리라. 이자현은 평생을 산에 있으면서 다만 채소 음식과 누비옷으로 검소하고 절제하며 청정한 것을 낙으로 삼았다.

청평사를 구경하고 해탈문을 지나서 선동 계곡으로 들어가면 오른쪽 길가에 바위가 있다. 바위 윗부분에 '청평선동清平仙洞'이란 글

청평식암

씨가 새겨져 있다. 가파른 등산로 옆의 바위 높은 곳에 새겨졌기 때문에 지나치는 경우가 대부분이다. 박장원은 「유청평산기」에서 "길옆 돌에 청평선동이라고 새긴 네 글자가 있는데, 글씨체는 선동식암仙洞息菴의 글자와 같다."고 증언해준다. 글씨를 쓴 사람은 이자현이다. 글씨 주변엔 푸른 이끼가 듬성듬성 나 있다. 바위와 같이 검은 회색의 글씨는 비바람을 온몸으로 견뎌내었음을 보여준다. 언제부터인가 바위와 한 몸이 되어 버렸다.

　계곡을 따라 올라가다가 오른쪽으로 올려다보면 식암터가 있다. 식암터가 숨어 있듯 앉아 있다. 산 정상만을 생각하며 부지런히 걸는 사람은 지나칠 수도 있을 정도로 조용히 있다. 김상헌은 "식암息庵은 둥글기가 고니의 알과 같아서 겨우 두 무릎을 구부려야 앉을 수가 있는데, 그 속에 묵묵히 앉아 있으면서 몇 달 동안 나오지 않았다."라고 옛 전적을 인용한다. 지금의 작은 암자는 바로 후대 사람들이 세운 것이라고 말한다. 김상헌이 찾을 당시에 이자현이 거처하던 형태는 사라지고, 새롭게 지은 암자가 김상헌을 맞이한 것이다. 이자현이 여기서 수양하였다. 식암터 옆 바위에 청평식암淸平息庵이라 새겨진 글자가 천년의 세월을 뛰어넘어 또렷하다. "암자 뒤 석벽에 '청평식암淸平息庵'이라는 네 개의 큰 글자가 새겨져 있는데, 이자현의 글씨라고 한다"고 알려준다. 정갈하며 힘 있는 자획은 이자현의 굳은 의지를 보는 듯하다. 계곡으로 내려가면 이자현의 자취를 만나볼 수 있다. 너럭바위에 네모꼴로 판 것이 눈에 뜨인다. 차 유적으로서 주목받는 곳이다. 이자현이 예불을 드리기 전 손을 씻고, 차를 끓일 때 물을 뜨던 곳이다.

청평산을 지나면서 이자현을 위해 지은 이황의 시 「청평산을 지나다 느낌이 일어」는 이자현의 명성에 향기를 더하였다. 명성과 부귀를 신을 벗듯 떨치고 화려한 생활에서 몸을 빼고 원망하거나 뉘우침이 없이 끝까지 변하지 않은 자는 절대로 없거나 아주 드물 것이니, 역시 높일 만하지 않겠는가 라며 시를 짓는다. "허공 가득 하얀 달에 그대 기상 남았는데, 맑은 이내처럼 자취 없이 헛된 영화 버렸구나. 동한의 은일전을 누가 지어 전하려나. 조그만 홈 꼬집어서 흰 구슬을 타박 말라" 이후 조선의 선비들은 이자현의 은거를 찬양하였고, 춘천 부근을 지날 때면 반드시 청평산을 찾아서 시를 남기곤 했다.

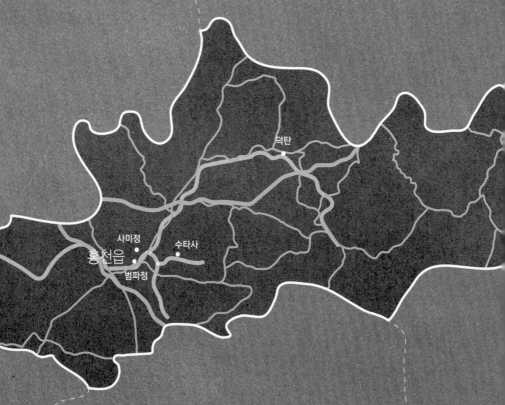

홍천

덕탄

사미정
홍천읍
범파정
수타사

범파정과 사미정

누정은 누대와 정자를 함께 일컫는 명칭이다. 누樓·정亭·당堂·헌軒 등을 포괄하는 개념으로도 쓰인다. 산 좋고 물 좋은 곳에 있는 누정에 오르면 주변의 아름다움 풍광을 감상할 수 있다. 시를 짓기도 하고 유흥을 즐기기도 한다. 때로는 인륜의 도를 가르치던 장소로 기능하기도 한다. 마을 사람들이 각종 모임을 열기도 한다. 홍천 읍내에 학명루, 사미정, 범파정, 관수당, 야로정, 양망헌, 소학정 등이 대표적인 누정이다.

선인들은 홍천을 대표하는 누정으로 범파정을 꼽는데 주저하지 않았다. 여행기나 지리지 등에 어김없이 등장한다. 박태순은 "홍천은 깊은 골짜기에 있다. 범파정이 나라 안에 명승으로 불린다."라고 했다. 김기도는 홍천을 노래한 '화산팔경花山八景'에 범파정을 포함시켰는데, 다섯 번째가 '파정작주破亭酌酒' 즉 '범파정에서 술 마시기'이다. 범파정에서 감상할 수 있는 여덟 개의 경치를 노래한 '범파정 팔경'도 널리 알려져 시인들이 화답하곤 했다. 공작산에 감도는 구름, 우령羽嶺으로 날아가는 학, 덕진德津의 돛단배, 모래톱에서 들려오는 피리 소리, 돌길 걸어가는 스님, 화양강에 낚싯대 드리우기, 긴 숲의 저녁연기, 맑은 강에 뜬 초승달은 지금도 유효한 홍천의 이름다움이다.

범파정은 관아의 동쪽에, 2리 떨어진 곳에 있었다. 건물 규모는 8

칸이었다가 13칸으로 중수되었다. 1940년에 간행된 「강원도지」는 범파정에 대해 "객관 앞에 있었다. 지금은 없어졌다."라고 알려준다. 언제인지는 정확하지 않으나 1940년 이전에 범파정이 훼손되었음을 알 수 있다. 여행기 속에 범파정의 모습이 자세하다. 범파정은 완상의 공간뿐만 아니라 숙박의 공간이었다. 관청 건물이지만 홍천강 강변에 설치된 별관이었다. 주변에 관수당과 양망헌도 나란히 있었다. 범파정은 객관의 문루였다. 객관은 지방을 여행하는 관리나 사신의 숙소를 의미하고, 문루는 문 위에 사방을 볼 수 있도록 다락처럼 지은 집이다.

사미정

범파정을 노래한 한시는 100여 수 이상이 된다. 읊은 시가 많다는 것은 창작의 공간임을 보여준다. 범파정의 미학은 화려함에 있지 않다. '질박하면서 화려하지 않음[樸而不華]' 또는 '소박하고 간략한[朴略]' 아름다움이다. 자리 잡은 지세가 강가 높은 곳이라 '훤히 트이고 높고 시원함[軒豁高敞]'과 '시원하게 뚫림[爽豁]'의 아름다움을 보여준다. 물결 위에 떠 있는 듯해서 범파정이라 하였다. 범파정을 복원하자는 여론은 홍천을 대표하는 건물에 대한 아쉬움 때문이다. 100여 수가 넘는 한시가 지어진 문화공간에 대한 후손의 당연한 요구다.

사미정四美亭은 이구李龜와 관련 있다. 이구는 호가 사미정으로 이제현의 7대손이다. 그는 동생 이원이 김종직의 문인으로 화를 당하는 것에 연좌되어 홍천으로 유배되었고, 홍천 결운리에 터를 잡았다. 이구는 은거하면서 양신良辰: 좋은 때, 미경美景: 아름다운 경치, 상심賞心: 완상하는 마음, 낙사樂事: 즐거운 일라는 뜻의 사미정을 자신의 호로 삼고 정자를 지었다. 정필달鄭必達, 1611~1693이 범파정에서 물을 거슬러 올라가 사미정 아래에 이르렀을 때, 깨끗한 모래와 비췻빛 벼랑이 병풍처럼 둘러쳐져 있었다. 이 정보는 사미정이 범파정보다 상류에 있음을 보여준다. '화산팔경' 속에 사미정이 등장한다. '사미정에서 차를 다림[美亭煮艾]'이 홍천을 대표하는 멋 중 하나였다. 사미정에도 한시가 남아있고, 여행기 속에서도 흔적을 찾을 수 있다. 후손들에 의해 강가에서 조금 물러난 자리에 복원되었다. 갈마곡리 사미정길에 정자가 있다. 이밖에 학명루, 관수당, 야로정, 양망헌, 소학정 등도 시문에 자주 오르내렸다. 한 지역에 이렇게 많은 누정이 있었던 이유가 궁금하다. 홍천강의 아름다움 때문이었을 것이다.

지나치게 꾸미지 않고 자연스럽다

수타사

수타사 탐방안내소를 지나자 갑자기 깊은 숲속이다. 수령이 오래
된 나무가 사찰의 역사를 말해준다. 노송보다 더 오래된 부도가 숲
속 깊은 곳에 자연스럽다. 홍우당 스님의 부도는 조선시대 전형적
인 부도탑 형태다. 숲을 지나자 느닷없이 '조담槽潭'이 눈에 들어온
다. '조槽'는 '구유'를 뜻하는 한자다. 가축의 먹이를 담아 주는 그릇
을 '구유'라고 하며 '구유통'이라고도 한다. 절벽 밑으로 물이 길게
고인 모양이 구유통 같다. 선인들은 그 모양을 보고 '조담'이라 불
렀다. 한원진韓元震, 1682~1751은 1727년에 「봄에 수타사에 유람 갔다
가 조담과 용연을 보다」란 시를 짓는다.

수타사가 이름을 얻게 된 것은 용연龍淵 때문이다. 너럭바위 가운
데를 뚫고 물이 세차게 떨어지며 깊은 못을 만들었다. 물이 떨어지
는[水墮] 곳에 절이 들어서서 수타사다. 용은 비구름을 관장하는 동
물이다. 가뭄이 들면 용연에 있는 용에게 비를 내려달라고 빌었다.
용연은 용추龍湫라고도 했다. 홍천 현감이었던 안중관安重觀은 「수
타사 용추에서 비 내리기를 바라는 제문」을 지어서 기우제를 지냈
다. 기우제를 지낼 정도로 수타사 용추는 영험한 곳이었다. 이항로
李恒老, 1792~1868는 용담龍潭이라고 하였다.

수타사 산소길은 수타사 인근 마을 사람들이 이용하던 길이었다.
수타사 인근 신봉마을 사람들이 이 길을 걸어 홍천 읍내까지 왕래

수타사

하곤 했다. 잠시 걷다 보면 절경인 '궁소'에 닿는다. 궁소는 여물통
을 일컫는 강원도 사투리로, 통나무를 파서 만든 여물통처럼 생겨
서 붙은 이름이다. 김상정金相定, 1722~1788은 한여름에 홍천에 왔다
가 삼담오탕三潭五湯을 구경하고 '다섯 개의 물 웅덩이[五湯]'를 시로
읊었다.

수타사는 신라 성덕왕 7년(708)에 원효대사가 창건한 것으로 알
려졌다. 창건 당시는 일월사日月寺라고 했다. 선조 2년(1569)에 지금
의 자리로 옮기며 수타사水墮寺로 이름을 바꿨다. 순조 11년인 1811
년엔 수타사壽陀寺로 바꾼다. 그럴듯한 전설이 전해진다. 용연에서

매년 승려가 빠져 죽는 사고가 발생하자, 발음은 같으면서 뜻은 목숨을 뜻하는 '수壽'로 바꾸게 되었다는 것이다. 아미타불의 무량한 수명을 상징한다는 설명도 전해진다. 박윤묵朴允默, 1771~1849은 개명한 이후에 편액을 썼다. 졸렬한 글씨로 절을 더럽혔다고 겸손하게 표현했으나, 졸렬하고 보단 소박素樸하고 고졸古拙하다. 소박이란 원래 가공되지 않은 사물의 원형을 가리키는 말이다. 기교가 가미되지 아니한 자연스러움을 뜻한다. 도덕경의 대교약졸大巧若拙이 떠오른다. 대교약졸은 인위적 기교가 아닌 자연을 본받아 이루어지는 최고의 단계다. 수타사 경내가 모두 '대교약졸'이다. 지나치게 꾸미지 않고 자연스럽게 자신의 자리에 앉아있다. 홍회루는 몇 번의 중수과정을 거쳤지만, 옛 모습을 여전히 품고 있다. 옷을 꿰맨 것 같지만 결코 누추하게 보이지 않는다. 편액에서 볼 수 있는 고졸의 미를 심우산방과 좌측의 요사채에서도 찾을 수 있다. 대적광전은 크지 않지만 정연한 짜임새와 높은 완성도로 조화와 절제된 아름다움이 돋보인다. 단아한 모습이다. 지나치게 크지 않아서 위압감을 주지 않지만, 위엄을 느낄 수 있다. 이천보李天輔, 1698~1761는 "덩굴 뚫고 십 리 말 달려, 한밤 책상에서 게송을 듣는데, 오래된 벽은 뚫어져 달을 머금고, 차가운 종소리 멀리 서리를 맞네"라고 노래했다. 수타사 주변의 승경인 조담, 용연, 삼담오탕 등을 읊은 것도 있다. 주변의 풍광을 노래한 한시는 수타사가 문화적인 요소와 경관적인 요소가 조화를 이룬 공간임을 알려준다.

바른 것을 지키고 사악한 것을 물리치자

덕탄

바른 것을 지키고[衛正] 사악한 것을 물리치자[斥邪]는 것이 위정척사衛正斥邪다. '바른 것'은 전통적인 성리학적 사회 질서이고, '사악한 것'은 서양 문물을 뜻한다. 위정척사 운동은 서양과 일본의 정치·경제적 침략에 맞선 반외세 운동이었다. 양반 중심의 성리학적 질서를 유지하려 하였다는 점에서 한계를 지니고 있으나, 이후 항일 의병 투쟁에 영향을 주었다.

위정척사와 의병항쟁의 사상적 기초를 다져놓았다고 평가받는 이항로李恒老, 1792~1868는 '기봉강역홍무의관箕封疆域洪武衣冠'을 써서 보관하고 있다가 적당한 곳에 새겨서 후손에 전하려고 하였다. 큰 바위를 얻기 어려워 보관하고 있다가 덕탄德灘에서 커다란 바위를 발견하였다. '기봉강역홍무의관'은 조선이 기자箕子가 봉해졌던 영토이고 홍무 때의 의관이라는 뜻이다. 중국 은나라 말기에 기자가 조선에 와서 단군조선을 이어 건국하였다는 설이 있다. 기자조선에 대한 견해는 자료의 해석 방향에 따라 다양하게 인식해 왔으며, 지금도 긍정하는 의견이 있다. 성리학을 지배 이념으로 삼아 건국한 조선 왕조는 왕도정치의 구현과 사대관계의 유지가 이상적인 정치와 외교로 인식되던 시대였다. 그러므로 기자와 같은 중국의 현인이 조선 왕조와 국호가 같았던 고조선에 와서 백성을 교화했다는 설은 명예스러운 일이었다. 기자동래설이 긍정적으로 수용되었고

자랑스럽게 생각하였다. 홍무洪武는 중국 명나라 태조 때의 연호로 홍무의관은 명나라의 문물제도라는 뜻이다

숭정 4년 정미년　崇禎四丁未
중양절에 덕탄가에　重陽德灘邊
바위에 여덟 자를 써서　巖面題八字
별세계에 남기노라　留鎭洞中天

간결하게 표현했지만 벅차오르는 가슴을 진정하였으리라. 선언문 같은 짧은 20자 안에 바른 것을 지키겠노라는 굳은 의지를 담았다. 1847년에 홍천의 삼신산으로 여행을 가다가 덕탄 바위가 이항로의 눈에 들어왔다.

덕탄은 산수가 아름다워 이전부터 발길이 끊이지 않던 곳이다. 허해許垓, 1744~1824는 "물살은 구불구불 에둘러 양 언덕을 열고, 더부룩하게 자란 꽃다운 풀들은 얽혀 있다. 격렬한 우레 소리 내며 맑게 흐르는 폭포, 서리와 눈같이 흰 바위가 둔덕을 이룬다. 어려서 올라왔을 때도 보기 싫지 않았지만, 늙어서 다 돌아봐도 흥을 헤아리기 어렵구나. 비로소 춘사를 알만큼 늙게 되니, 물가 가득한 아름다운 꽃 웃으면서 반긴다"라고 흥을 감추지 못했다. 바위 사이로 흐르는 물빛이 푸른 소리를 낸다. 방울방울 물거품을 일으키며 맴돌다 가는 '거품소'를 바라보며 '수레바위' 위에 앉아 바람 소리에 묻어오는 물소리를 듣곤 시흥이 일었다.

수레바위에 얽힌 전설에는 며느리의 애환이 서려 있다. 옛날 안실 부자집에 손님이 하도 많이 들어 며느리가 하루도 쉴 날이 없었다. 스님은 수레바위를 넘어뜨리고, 옆에 있는 약수터에 돌을 던져

덕탄

메우면 손님이 더 이상 오지 않을 것이라고 일러준다. 과연 손님은
오지 않았고, 집안에 적막이 감돌고 가세도 기울어 끝내 망해버렸
다고 한다. 수레바위를 마을에 복을 가져다주는 바위라는 전설도
있다. 수레처럼 생긴 바위 위에 4각의 작은 돌이 있는데 '수레가 짐
을 실은 형상'이라 해서 마을에 복이 들어온다고 한다. 부촌인 서곡
리를 보면 후자의 전설이 맞는 것 같다. 산책로에 설치된 시는 마을
사람들이 손수 지은 것이다. 노송과 바위, 그 사이를 흐르는 물이
한가롭게 조화롭다.

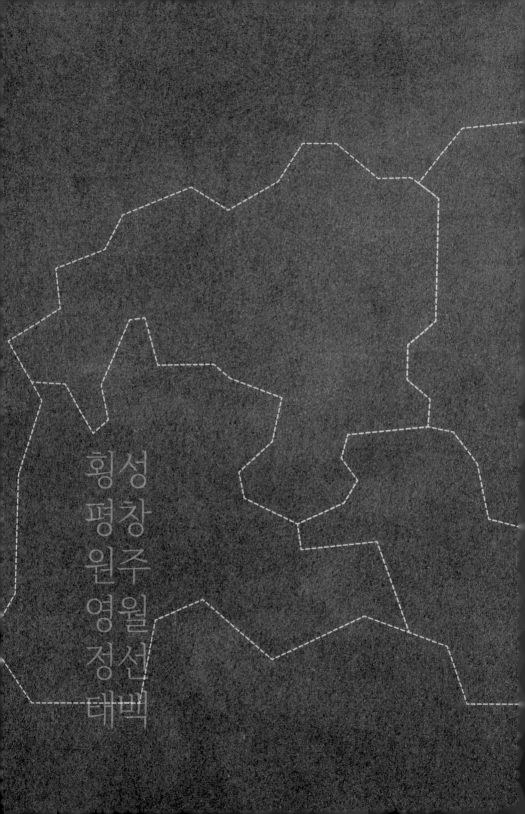

횡성
평창
원주
영월
정선
태백

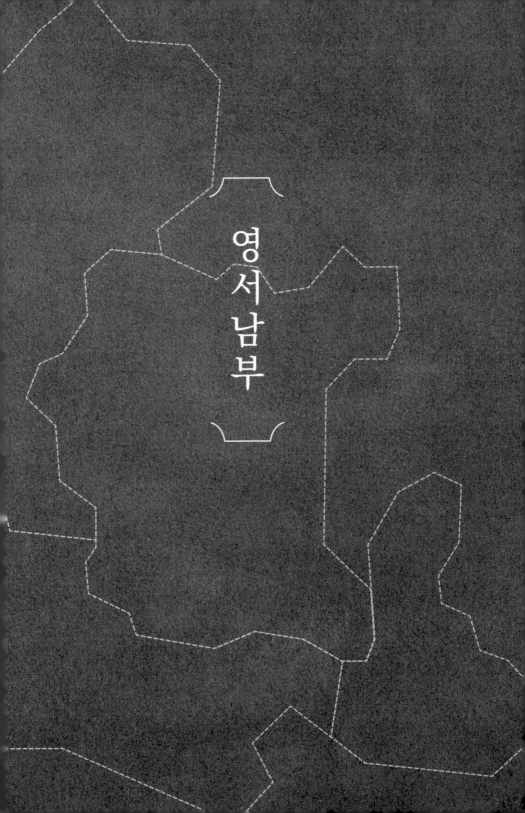

영서 남부

횡성

봉복사

횡성읍

각림사
태종대

원천석과 이방원

각림사와 태종대

각림사의 창건연대는 알 수 없다. 태종이 즉위하기 전에 각림사에 묵은 적이 있었으며, 원천석에게 자문하여 깨우침이 자못 많았다고 한다. 당시에는 띠 집 두어 칸이 숲속에 있었는데, 태종은 즉위한 뒤 이 절을 특별히 돌보았다. 태종과 인연이 깊은 절이라는 것과, 최소한 조선 전기에는 존재하였음을 알 수 있다. 「동국여지승람」은 각림사에 대해 이렇게 설명한다. "치악산의 동쪽에 있다. 태종이 즉위하기 전에 여기서 글을 읽었다. 뒤에 횡성에서 강무할 때, 수레를 절에 멈추고 노인들을 불러다 위로하였다. 절에 토지와 노비를 하사하고 고을의 관원에게 명령하여 조세·부역 따위를 면제하여 구휼하게 하였다."

강림우체국 옆에 '각림사 옛터' 표지석과 안내판이 태종이 공부하던 곳임을 알려준다. 건물을 지을 때 우체국과 뒤에 있는 교회부터 남쪽에 있는 면사무소까지 절의 유적이 나왔다고 한다. 면사무소에 들르니 건물 뒤 산기슭에 암자가 있었다고 가리킨다. 면사무소와 우체국 사이의 밭고랑을 자세히 보니 기와 파편이 여기저기에 흩어져있다. 축대 틈에도 기와 파편이 보인다. 탑은 사라지고 기와 조각과 전설만이 각림사의 역사를 알려준다.

각림사를 떠나 태종대로 향한다. 얼마 지나지 않아 노구소老嫗沼 마을이다. 태종이 스승 원척석을 만나러 이곳에 왔을 때, 원천석은 미리 알고 노파에게 자신이 간 방향과 반대로 가르쳐 줄 것을 부탁한다. 잠시 후에 태종이 오자 노파는 원천석의 말대로 길을 반대로 가리켰고, 태종 일행이 길을 떠나자 임금을 속인 죄책감에 물에 빠져 죽었다. 노구老嫗는 노파란 뜻이고 소沼는 연못이다. 깊 옆 안내판 옆으로 좁은 철 계단을 따라 내려가니 커다란 바위가 깊은 물가에 있다. 바위엔 구연嫗淵이라 새겨져 있다.

치악산 방향으로 길을 나선다. 왼쪽으로 조그마한 비각이 보인다. 계단을 따라 올라가니 '태종대'라 현판을 달았다. 원천석과 태종의 인연을 이야기해주는 역사의 현장이다. 원천석은 피비린내 나는 권력 다툼에 회의를 느껴 관직을 거부하고 치악산 자락에 은거하였다. 태종이 왕위에 오른 후 원천석을 찾아왔으나 원천석은 태종과의 만남을 꺼려 피신한다. 바위에서 기다리다 스승이 자신을 만나려 하지 않는다는 것을 알고 돌아갈 수밖에 없었다. 뒤에 사람들은 그 바위를 태종대太宗臺라 불렀다. 비각이 있는 절벽 아래에 태종대 글씨가 크게 새겨져 있다.

다른 버전의 이야기에 귀가 솔깃해진다. 이익의 「성호사설」은 태종대를 태종이 등극하기 이전에 책을 끼고 다니며 휴식하던 곳이라 전해준다. 허목은 같은 듯 다른 이야기를 들려준다. 태종이 동쪽 지방을 순행할 적에 스승의 집에 거둥하였으나, 피하여 만나 주지 않았다. 시냇가 바위 위로 내려가 집을 지키는 노파를 불러 상을 후하게 내리고, 아들에게 벼슬을 내린다. 이기李墍는 또 다른 이야기를 들려준다. 태종이 즉위하자 역말을 보내 공의 안부를 물으니 죽은 지 벌써 오래였고, 공의 아들을 특별히 기천현감에 제수하였다고 적었다.

태종대

　홍경모는 「주필대기駐蹕臺記」에서 처음에는 태종대였다가 영조 때 주필대로 고쳤다고 적는다. 주필駐蹕은 임금이 행차하다가 잠시 어가를 멈추고 머무르거나 묵던 일을 뜻한다. 이유원은 '태종대'란 항목에서 원천석과 태종에 얽힌 이야기를 전해준다. 비각 안을 들여다보니 비석에 주필대라 새겨져 있다.

　비각 옆 오솔길이 계곡으로 내려가더니 바위에 깊게 새긴 태종대 글자 앞에서 멈춘다. 바위 앞 시내엔 너럭바위가 넓게 차지하고 있다. 권력과 은둔과 죽음을 들려주는 태종대, 바위에 앉아 비정한 권력을 생각한다.

봉복사

신대리 버스 종점에서 내린다. 왼쪽 길로 들어서면 신대교가 나오고, 다리 건너 왼쪽으로 마을 쉼터가 보인다. 쉼터 뒤쪽 밭 가운데에 '신대리 3층 석탑'이 늠름하다. 자장율사가 봉복사를 창건하면서 건립하였으니, 선덕여왕 16년인 647년이었다.

가까이 다가서니 탑이 점점 웅장해진다. 5m 높이다. 5층 탑이었으나 3층만 남아 있다. 본래의 모습은 더 장대하였을 것이다. 탑신을 자세히 보니 군데군데 움푹 파여 있다. 전쟁의 상흔이다. 화려하지 않으나 힘이 느껴지는 탑은 봉복산과 덕고산, 그리고 태기산을 배경으로 치열한 전쟁을 통과하여 1300년 동안 이곳을 지켜왔다.

탑을 뒤로 하고 절로 향한다. 노송 사이에 있는 부도가 절의 역사를 말하여 준다. 봉복사는 횡성군에 있는 사찰 중 가장 오래된 사찰이다. 신라 선덕여왕 시기에 창건하고, 1747년에 서곡선사가 중건하였다. 한때 승려가 100명을 넘었으며 낙수대 · 천진암 · 반야암 · 해운암 등 암자만 9개나 될 정도로 큰 절이었다. 일제 강점기에 횡성지역 의병부대의 주둔지 역할을 했다. 밖에서 봤을 때 골짜기가 많아 찾기 힘들었고, 골짜기가 깊어 쉽게 숨을 수 있었기 때문이다. 당시 민긍호의 의병부대가 근거지로 삼았으며, 이를 토대로 의병장들이 연합하여 제천, 충주 등지로 활동 범위를 넓히는 계기가 되었다. 대웅전 앞 탑과 석등은 뒷산에 떠 있는 구름과 어울리는 하얀

대리석이다. 격동의 시기를 언제 지내왔냐는 듯이 고즈넉하다. 한가롭고 편안해진다.

안석경安錫儆, 1718~1774이 방문한 해는 1751년이다. 「봉복사에서 천하지도를 베끼려 할 때 느낌이 있어 읊조리다」란 시를 남겼다. "봉복산 산속 여름밤은 길기만 한데, 한 줄기 시냇물 소리 어디로 달리나. (중략) 새벽녘에 잠자는 스님 깨워 이야기하고, 지도에 글을 적자 한낮으로 치달리네." 봉복사는 천하 지도를 보관하고 있었고, 이곳을 찾은 사대부는 지도를 밤새도록 베꼈다. 당시 시대 변화를 예민하고 신중하게 받아들이던 유서 깊은 사찰이었다.

봉복사 못지않게 옆에 있는 태기산도 유서가 깊다. 설화와 역사의 보고다. 태기왕이 성을 쌓고 방어했다는 전설은 유명하다. 채록 시기와 제보자에 따라 다양하게 변주되어 전해진다. 병사를 이끌고 태기산에 들어와 후일을 도모하지만 멸망했다는 이야기 구조는, 사회적 혼란기에 민중의 추앙을 받던 민중봉기 세력의 실패담을 바탕으로 한 설화로 보기도 한다. 조선 후기 유랑 광대들이나, 의적의 정착 과정에서 발생한 설화로 보는 견해도 있다. 태기산을 둘러싼 횡성과 평창, 그리고 홍천지역까지 태기왕과 관련된 이야기가 전해지는 것을 보면 지역 주민들의 사랑을 받은 영웅이었을 것이다.

태기산성은 「세종실록」과 「신증동국여지승람」에 실려있다. 18세기 중반에 발간된 「여지도서」는 '지금은 폐허가 되었다'고 기록하고 있다. 조선 중기까지 성으로서의 역할을 담당하다가, 후기에 이르러 폐허가 된 것으로 보인다. 신대리에서 태기산을 오르는 길은 큰 성골을 경유해서 낙수대 방향으로 가는 코스와, 작은 성골을 거쳐 가는 코스가 있다. 산성은 작은 성골로 가야 한다. 산성에 들

봉복사

어서자 산세가 비교적 완만하다. 여기저기 넓은 평지도 보인다. 커
다란 나무 앞에 돌을 쌓아놓은 곳은 성황당이 있던 곳이다. 사람들
이 안녕을 빌었던 공간이다. 높은 지대임에도 불구하고 물이 흐른
다. 거주하던 사람들의 식수원이었을 것이다. 태기산성 표지석이
보인다. 주변엔 무너진 성의 흔적이 또렷하다.

산성은 태기산 정상 서쪽 중턱 해발 800~950m되는 곳에 쌓았다. 정상 쪽을 제외하고 모두 절벽이거나 급경사로 이루어진 천혜의 요새다. 이곳을 근거지로 삼고 활동하던 영웅은 비극의 주인공이 되어 지역민들의 입에서 입으로 전해져온다. 개인의 힘으로 극복할 수 없는 상황에 맞닥뜨렸을 영웅의 심정은 어떠했을까. 시운時運이란 있는 것일까?

평창

오대산　▲북대미륵암
　　　　　●상원사
적멸보궁●　●수정암
　　　오대산 사고●　●동대관음암
　　　　　　　●월정사
　　　　　●금강연

●진부

청심대●

●대화석굴
●대화

대화석굴

평창군 대화에서 대화천을 건너면 땀띠물이 기다린다. 예전부터 물로 몸을 씻으면 땀띠가 깨끗이 나았다고 해서 그렇게 부른다. 가뭄이 심해도 수량이 일정하고, 수온은 항상 10℃를 유지한다. 여름철엔 손발이 시릴 정도로 차갑고, 겨울철엔 따뜻하여 동네 빨래터로 유명하였다. 수질도 좋아 식수로 사용하였다. 최근에 땀띠공원으로 탈바꿈하여 휴식 장소가 되었고, 이곳에서 매년 평창 더위사냥축제가 7월 말부터 8월 초에 열린다. 축제 프로그램 중 하나는 동굴 탐험이다. 광천선굴廣川仙窟로 알려진 굴의 길이는 600m 정도, 지질연대는 약 4억년 내외, 동굴 안의 온도는 늘 14℃ 정도다.

동굴은 예전부터 대화지역의 명소였다. 조선시대 허목許穆, 1595~1682은 이곳을 직접 답사하고 「척주지」에 남긴다.

대화역 북쪽에서 석굴을 구경하였다. 큰 횃불을 앞뒤에서 연이어 들고 속으로 들어가는데 험준한 구멍이 사방으로 통하여 막힌 데가 없다. 동북쪽으로 수십 보를 가면 굴이 점점 높아져서 손으로 잡고 몸을 붙이고서야 오를 수 있다. 깊이 들어가도 끝이 없고, 시냇물이 흘러나와 돌아래로 세차게 흐르는데 물소리가 요란하다. 돌은 기괴한 모양이 많다. 어떤 것은 꿈틀대는 이무기 같아 발로 낚아채는 것 같고 똬리를 틀고 있는 것 같다. 어떤 것은 무쇠가 녹아 흐르다 엉겨 붙어 괴상한 모양이 된 것 같다.

대화석굴

　이익상李翊相, 1625~1691은 강릉부사로 발령받아 가다가 「대화석굴
大和石窟」이란 장편의 시를 짓는다. "대화역에 이르니, 석굴이 대화
에 있는데, 모두 말하길 아름다워 볼만하며, 구불구불 그윽하며 깊
다 하네. 태수는 고상한 흥취 일어, 잠깐 머무르라 수레에 명하고,
늘어선 횃불로 밝게 비추니, 조그만 털도 볼 수 있으며, 지축이 깨
지는 듯하네." 길게 횃불을 들고 동굴 안으로 들어가는 모습이 삼삼
하다. 조심조심 바위를 잡고 가서 다랑이논처럼 생긴 곳에 도착했

다. 앞에서 북 치고 퉁소 불며 가게 했으니 흥을 돋우기 위함보다는 악귀를 쫓고 두려움을 쫓기 위함인 것 같다. 굴이 횡성까지 연결되었다는 것은 당시 널리 알려졌던 것 같다.

이세구李世龜, 1646~1700는 「동유록」에 동굴 체험기를 남겨놓았다. 진부에서 청심대를 거쳐 모릿재를 넘었다. 남쪽으로 향하다가 대화천을 건너 수백 보를 걸어가니 바위 밑에 굴이 보인다. 입구는 세 칸 정도고 동굴 가운데 넓이는 여덟 아홉 칸이다. 쳐다보니 바위 모서리에서 물이 방울방울 떨어진다. 한참을 가니 바위가 논도랑과 둑을 만들었다. 논을 지나자 큰 바위가 가로 걸쳐있고, 그 바깥은 끝을 헤아릴 수 없었다.

채팽윤蔡彭胤, 1669~1731도 1729년에 대화를 지나가다가 이상한 굴이 있다는 말을 듣고 굴 앞에 이르렀다. 횃불을 줄 세우고 퉁소를 불며 앞에서 인도하게 하였다. 위를 보니 용의 비늘이 일어난 듯하고, 아래는 큰 구슬이 새겨진 듯하다. 어둠 속에서 물방울이 때때로 떨어지고 차가운 바람이 쏴 하고 불어온다. 가장 깊은 곳에 이르니 바위 밑에 밭이 세 두둑이다. 오른쪽에 구멍이 갈라지며 물이 흐르는데 콸콸 소리를 낸다. 물 곁으로 조그마한 길이 있는데 이곳으로 가면 횡성에 도달할 수 있다고 한다. 어찌 아냐고 물으니 예전에 이곳에서 개를 놓쳤는데 횡성에서 찾았기 때문에 안다고 말한다. 채팽윤은 이 말을 듣고 「신이굴神異窟」이란 시를 지었다.

청심대

1788년 정조대왕이 김홍도를 불렀다. 금강산을 그려오라는 명을
받은 김홍도는 그림 여행길에 올랐다. 영월 주천에서 청허루를 그
렸다. 평창 대화를 지나 모릿재를 넘은 후 청심대淸心臺 앞 하천을
건너서 화폭을 꺼냈다. 대부분 시와 여행기에 묘사된 청심대는 김
홍도가 섰던 곳이 아닌 청심대 뒤로 난 오솔길에서 본 모습이었다.
오대천 가에 우뚝 선 바위가 백 척 이상 되는 듯했다. 뾰족한 바위
도 기이하지만 바위 틈에 늠름하게 가지를 드리운 소나무가 인상적
이었다. 밑에 흐르는 오대천과 모릿재로 향하는 오솔길도 그렸다.
길 위에선 여행객은 아마도 자신일 것이다.

청심대와 관련된 청심淸心의 이야기는 심언광沈彦光, 1487~1540의 시
에 등장할 정도니 유명한 이야기였던 것 같다. 강릉대도호부사로
있던 양수梁需가 한양으로 돌아갈 무렵인 1418년부터 이야기가 전
해져 왔을 것이다. 태종실록에 따르면 병조 참의로 있던 양수가 강
릉대도호부부사로 임명된 것은 1412년인 태종 12년이다. 강릉에
머물던 그는 청심과 정을 나누었다. 임기가 끝나 떠나는 양수를 배
웅하기 위해 대관령을 넘어 오대천까지 왔다. 부사 일행이 오대천
가의 높은 바위에 앉아 다리쉼을 하는 동안 그녀는 벼랑 아래로 몸
을 날려 불귀의 객이 되고 말았다.

청심대(김홍도)

청심대 위 정자는 1927년에 세웠다. 대 아래는 청심의 초상을 모신 사당이 있다. 청심의 절개를 기리는 여러 개의 비석이 유난스럽다. 청심은 왜 자기 몸을 던졌을까? 청심이 받아들일 수 없는 어떤 상황이 있었을 것이다. 원인 제공자는 양수일 가능성이 높다. 임기가 끝나면서 사랑도 끝내려는 양수와 받아들일 수 없는 청심. 표변한 양수를 고발하기 위해 자신의 목숨과 바꾼 것은 아닐까? 청심이 죽고 난 후 그녀는 절개의 화신이 되었다. 죽음을 택할 수밖에 없는 상황을 만들어 놓고, 그를 기리는 위선적인 행태가 숨겨져 있는 것은 아닐까. 절개를 기리는 사당은 보는 이를 불편하게 한다.

지금은 청심대로 쉽게 오를 수 있지만, 예전에는 쉽게 올라갈 수 없었다. 멀찍이 바라보고 지나가기 일쑤였다. 홍우원洪宇遠, 1605~1687은 직접 청심대에 올랐다. 가파른 바위를 잡고 오르니 발길 아래가 까마득하다. 오대산 우통수에서 발원한 물이 금강연을 거쳐 청심대 발치를 가볍게 부딪친다. 물은 다시 정선을 거쳐 한양으로 흘러간다. 길은 청심대에서 진부로 향하기도 하고 정선으로 갈라지기도 한다. 한양길이 바쁜 이는 모릿재를 넘는다. 시를 짓지 않을 수 없다. 「청심대에 올라」서다.

> "흰 안개 펼쳐졌다 다시 모이고, 푸른 산 어두웠다 환히 개이네. 달리는 시냇물 벼랑에서 갈라지고, 가느다란 잔도 한 줄기 돌아나네. 높은 데 오르니 피곤함을 잊고, 그윽한 곳 찾으니 흥 가라앉지 않네. 백 척이나 되는 청심대에서, 말 세워놓고 다시 이리저리 거니네"

신익성申翊聖은 「유금강소기」에서 청심대 옆에 우물이 있는데 우동于同이라 하며, 물맛이 아주 훌륭하여 오대산의 물과 다르지 않다고 기록하였다. 시간이 흐르며 청심대 주변은 예전과 달라졌다. 오솔길은 넓은 길이 되었다. 험한 고갯길 때문에 악명을 떨치던 모릿재는 이제 터널이 생겨서 평범한 고개가 되었다. 정선으로 향하는 길은 이제 청심대를 거치지 않고 직선화되었다. 길손에게 시원한 물을 선사하던 우물은 도로공사를 하면서 허망하게 사라져버렸다.

금강연

고려 말에 정추鄭樞, 1333~1382는 오대산에 들렀다가 금강연金剛淵에
서 "금강연 푸르게 일렁거리며, 갓 위에 묵은 먼지 씻어내네"라 읊
조렸다. 금강연의 푸른 물을 바라보고 있으면 속된 마음이 정화된
다. 금강연의 미덕이다. 김세필金世弼, 1473~1533도 정추와 같은 경험
을 했다.

> 월정사(月精寺) 옆 금강연(金剛淵)　　金剛淵傍月精寺
> 화난 용 울부짖듯 한낮에도 우레 치네　白日驚雷吼怒龍
> 날리는 물방울 앉아있는 나그네 적셔　不惜飛流侵客坐
> 늙은 얼굴서 오랜 세속 티끌 씻어내네　十年塵土洗衰容

바위에 앉아 금강연을 바라보노라면 이전의 내가 아니다. 속세의
찌든 욕망은 금강연의 물로 정화된다. 폭포의 우렁찬 소리는 욕심
과 노여움과 어리석음에서 벗어나라고 죽비처럼 내리친다. 「신증
동국여지승람」은 이렇게 설명한다. "네 면이 모두 너럭바위고 폭포
는 높이가 열 자다. 물이 휘돌며 모여서 못이 되는데, 용이 숨어 있
다는 말이 전해온다. 봄이면 열목어가 무리 지어서 물을 거슬러 올
라오다가, 이 못에 와서 이리저리 돌아다니며 자맥질한다. 힘을 내
어 폭포로 뛰어오르는 것도 있으나 어떤 것은 반쯤 오르다가 도로
떨어지기도 한다."

금강연

　봄엔 연못 양쪽 언덕은 철쭉으로 붉게 물든다. 온통 붉은 가운데
하얗게 부서지는 폭포는 오대산의 자랑거리고, 폭포를 거슬러 올라
가는 열목어는 화룡점정이다. 가을날 망연히 금강연을 바라보면 단
풍잎은 그림자를 떨군다. 붉은 철쭉 대신 붉은 단풍은 또 다른 승경
이다. 송광연은 오대산에서 금강연이 단연 절경이라며, 너럭바위는
갈아놓은 듯이 매끈하고 은빛 폭포는 빗겨 흐른다고 묘사한다. 말에
서 내려 거니노라니 속세의 잡념이 말끔히 사라진다고 했다.

「신증동국여지승람」은 우통수에 대해 "오대산 서대 밑에 솟아나는 샘물이 있는데, 곧 한수의 근원[漢水之源]"이라고 밝힌다. 이전에 「세종실록지리지」는 "금강연은 한강 물의 근원[漢江之源]이 된다"고 보았고, 허목도 우통수가 산중의 물과 합류하여 월정사 아래에 이르러 금강연이 되니, 한수의 근원이라고 보았다. 윤순거도 금강연을 한강의 진짜 근원[眞源]이라고 보았다. 한강의 근원에 대한 논란이 예전부터 있었음을 보여준다.

금강연 옆 바위는 금강대金剛臺다. 채팽윤은 금강연을 감상하는 방법을 알려준다. 금강대에서 눈이 아닌 귀로 감상하기다. 폭포에서 물이 떨어지며 내는 소리는 거문고 소리다. 한낮이 아니라 새벽에 들어야 한다. 서리 내리는 늦가을에 제대로 된 맑은소리를 들을 수 있다. 거문고 소리를 들으면 시원한 바람이 옷 속에서 인다.

선인들은 시문으로 홍취를 남겼을 뿐만 아니라 바위에 글씨를 남겨서 금강연을 명소로 만들었다. 정기안은 "월정사에 이르니 절 아래에 큰 시내가 있다. 시냇가 층진 너럭바위 위에 '금강연金剛淵'을 새겼다."란 기문을 남겼다. 그가 이곳을 찾았을 때는 강원도 도사로 재직 중이던 1742년이었다. 9월부터 10월까지 오대산, 천후산, 금강산 등지를 유람하는 중이었다. 금강연 옆 바위에 아직도 그가 새긴 글씨가 선명하다. 탐승객들의 이름이 여기저기에 남아 있다. 오대산 역사를 알려주는 살아있는 자료다.

월정사

나라 안의 명산 중에서도 가장 좋은 곳, 불법이 길이 번창할 곳, 그곳에 세워진 월정사의 역사는 신라 선덕여왕 12년(643) 자장율사부터 시작된다. 자장율사는 중국 오대산에서 문수보살을 친견하게 되는데, 이때 문수보살이 부처님의 사리와 가사를 전해주며 신라에서 오대산을 찾으라는 가르침을 준다. 귀국한 자장율사는 강원도 오대산에 도착하여 중대에 진신사리를 묻고 문수보살을 친견하고자 지금의 월정사터에 움막을 짓고 기도를 하였다. "월정사는 처음에 자장율사가 모옥을 지었으며, 그 다음에는 신효거사가 와서 살았다. 그 다음에는 범일의 제자인 신의두타가 와서 암자를 세우고 살았으며, 뒤에 수다사 장로 유연이 와서 살면서 점점 큰 절이 되었다." 「삼국유사」의 기록이다.

고려 태조 왕건은 월정사에 매년 봄·가을로 백미 200석과 소금 50석을 공양하고, 이러한 원칙이 계승되도록 하였다. 충렬왕 33년(1377)에 화재로 모두 타버리자 중창했고, 조선 순조 33년(1833)에 다시 큰 화재를 입었다. 헌종 10년(1844)에 중건하여 대찰의 모습을 회복했다. 1950년 한국전쟁을 맞아 칠불보전을 비롯한 문화재가 잿더미가 되었다. 현대 월정사 중창주는 만화당 희찬 스님이다. 스님은 전소된 적광전을 1968년에 중건한 것을 시작으로 월정사 주요 전각 대부분을 중건했다.

월정사(김홍도)

월정사는 화려한 탑과 불상, 오래된 비석과 국보로 유명하다. 더 중요한 것은 깨달음을 주는 공간이라는 점이다. 이민구李敏求, 1589~1670는 1635년에 강원도 관찰사가 되어 오대산에 왔다가 「오대산 월정사에서」란 시를 남긴다.

천년 고찰 월정사(月精寺)　千年月精寺
물은 한강의 근원이라 하네　水號漢江源

나그네 흰 구름과 함께 와서　客與白雲到
스님과 맑은 밤에 담소하는데　僧來淸夜言
탑은 빛나 창문에 어른대고　塔光搖戶牖
풍경 소리 마음을 일깨우네　鈴語警心魂
내일 호계(虎溪) 건너게 되면　明日虎溪渡
고독원(孤獨園)을 잊지 못하리　依依孤獨園

늘 관광객으로 요란한 월정사의 낮에 생각하기 어려운 경계다. 지금도 주위가 고요한 밤 중이면 이민구의 시속으로 들어갈 수 있다. 달 밝은 밤이면 탑에 달린 풍경이 빛을 발한다. 바람에 흔들리는 빛은 풍경소리를 내면서 창호지에서 명멸한다. 이러한 경계 속에 있노라면 속세의 끓던 욕망은 어느새 헛된 것이 되어서 사라져 버린다.

이명한李明漢, 1595~1645은 1639년에 강원 감사가 되어서 이곳에 왔다가 「월정사」를 「백주집」에 남긴다. 연작시 중 한 수다.

탑 그림자 누대와 조용하고, 종소리 건물에 이르자 작아지는데, 새벽 나무에 까마귀 울고, 등 희미한데 스님은 염불하네. 양치하는 데 바리때에 얼음 얼고, 문을 여니 옷에 눈 내리는데, 향 사르고 경전을 보니, 평생의 잘못 문득 깨닫네.

새벽의 월정사는 고요하기 그지없다. 속인들이 사라진 시간. 새벽 종소리마저 사라져서 잠을 더 청하려다가 까마귀 소리와 스님 독경 소리에 이불 밖으로 나왔다. 산속은 이미 한겨울이다. 양치할 물은 얼고 눈까지 내린다. 눈 내리는 소리가 들릴 정도로 적막하기 그지없다. 경내를 산책하려다가 경전을 펼쳐 한 구절 읽자 죽비로 맞은 듯 깨닫는다.

솥을 아홉 번 옮기다

동대 관음암

신라의 왕자 보천과 효명이 동대에 예를 드리러 올라가니 만월산에 1만 관음보살이 나타났다. 보천이 임종 직전에 "동대에 관음방을 두어 1만 관음상을 그려 봉안하고, 금강경, 인왕반야경 등을 외우고 원통사圓通社라 하라"고 당부했다. 「삼국유사」의 기록이다. 관음암이 자리한 만월산은 달뜨는 모습이 천하제일이라지만 산 위 하얀 구름도 일품이고, 시원하게 펼쳐진 서쪽 산줄기도 경승이다.

관음암은 구정선사九鼎禪師가 출가하여 공부했던 곳으로 유명하다. 신라 말에 비단 행상으로 홀어머니를 모시고 살아가던 청년이 대관령을 넘다가 노스님이 길옆에 한참 서 계신 것을 보고 묻는다. "스님, 무엇을 하고 계신지요?" 노스님은 "옷 속에 있는 이와 벼룩에게 피를 먹이고 있다네, 내가 움직이면 피를 빨아 먹는데 불편할 것이 아닌가" 청년은 비단 장사를 그만두고 제자가 되고자 따라갔다. 절에 도착하자 스님은 밖에 있는 큰 가마솥을 부뚜막에 걸라고 해서 반나절 일을 하여 일을 마쳤다. 스님께 보여드렸더니 왼쪽으로 옮기라 하여 옮겨 놓았다. 다음 날 아침 스님을 가마솥이 기울어졌다고 부뚜막을 헐고 다시 솥을 걸으라 하셨다. 청년은 스님이 하라는 대로 다시 걸었다. 마지막 아홉 번째 일을 마치자 노스님은 제자로 받아들이며 구정九鼎이란 법명을 주었다. 청년은 정진하여 훗날 구정선사가 되었다.

관음암

    조선 전기에 권근權近, 1352~1409은 지원志元 스님이 동대에 관음암
을 중창하고 기문을 지어 달라 요청하자 「오대산관음암중창기五臺
山觀音庵重創記」를 짓는다. 이 글은 관음암을 새롭게 지은 내력에 대
한 글이라기보다 어떻게 인생을 살아야 할지 깨우쳐주는 글이다.
권근은 스님에게 마음과 몸이 고달플텐데 싫증 나지 않으냐고 묻
는다. 스님은 처음에 먼저 정한 뜻은 그만두려 하여도 그만둘 수 없
다고 대답한다. 누구나 뜻을 세운다. 그러나 변치 않는 사람이 몇이

나 될까. 오죽하면 작심삼일, 용두사미 같은 말이 나왔겠는가. 권근은 스님의 말에 평범한 깨달음을 얻는다. 뜻한 바를 중간에 변하지 아니하면 성취하는 바가 많다는 것을. 스님의 언행에서 구정선사를 보는듯하다. 구정선사의 언행을 「오대산관음암중창기」에 등장하는 지원 스님에게서 찾아볼 수 있으니 전통이란 것은 쉽게 볼 일이 아니다.

송광연宋光淵, 1638~1695은 오대산을 유람하고 남긴 「오대산기」에서 짤막하게 이곳을 언급한다. "북대에서 동쪽으로 내달리면 동대인데, 이름을 만월대라 한다. 그 아래에 동관음암이 있는데, 수좌승 종택宗擇이 거처한다. 동대 남쪽에 있는 것이 월정사다."

정시한의 글은 동대 관음암을 더 자세하게 설명해준다. 오대산을 찾은 해는 1687년이다. 이때 관음암 글자 옆에 분을 바른 '동양위서東陽尉書'란 글씨를 보았다. 동양위는 선조의 딸 정숙옹주와 결혼한 신익성申翊聖, 1588~1644을 가리킨다. 1631년 9월에 오대산을 유람한 자취가 그의 글 「유금강소기」에 남아있으니 이때 글씨를 쓴 것 같다. 그는 동대 관음암에 곡식을 끊은 성정性淨 스님을 만나게 된다. 스님은 신익성의 물음에 유가나 불가가 모두 마음에서 구해야 하는데 마음을 구하는 요령은 욕심을 없애는 데에 있으므로 인욕이 모두 깨끗이 다하여 없어지게 되면 천리는 저절로 드러나게 된다고 설명한다. 신익성은 「성정 스님에게 주다」란 시를 선사한다.

상원사 가을 깊어 잎마다 차가운 소리 上院深秋萬葉寒
한 생애 부들자리 위에서 쓸쓸하네 生涯蕭瑟一蒲團
금강연 속에 가을 달은 맑은데 金剛淵裏淸秋月
면벽관심하며 자리를 뜨지 않네 面壁觀心不下壇

　동대 관음암엔 청계수青溪水가 유명하다. 공양간 옆에 있는 청계
수를 마시면 답답한 마음이 시원해진다. 욕심이 씻겨 내려가는 것
같다.

추사 김정희 오대산에 오르다

오대산 사고

조선 전기에 「조선왕조실록」을 비롯한 역사 기록이나 주요 서책은 춘추관과 외사고外史庫인 충주·전주·성주의 사고에 보관하였다. 임진왜란 때 전주사고본만 병화를 면하여 다시 실록에 대한 소장처가 논의되었다. 새로이 선정된 사고로 내사고인 춘추관을 비롯하여 외사고인 강화·묘향산·태백산·오대산의 5사고가 마련되었다. 사명대사가 1568년부터 영감암에 머물렀는데, 사명대사의 건의로 오대산사고가 건립되었다.

오대산 사고는 태조 대부터 명종 대까지의 실록 초고본을 1606년에 봉안하였고, 1805년(순조 5)에 정조실록을 봉안하기까지 59회가량 행해졌다. 오대산사고에 봉안된 「조선왕조실록」은 일제강점기에 일본 동경제국대학으로 옮겨졌다가 관동대지진 때 대부분 소실되었으며, 최근에 일부 남아 있던 실록이 일본으로부터 반환되어 규장각에 소장되었다.

사고에서 중요한 일은 서책을 꺼내어 말리는 포쇄다. 3년 1차의 규식이 있었으나 시기에 따라 기간의 장단이 있었다. 채제공蔡濟恭, 1720~1799은 포쇄하기 위해 오대산에 올랐다가 「사각에서 포쇄하다」를 지었다. "신선의 산이라 신령함 간직하고, 석실은 산의 배를 차지했네. 귀신이 자물쇠 잠그듯 하니, 죽간竹簡은 구름에 쌓인 듯" 김정희金正喜, 1786~1856도 왕명을 받고 영감사를 찾았다가 「포쇄하기 위해 오대산에 오르다」를 남겼다.

온 길 굽어보자 가깝게 여겨지니 俯看來路近
모르는 사이에 그윽한 이곳 왔네 不覺入幽冥
봉우리 반은 모두 구름에 잠기고 峯半全沈白
숲 끝은 멀리 푸른 하늘과 얽혔는데 林端遠錯靑
스님은 밖에서 보호해 주고 法雲呈外護
신선 불은 그윽이 듣는 걸 돕네 仙火攝幽聽
바위 골짜기에 남은 땅 넉넉하니 巖洞饒餘地
무슨 인연으로 조그만 정자 지을까 何緣結小亭

*火攝子: 불을 붙일 때 쓰는 도구

서울서 강원도 오대산까지 왔으니 얼마나 힘들었을까. 막상 오대산사고에 도착하니 언제 왔는가 싶을 정도로 마음에 들었다. 산은 높아 반은 구름이 덮고 울창한 숲은 하늘을 찌를 듯하다. 갑자기 오대산에 땅을 얻어 조그만 암자를 짓고 싶어진다. 오대산은 골짜기마다 포근하다. 위압적인 기세로 사람을 누르지 않는다. 어머니처럼 찾는 이를 안아준다. 김정희는 오대산의 미덕을 몸으로 느끼자 이곳에 머무르고 싶어졌다.

사명대사의 건의로 영감사 자리에 사고가 건립되면서 염감사는 사고 옆으로 옮기게 되었다. 사고를 수호하기 때문에 수직사라고도 하였다. 1740년 4월에 영감사를 찾은 채지홍蔡之洪, 1683~1741의 행적이 「동정기」에 남아 있다. "점심을 먹고 말에서 내려 견여를 타고 북쪽으로 15리를 가니 선원璿源과 실록을 보관하는 두 건물이 있다. 각각 기둥이 셋이고 이 층이다. 위에는 책을 아래에는 잡다한 준비물을 쌓았고, 담장을 둘러치고 자물쇠를 채웠다. 곁에는 작은 암자

사고(김홍도)

두 채가 있다. 참봉과 승려들이 매우 부지런히 지키고 있다. 영동과
영서의 모든 승려가 번을 나눠 교대로 지킨다고 한다."

영감사는 한국전쟁 와중에 전소되었고 터는 채마밭이 되었다.
1961년에 현재 위치에 새로 건립되었고, 1989년에 지금의 건물이
세워졌다.

나옹화상 거처하던 곳

북대 미륵암

조 선 의 핫 플 레 이 스

북대로 향하는 길은 상원사 주차장에서 시작된다. 소명골과 나란히 시작하던 임도는 미륵암 앞을 지나 두로령 넘어 홍천 내면분소까지 이어진다. 완만한 오르막과 날 것 그대로의 흙길은 여행자 자신도 모르게 사색하게 하는 명상의 트래킹 코스다. 여름철의 야생화와 가을철의 단풍이 피곤함을 잊게 한다. 소명골을 건너며 크게 꺾인 길은 조그만 계곡을 만나자 다시 방향을 바꾼다. 옛길은 계곡 옆 오솔길을 따라가야 한다. 많은 고승과 사대부들이 북대를 가기 위해 땀을 흘리던 곳이다. 가파른 길을 거슬러 올라가서 환희령을 넘었다.

옛길은 임도와 만나더니 바로 미륵암을 만난다. 미륵암 툇마루에 앉으니 앞에 파노라마로 펼쳐진 산이 장엄하다. 김창흡은 이렇게 묘사했다.

> 높고 탁 트였으며 여러 승경을 갖추고 있다. 중대(中臺)에 비하면 두터운 맛은 못하지만 트인 맛은 그보다 낫다. 암자에 들어가 먼 산을 바라보니 산의 푸른빛이 하늘에 닿았는데 태백(太白)과 가까운 곳인 듯하다.

미륵암의 첫 번째 승경을 제대로 포착했다. 또 하나의 승경은 산을 삼켜버리는 안개다. 선실로 밀려 들어와 지척을 분간할 수 없는 안개 속에서 나그네들은 황홀해했다. 마지막 승경은 달그림자다. 밤이 깊어지자 초승달이 하늘에 떠올라 만물을 밝게 비춘다. 새벽이 되어 거니는데 스님이 좇아 나섰고 여기에 달그림자가 참여하여 삼소三笑를 이룰 만하였다고 김창흡은 적는다. 삼소三笑는 호계삼소虎溪三笑를 말한다. 혜원 스님이 하루는 친구 도연명과 육수정의 방문을 받고 함께 놀다가, 두 사람이 돌아갈 때 그들을 전송했다. 서로 이야기를 나누며 걷다가 자기도 모르게 '다시는 이 다리를 건너서 산 밖으로 나가지 아니하리라'고 맹세했던 호계 다리를 지나쳐 버렸다. 이 사실을 두 벗에게 말하자, 세 사람이 손뼉을 치면서 크게 웃었다.

북대는 나옹懶翁 화상과 깊은 인연을 맺고 있다. 나옹은 고려 말의 고승 혜근惠勤, 1320~1376의 호다. 원나라로 건너가 불법을 배우고, 귀국해서는 오대산에 은거하다가 신광사, 회암사의 주지를 역임했다. 공민왕의 왕사王師로서 왕명에 의해 밀양 영원사로 거처를 옮기던 중 여주 신륵사에서 입적하였다.

미륵암 앞 산자락엔 나옹화상이 적멸보궁을 바라보며 수행했다는 나옹대가 있다. 전설도 전해온다. 북대에 머물던 나옹화상이 오백 나한에게 상원사로 가라고 한 뒤 상원사에서 기다렸다고 한다. 그런데 두 나한이 안 보여 찾아보니 칡덩굴에 걸려 못 오고 있었다. 나옹화상이 오대산에서 칡을 좇아내, 지금도 칡을 찾아보기 어렵다고 한다.

북대에서 나옹화상이 지은 시를 감상하지 않을 수 없다. 이 시는 중국 당나라의 한산寒山스님이라는 설과 작자 미상이라는 설도 있다. 미륵암 앞에 서본 자는 절로 이해가 가며 그렇게 살고 싶어진다.

미륵암

청산은 나를 보고 말없이 살라하고　青山兮要我以無語
창공은 나를 보고 티없이 살라하네　蒼空兮要我以無垢
사랑도 벗어놓고 미움도 벗어놓고　聊無愛而無憎兮
물같이 바람같이 살다가 가라하네　如水如風而終我
청산은 나를 보고 말없이 살라하고　青山要我生無言
창공은 나를 보고 티없이 살라하네　蒼空請吾活無塵
탐욕도 벗어놓고 미움도 벗어놓고　解脫貪慾脫去嗔
물 바람같이 살다 하늘에 가라하네　如水若風居歸天

들끓는 욕망을 가라앉게 만든다

서대 수정암과 우통수

서대 위치한 수정암水精菴은 신라의 보천, 효명 태자가 수도하며 날마다 우통수의 물을 길어 부처님께 공양을 올린 곳이고, 무량수불을 주불로 하여 1만 대세지보살이 계신 곳이다. 보천은 임종 직전 서대 남쪽에 미타방彌陀房을 두어 무량수불과 무량수여래를 우두머리로 한 1만 대세지보살을 모시게 하였으며, 낮에는 법화경을 읽고 밤엔 아미타불께 예불하며 수정사水精社라 부르라는 유언을 남겼다.

조선시대에 김창흡은 수정암으로 가려고 등나무 넝쿨로 들어섰다. 돌을 밟고 계곡물을 힘들게 건너서 굽이굽이 산등성이를 올랐다. 말라 죽은 나무가 길을 막아 여러 번 가마에서 내려 쉬었다. 얼마 되지 않아 암자에 도착하였다. 암자는 몇 년 전에 화재를 당하여 널집을 새로 지었는데, 매우 꼼꼼하게 단장했다. 위치가 알맞고 바람이 깊숙이 들어 잠시 쉬니 정신이 안정된다. 고승이 말한 '조도助道의 경계'라 한 것은 아마도 이를 두고 일컬은 것 같았다. 동행하는 사람에게, "3년 동안 여기서 주역을 읽으면 거의 깨우침이 있을 것이다."라 하였다. 수정암이 도를 깨치는데 최적의 장소라는 것을 김창흡은 입증해준다. 수정암 툇마루에 앉아 앞을 바라보면 우매한 사람일지라도 '조도의 경계'라는 의미를 금방 깨닫게 된다. 오대산에 자리 잡은 모든 암자가 그러하지만 여기는 더 특별하다.

막힘없는 경계는 절로 마음속 응어리를 풀어지게 한다. 들끓는 욕망을 차분히 가라앉게 만든다. 멀리 바라보는 눈은 절로 하늘을 담아 맑아진다.

　　서대에 낙엽 쌓여서, 쓸쓸히 암자 닫지만, 어찌 새소리를 들으며, 원숭이 잠글 수 있나. 우통수 물 맑고 찬데, 한강은 여기서 발원하니, 내 십 년간 머무르며, 천 리 밖 살피리.

수정암

김창흡이 수정암에 앉아 앞산을 바라보며 지은 시다. 원숭이는 마음의 원숭이다. 마음의 원숭이는 사방으로 치닫는다. 원숭이처럼 초조하고 불안한 마음이다. 마구 일어나 제어하기 어려운 마음을 비유한 말이다. 불안한 마음은 말로도 비유된다. 생각의 말이 미쳐 날뛰는 것은 마음의 원숭이가 사방으로 치닫는 것과 같다. 심원의마心猿意馬의 약칭으로, 즉 사람의 망념을 일으키는 마음이 마치 미쳐 내닫는 말이나 날뛰는 원숭이처럼 일정한 방향이 없이 사방으로 마구 내달리는 것을 형용한 말이다. 진정시키기 위한 약은 우통수 찬물 마시기다. 한 번 마시는 것은 부족하다. 십 년 정도는 마셔야 마음을 진정시킬 수 있고 도를 깨칠 수 있다.

권근이 「오대산서대수정암중창기」에서 우통수를 언급한 이후에 수많은 시와 기문이 한강의 발원지로 꼽아왔다.

> 서대 밑에서 샘이 솟아나서, 빛깔과 맛이 보통 우물물보다 낫고 물의 무게 또한 무거운데 우통수(于筒水)라고 한다. 서쪽으로 수백 리를 흘러가다 한강이 되어 바다로 들어가는데, 한강이 비록 여러 군데서 흐르는 물을 받아서 모인 것이지만 우통수가 중령(中泠)이 되어 빛깔과 맛이 변하지 아니한 것이 마치 중국의 양자강과 같다. 한강이라 이름 짓게 된 것도 이 때문이다.

「신증동국여지승람」도 권근의 기문을 인용하며 오대산 서대 밑에 솟아나는 샘물이 있는데, 곧 한강의 근원이라 기록하였다.

상원사

신라 신문왕의 아들 보천과 효명이 오대산으로 들어왔다. 보천은 오대산 중대 남쪽 밑 진여원 터 아래에 푸른 연꽃이 핀 것을 보고 그곳에 암자를 짓고 살았다. 아우 효명은 북대 남쪽 산 끝에 푸른 연꽃이 핀 것을 보고 그곳에 암자를 짓고 살았다. 두 사람은 함께 예배하고 염불하면서 수행하였다. 오대에 나아가 공경하며 참배하던 중 오만의 보살을 친견한 뒤로, 날마다 이른 아침에 차를 달여 일만의 문수보살에게 공양했다. 후에 왕이 된 효명태자는 진여원眞如院을 개창하면서 상원사의 역사가 시작되었다.

상원사로 향하던 세조는 계곡물을 만나자 지나던 동자승에게 등을 밀게 하면서 임금의 옥체를 본 사실을 말하지 말라고 한다. 동자승은 문수보살을 친견했다 말하지 말라며 사라졌고, 병은 씻은 듯 사라졌다. 이 일화는 세조가 1466년 윤 3월 17일 오대산 상원사로 행차했다가, 과거시험을 실시하고 문과 18명 무과 37명을 뽑았던 일을 근거로 하였을 것이다. 일화를 뒷받침하는 관대걸이가 상원사 입구에 세워졌다.

문수전을 오르기 전 계단 왼쪽을 보니 두 마리 고양이 석상이 세조의 이야기를 들려준다. 세조가 법당에 들어가려 하자 갑자기 고양이가 나타나 들어가지 못하도록 옷소매를 물고 늘어졌다. 이상하게 여긴 세조는 사람을 시켜 법당 안을 뒤지게 했다. 세조를 암살하

조선의 핫플레이스

상원사(김홍도)

려던 자객이 붙잡혔다. 세조는 이를 기특하게 여겨 고양이의 은혜에 보답하고자 묘전猫田을 하사했다. 「강원도지」에 이와 관련된 기록이 보인다. 계곡에서 목욕할 때 문수동자를 친견한 후 그 때문에 완쾌되어 동자상을 조성하였다는 화소와, 고양이가 임금의 옷을 물고 물러나도록 잡아끌어 화를 면할 수 있었다는 화소가 결합되면서 다양하게 변주되었음을 들려준다.

상원사로 향하는 계단 오른쪽에 오대산의 근현대를 지켜온 선사들의 부도가 있다. 삼국시대부터 시작된 역사가 끊이지 않고 오늘에 이어지도록 애쓴 분들로 한암 스님과 탄허 스님, 그리고 만화 스님이다. 한암 스님은 한국전쟁 때 상원사를 지켜낸 일화로 유명하다. 퇴각하던 국군이 월정사를 불태우고 다시 상원사를 태우러 올라오자 가사와 장삼을 단정히 갖추시고 법당에 들어가 정좌한 뒤 '이제 불을 지르라'고 하셨다. 군인들은 결국 법당 문짝을 떼어내 태우고 산을 내려가야만 했다. 탄허 스님은 한암 스님의 제자로 본래 유학을 공부한 유학자였다. 한암 스님과 편지를 나누다가 한암 스님에게 감복하여 제자가 되었다. 그 후 탄허 스님은 불경 번역과 승려 교육에 힘을 쏟았다. 만화 스님은 전쟁 때 한암 스님을 모시고 상원사에 남았으며 스님의 입적을 홀로 지켜보았던 스님이다. 스님은 후에 월정사 주지가 되어 월정사를 다시 일으켜 세웠다.

상원사와 관련된 시 중에 율곡의 시가 눈에 들어온다. 그는 「남대·서대·중대에서 노닐고 상원사에서 묵다」를 남겼다. 일부분이다.

옹기종기 작은 산들을 굽어보니   俯覽衆山小
여기저기 안개 낀 나무 가지런하고   浩浩煙樹平
돌 틈에 흐르는 차가운 샘물   冷冷石竇泉
한 번 마시자 세상일 다 잊혀지네   一飮遺世情
선방에서 부들방석 앉으니   禪房坐蒲團
상쾌한 기분에 꿈마저 맑고   灑落魂夢淸
새벽 종소리에 깊은 반성 일어나니   晨磬發深省
담담한 심정 무어라 말 못하겠네   澹澹吾何營

오대산 이곳저곳의 암자를 찾아다닌 후 감상문을 시로 쓴다면 이럴 것이다. 더 무엇이 필요할 것인가. 덧붙인다면 말 그대로 사족이다.

적멸보궁

아득한 중대 어지러운 세상과 끊어졌으니　縹緲中臺絶世紛
신선과 범부로 향하는 길 여기서 갈라지네　仙凡剛向此間分

　최석정崔錫鼎, 1646~1715이 지은 「상원사를 찾아 중대에 오르다」 중
일부분이다. 범부가 신선이 되기 위해 적멸보궁으로 향한다. 사자암
을 지나 적멸보궁을 향하던 순례객은 금몽암金夢菴에서 쉬면서 샘물
을 마신다. 세조가 꿈속에서 얻은 우물이라 전해진다. 금몽암은 사라
지고 샘물은 용안수란 이름으로 남아 적멸보궁을 찾는 사람들이 목
을 축인다. 금몽암은 새벽 저녁으로 적멸보궁에서 향을 피우는 스님
들이 머물던 곳이었으나 지금은 사자암이 역할을 대신한다.

　금몽암 뒤 돌계단을 밟고 수십 보 올라가면 적멸보궁이다. 적멸
보궁 뒤는 신라의 자장율사가 중국 오대산에 들어가 문수보살을 뵙
고 전해 받은 부처님의 진신사리를 봉안한 곳이다. 이때부터 오대
산은 문수보살 성지로 자리매김하게 되었다. 강재항은 "적멸각 뒤
쪽에 부처의 유골을 간직해 두었다고 한다. 어지러이 바위가 무더
기로 쌓여서 층층을 이루는데, 이런 곳이 모두 두 곳이다."라고 적
는다. 김창흡은 「오대산기」에서 "석축 아래에 바위가 이어져 있는
데, 이는 자연적으로 생긴 것이지 사람이 만든 것이 아니다. 여기서
부터 주봉에 이르기까지 누차 중요한 길목에 마디마디에 석축이
있다."라고 하였다.

오대산중대(김홍도)

진신사리가 봉안된 중대를 주위의 산들이 병풍처럼 에워싸고 있는 것이 용이 여의주를 희롱하는 형국이다. 중대는 용의 머리에 해당된다. 조선시대 암행어사 박문수가 이곳을 방문하고 "스님들이 좋은 기와집에서 일도 하지 않고 남의 공양만 편히 받아먹고 사는 이유를 이제야 알겠다."며 천하의 명당이라고 감탄했던 곳이기도 하다. 스님들도 "한 구역 내에 있는 수많은 중들의 탯줄이 바로 여기에 있으니, 이곳이 아니면 성불할 씨앗이 사라진다."라고 말할 정도로 명당 중의 명당이다.

김창흡은 비록 명산이 많다고 하나, 오대산에 비할 곳은 드물다며 「오대산」이란 시를 짓는다.

중대는 산 가운데 차지하여   中臺占位正
산속의 경승 독차지했으니   擅勝一山中
· 용이 나는 듯 모든 산 인사하며   龍飛萬嶺拱
독수리 웅크린 듯 누각은 높네   鷲蹲孤閣崇

　이곳에 오른 송광연은 「오대산기」에서 이렇게 적는다. "적멸보궁에 앉았으니 오대산의 진면목이 바로 눈앞에 있는 듯 역력하게 보인다. 태백산과 소백산이 구름 사이로 점을 찍어 놓은 것처럼 보인다. 이곳저곳을 자유롭게 보며 회포를 펼치니 속세를 벗어나고 싶다. 비가 오려는 조짐이 있더니 눈꽃이 날린다. 아무 시름없이 이를 바라보다가 산에서 내려와 상원사로 돌아왔다." 한겨울에 찾으면 이러하지 않을까.

　김시습은 이곳에서 「중대中臺」를 짓는다. "자줏빛 구름 끼자 빈 전각 영롱하고, 초목이 무성하니 뜰엔 꽃 만발한데, 우담발화 상서로운 꽃 삼계에 피고, 끝없는 상서로운 빛 구천에 뻗쳤네." 자줏빛 구름은 인간의 세계가 아니다. 그곳에 우담발화가 피었다. 3천 년에 한 번 피는 꽃은 부처가 세상에 출현하여 설법하는 것을 비유하는 말로도 쓰인다. 이 꽃이 욕계欲界뿐만 아니라 색계色界와 무색계無色界까지 폈다. 상서로운 빛은 천제가 사는 곳까지 비추니 이곳은 바로 적멸寂滅의 세계다. 바람 소리뿐만 아니라 풍경 소리와 솔바람 소리도 부처님 말씀처럼 들리는 중대다.

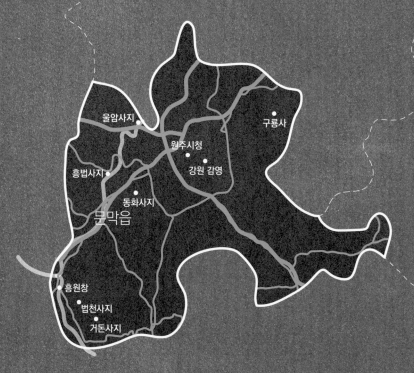

원주

울암사지
구룡사
원주시청
흥법사지
강원 감영
동화사지
문막읍
흥원창
법천사지
거돈사지

천하를 맑게 하리라

강원 감영

동화사에서 하룻밤을 보낸 김시습은 아침 일찍 길을 떠난다. 만종리를 지나자 치악산 위 하늘이 벌겋게 달아오른다. 단계동 부근을 지나며 관청이 있는 곳을 바라보니 자욱한 안개 속에 나무만이 보일 뿐이다. 관청에 들리니 사람뿐만 아니라 수레와 말도 보기 힘들다.

김시습이 들린 곳은 관찰사가 정무를 보던 감영이다. 강원감영은 태조 4년인 1395년에 처음 설치되었으나 1592년에 임진왜란으로 소실되었고, 1665년에 관찰사 이만영李晩榮이 착공하여 1667년 원주목사 이후산李後山이 완공하였다. 건물은 1896년에 강원도 감영을 춘천으로 옮길 때까지 관찰사가 업무를 보는 곳으로 사용하였고, 1950년 한국전쟁 중에 임시 도청으로 사용하였다.

2001년에 감영 일부를 복원하면서 시민의 곁으로 돌아오기 시작하였다. 선화당, 포정루에 대한 보수공사와 중삼문, 내삼문, 행각에 대한 복원공사를 실시하여 2005년에 일반인에게 개방하였고, 2단계 복원사업을 완성하였다.

복원한 강원감영을 찾았다. 정문인 포정루布政樓를 통과하니 두 번째 문인 중삼문이 기다린다. 관찰사를 만나기 위해 들어가는 문이라는 의미로 관동관찰사영문이라 현판이 걸려있다. 중삼문은 세 개의 문 중 가운데 있는 문으로, 포정루를 지나온 사람들이 재차 본인의 신원과 방문 목적을 밝히던 곳이다. 문을 통과하니 왼쪽으로 비석들

영서남부 · 원주

169

선화당

이 즐비하다. 시내에 있던 선정비를 복원하면서 옮겨왔다. 세운 것이
선정비이지만 악정을 행한 사람이 주인공인 경우도 적지 않다.

　세 번째 문인 내삼문에는 징청문澄淸門이란 현판이 눈길을 끈다.
후한 말 환제 때 범방范滂이란 관리가 있었는데, 정직하고 청렴하여
사람들의 존경을 받았다. 당시 기주에 기근이 든 데다 탐관오리들
의 착취와 학정이 더해 민란이 일어나자, 조정에서는 범방에게 기
주에 가 백성들을 착취하는 무리를 색출하라는 명령을 내렸다. 범

방은 마차에 올라 고삐를 잡고 분개하며 천하를 맑게 하겠다는 뜻을 세웠다. 마차에 올라 고삐를 잡았다는 '남비攬轡'와 천하를 맑게 하겠다는 '징청澄淸'이 합해져 '남비징청'이라는 말이 이때 생겨났는데, 징청문澄淸門도 이러한 의미다.

징청문을 통과하면 선화당宣化堂이다. 감영의 중심부에 있는 선화당은 '임금의 덕을 선양하고 백성을 교화하는[宣上德而化下民] 건물이다. 도내의 일반 행정·군사·조세 및 중요한 송사訟事·형옥刑獄의 재판이 이곳에서 행해졌다. 선화당 뒤에는 600여년 풍상을 거친 느티나무가 우뚝하다. 감영의 역사를 울퉁불퉁한 가지마다 품고 있다. 감영의 곳곳엔 포토부스, 곤장체험, 널뛰기, 투호 던지기 등 옛 전통 놀이를 즐길 수 있는 체험의 공간이 마련되어 있다.

김시습은 감영에 들려 시를 짓는다.

> 봄바람 속 지팡이 짚고 관동 가다가,　春風一錫向關東
> 안개 낀 나무 속 원주 고을 들리니,　路入原州煙樹中
> 공관(公館)엔 사람 드물고 거마도 적은데,　公館人稀車馬少
> 장정(長亭)에 비 지나니 해당화 붉구나.　長亭雨過海棠紅
> 십 년 여행길에 신발은 다 닳았고,　十年道路雙鞋盡
> 넓은 천지 다니느라 전대 비었으나,　萬里乾坤一橐空
> 시흥과 나그네 심정이 나를 흔들며,　詩思客情俱攪我
> 꽃 속에서 산 새 우는 소리 들림에랴.　況聞山鳥語花叢

나른한 봄날이다. 너무 일찍 관청을 찾아서인지 사람도 보기 힘들고 말과 수레도 마찬가지다. 때마침 봄비를 피하려고 길가에 있는 장정長亭에 오른다. 길을 재촉할 때는 몰랐는데, 가던 길 멈추니 빗방울 머금은 붉은 해당화가 시심을 흔든다.

구룡사

매표소를 통과하자마자 황장금표黃腸禁標를 확인했다. 황장금표는 황장목 보호를 위하여 일반인의 벌목을 금지하는 표시이다. 황장목은 나무의 안쪽 색깔이 누렇고 몸이 단단한 질이 좋은 소나무를 말한다. 치악산은 황장목이 많이 생산되었다. 한강의 상류에 있어서 뗏목으로 서울까지 운반하기 쉬워서 전국의 황장목 가운데에도 이름난 곳의 하나였다.

황장금표가 하나 더 있다. 주차장에서 내려가다가 마을로 들어가는 길을 따라가면 금표가 보인다. '금표'의 글귀 윗부분에 '외外'자가 있어서 '황장외금표'라고 한다. 황장외금표는 행인의 왕래가 많은 곳에 설치해서 출입을 경고하는 표석이다. 황장금표 때문일까. 가지를 길게 늘어뜨리고 있는 거대한 소나무들이 범상치 않게 보인다. 모두 황장목의 후예다. 산책로 가운데 서 있는 아름드리 황장목이 탐방객을 맞는다.

구룡사는 신라 문무왕 8년(668)에 의상대사가 창건했다. 지금의 대웅전 터에는 용 아홉 마리가 사는 큰 연못이 있었는데, 의상대사가 용을 쫓아내고 연못을 메워 절을 지었다. 아홉 마리의 용이 살았다고 해서 구룡사九龍寺라고 불렀다. 조선 시대에 들어와 사찰이 쇠퇴하자 절 입구에 있는 거북바위 때문이라는 소문이 돌았고, 바위를 부쉈더니 오히려 신도가 더 줄어들었다. 급기야 절이 문을 닫을 지경에 이르렀다. 도승 한 분이 나타나 절의 운을 지켜주는 거북바위 혈맥을 다시 이으라고 해서, 절 이름에 아홉 '구九'자 대신 거북을 뜻하는 '구龜'자를 써서 구룡사龜龍寺로 바꾸었다고 한다. 원래 거북을 뜻할 때는 '귀'라고 읽어야 하는데, '구'라고 읽는 것은, 기존의 명칭을 훼손시키지 않으면서 거북의 뜻을 담으려는 배려 때문인 것 같다.

사천왕문을 통과해 가파른 계단으로 올라간다. 건물 아래를 통과한 후 돌아보니 보광루다. 보광루 마루에는 우리나라에서 제일 큰 명석이 깔려 있었다. 보광루에 오르니 맞은편 천지봉이 한눈에 들어온다. 천지봉도 전설을 들려준다. 의상대사가 용들을 쫓아낸 뒤 연못을 메워 절을 지을 때 여덟 마리 용은 도망쳤는데, 용이 도망을 친 앞산이 바로 천지봉이다. 천지봉에서 구룡사 방향으로 뻗어 내린 여덟 개의 크고 작은 골짜기가 그때 형성되었다고 한다. 구룡소도 전설을 들려준다. 의상대사가 절을 창건할 때 아홉 마리 용 중 여덟 마리는 도망가고, 나머지 한 마리가 미처 도망치지 못하고 숨은 곳이 바로 구룡사 앞 계곡에 있는 구룡소라 한다. 그 용은 이곳에 살다가 나중에 승천했다고 한다.

구룡사와 관련된 기록 중에 「구룡사백련당기龜龍寺白蓮堂記」가 있다. 지금은 사라진 백련당을 위해 바친 글이다. 백련당은 당시 가난한 과거 준비생들에게 공부할 장소를 제공해주었다. 요즘으로 말한다면 고시원 역할도 담당한 셈이다. 이른바 출세를 위해 공부하는 사람과, 출세를 거부하고 깨달음을 얻기 위해 공부하는 사람들의 기묘한 동거 장소였다. 어떤 방향을 선택할 것인가는 개인의 취향이겠으나, 상대의 의견을 인정해주던 구룡사의 넉넉함을 보여준다.

구룡소

　　가난한 선비가 책 읽을 곳이 없어 책상을 들고 산에 오르는 자
가 많다. 대승암과 월봉암은 선승들이 모두 독서하는 사람을 기피
해서 갈 수 없다. 구룡사는 스님이 늘 선비에게 베풀어주기 때문에
독서하는 선비들이 많이 모인다. 나는 치악산의 봉우리가 높은 것
과 계곡이 깊은 것을 사랑하여 백련당에서 책을 읽으려 한다. 이
때문에 자세하게 기록한다.

모든 일 한바탕 봄 꿈

동화사지

세조 6년인 1460년 봄. 26살 김시습의 발길은 여주를 거쳐 원주 땅을 밟는다. 왕위찬탈에 주도적인 역할을 했던 사람들은 요직을 독점하며 출세길을 달리고 정국은 잔잔한 호수처럼 안정되어갔다. 이러한 세상을 바라보는 것은 고통이다. 구름처럼 떠도는 이유 중의 하나는 끓어오르는 마음을 진정시키기 위함일 것이다. 지팡이 하나에 의지해 전국을 떠돌며 날카로운 마음을 다독여야만 했다.

문막읍을 지나다가 북동쪽으로 3km 떨어진 동화 2리로 접어들었다. 마을을 통과해 골짜기로 한참 들어가자 동화사다. 김시습은 하룻밤 머물며「동화사에서 묵으며」를 남긴다.

> 동화 마을 산 높아 하늘에 꽂혔는데　桐花之山高插天
> 동화사 옛 절 구름 위에 떠 있네　桐花古寺浮雲煙
> 산속의 늙은 중 스스로 흥에 겨워　山中老僧自有趣
> 푸른 산에 솟는 구름 누워서 보네　臥看白雲生翠嶺

명봉산 깊은 골짜기에 위치한 동화사는 늘 구름이 머물러 구름 위에 떠 있는 듯하다. 김시습의 눈에는 그렇게 보였다. 동화사 스님은 가치가 전도된 속세의 일을 모르는 듯 구름 속에 누워 산 위에 떠 있는 구름을 망연히 바라본다. 동화사 스님은 김시습이다. 현실에 대한 불만을 씻어내고 구름이 되고 싶었다. 아지랑이는 피어오

영서 남부 · 원주

175

동화사지

르면서 만물을 깨운다. 겨우내 긴 잠을 자고 있던 살구나무는 아지랑이의 간지럼 때문에 참지 못하고 꽃을 피운다. 매화는 꽃을 떨구고 열매를 맺는다. 산골짜기의 얼음도 몸을 풀고 흘러내린다. 미나리는 푸릇푸릇 돋아나고 밥상 위에서 싱그러운 봄 냄새를 풍긴다. 김시습은 생동하는 기운을 온몸으로 느끼는 중이다.

　시는 이어진다. "온화한 봄날 따뜻하여 마음에 들고, 산 살구 꽃잎 토하고 매화 열매 맺는구나. 산골 물 미나리 싹 가늘기 실 같아, 뜯고 뜯어 점심 마련하니 채소 밥상 새롭네. 만 리 길 떠돌다 보니 가을 지나 다시 봄, 들 새 우는 곳에 산 꽃 따라 피었네. 동쪽 바라보니 푸른산 파란 하늘에 솟았는데. 흐릿한 기운 속 짙푸르고 하늘에 우뚝하네." 이 부분만 보면 김시습의 울분과 고뇌를 읽을 수 없다. 봄날은 외로운 방외인의 마음을 따뜻하게 품어준다. 잠시나마 그는 봄의 축복 속에서 눈과 귀를 자연의 변화에 빼앗겼다. 들판에서 새가 울자 새 소리에 산에는 꽃이 핀다. 아마도 진달래꽃이었을 것이다. 동화사를 품고 있는 푸른 산은 바야흐로 진달래를 따라 붉어질 것이다.

1459년 말에 김시습은 「원각경」을 읽었다. 또한 겨울에 고승에게서 불경의 강해를 듣고 불교의 진리를 더 정밀하게 이해하였다. 세상이 다르게 보였을 것이다. 「동화사에서 묵으며」 마지막 부분은 이렇다. "세상의 모든 일 한바탕 봄 꿈, 내 오대산 향해 은자 찾으러 가리. 하늘 보며 크게 웃고 호연하게 떠나가니, 나 같은 이가 어찌 하찮은 사람이랴" 권력을 잡기 위해 인륜을 저버리고 싸우는 피비린내 나는 현실은 일장춘몽이다. 덧없다. 이런 나와 벗하여 이야기를 나눌 사람은 고승들뿐이다. 동화사에서 한바탕 회포를 풀었으니 다음 행선지는 오대산 월정사. 김시습은 서울에서 원주로 향하다가 도미협渡迷峽에서 이렇게 노래한 바 있다. "나 같은 사람은 본디 맑고도 호탕한 사람, 만 리를 집으로 삼으니 마음이 넓고도 넓네" 이십대의 김시습은 현실의 욕망에서 벗어난 자만이 누릴 수 있는 경지에서 노닐고 있었다.

동화사는 「신증동국여승람」에 등장하고, 신광한申光漢, 1484~1555, 한준겸韓浚謙, 1557~1627의 시에도 나온다. 강원도 감영에서 26개 군현의 읍지를 종합하여 편찬한 지리서로 1829년~1831년에 편찬된 「관동지」에도 기록되어 있다.

아스라이 천 길 아래 굽어보는 곳

울암사지와 호석

원주시 지정면의 간현은 송강 정철의 발길이 닿은 곳이다. 그는 "섬강은 어드메오 치악雉岳이 여기로다"라며 「관동별곡」 속으로 이곳을 끌어들였다. 간현은 섬강의 푸른 강물과 넓은 백사장, 그리고 우뚝한 바위산이 병풍처럼 에워싸고 있다. 섬강은 횡성군 청일면 봉복산 서쪽 계곡에서 발원하여 남서쪽으로 흐르다가 태기산에서 발원한 물과 만나면서 긴 여정을 시작한다. 횡성읍을 지나고 원주시를 통과하며 문막평야를 만든 뒤 남한강으로 흘러든다. 간현 유원지 부근에 두꺼비 모양의 바위가 있어서 섬강蟾江이라 부르게 되었다고 한다. 그런데 다른 설이 더 설득력 있어 보인다. 간현에서 약 3~4km 거슬러 올라가면 달내, 곧 월천月川 또는 월뢰月瀨가 있다. 강가에 두꺼비 모양을 한 바위가 있는데, 그 모습을 따서 지었다는 설명이다.

우리나라 문학사에서 조선 중기 한문 4대가를 가리켜 월상계택月象谿澤이라 한다. 월사月沙 이정구李廷龜, 상촌象村 신흠申欽, 계곡谿谷 장유張維, 택당澤堂 이식李植을 말한다. 이 중에서도 이식은 장유와 더불어 당대 최고의 문장을 자랑했다. 이식李植, 1584~1647은 광해군 때 인목대비 폐모론이 일어나자 벼슬을 버리고 낙향해 경기도 양동에 택풍당澤風堂를 짓고 은둔의 삶을 살았다.

호석

원주 섬강 암벽 꼭대기에 있는 울암사鬱巖寺는 양평군 양동과 고
개 하나를 사이에 둔 가까운 곳이다. 주지인 혜종惠宗과 교분을 맺
어서 화창한 계절 날씨가 좋은 때면 매번 흥에 겨워 걸어서 찾곤 하
였다. 번번이 노래하고 읊으면서 돌아갈 줄을 몰랐고, 이렇게 해서
그동안 읊은 시가 30여 편이나 되었다.

　울암사 주변의 산과 강을 보지 않은 사람은 이곳의 아름다움을
알지 못한다. 울암사 높은 곳에서 흐르는 강을 바라보면 선경이 따

로 없다. 이식은 강물을 바라보다 저절로 시 한 수를 완성했다. "아스라이 천 길 아래 굽어보는 곳, 기대도 볼 만하고 앉아도 볼 만하네. 스님이 게송을 읊을 때마다, 바위 위에 우수수 떨어지는 송홧가루." 게송을 읊는 순간 스님과 자연은 하나가 된다. 이런 곳을 유람하고 싶다. 이런 곳을 거닌다면 며칠 밤을 묵어도 시간 가는 줄 모를 것이다.

언젠가 울암사에 또 유람 와서 노닐다가 열두 수의 시를 짓는다. 그중의 하나가 호석虎石이다.

> 물살 깊은 곳엔 표범 같은 바윗돌　灘深石如豹
> 야트막한 여울엔 호랑이 모양 바위　灘淺石如虎
> 잔물결 일렁이듯 얼룩덜룩 이끼 같아　輕浪漾苔斑
> 자라와 악어도 겁먹고 건너지 못하네　黿鼉疑不渡

조 선 의 핫 플 레 이 스

울암사터에서 길을 따라 계속 걸으면 길은 강이 내려다보이는 곳에서 끝난다. 넓은 공터는 오솔길로 강과 연결된다. 강으로 내려가면 완전히 다른 세상이 펼쳐진다. 바위와 소나무는 자연스럽게 어울리며 동양화 한 폭을 그리고, 여울 속 솟아오른 바위들은 태산준령의 형상이다. 머리와 등이 약간 보이는 악어 같기도 하고 하마 같기도 하다. 돌고래가 떼를 지어 헤엄치는 듯하다. 아니 두꺼비 같기도 하다. 건너편 바위산은 또 어떤가.

이식이 노래한 호석은 오랜 세월 고고하게 이곳을 지켜온 소나무와 함께 앉아 있다. 바위 표면은 얼룩덜룩 호랑이 무늬 같다. 호랑이의 위엄에 자라와 악어는 겁을 먹고 물속에서 이쪽으로 나오지 못하고 있는 형상이 아닌가. 아마도 선인들은 이 일대를 보고 섬강이라고 지은 것 같다.

기운생동하는 용트림
흥법사지

원주시 지정면 안창리로 향했다. 안창대교를 건너자마자 좌측에 흥법사지 안내판이 보인다. 앞쪽으로 섬강이 흐르고 뒤편에 영봉산이 아늑하게 감싸는 곳에 절터가 자리를 잡았다. 높은 축대는 성곽처럼 견고하게 보인다. 축대 뒤편으로 펼쳐진 밭 중앙에 삼층석탑이 우뚝하다. 석탑 뒤편으로 거북 받침돌과 머릿돌만 남아 있다. 받침돌의 머리는 거북이라기보다 용에 가깝다. 여의주를 물고 있는 입과 부라린 눈은 금방이라도 달려들 기세다. 땅바닥을 딛고 있는 네 발은 힘이 넘쳐난다. 정육각형 안에 만卍자와 연꽃을 새긴 등껍질은 진짜인 양 섬세하다. 머릿돌은 기운생동氣韻生動하는 용트림이다. 구름 속에서 다투고 있는 두 마리의 용은 비늘마저도 꿈틀거린다. 정신 차리고 보니 네 마리가 양 귀퉁이에서 노려본다. 뒷면에도 한 마리가 하늘을 향해 날아가고 있다. 전서체로 쓴 진공대사라는 네 글자가 선명하다. 웅장한 기운이 넘치면서도 섬세하게 표현한 장인의 솜씨에 그만 넋을 잃었다. 고려 전기 불교 예술의 수준을 가늠할 수조차 없을 정도다. 받침돌과 머릿돌을 눈높이에서 볼 수 있어서 이렇게 감동적일 것이다. 특히 머릿돌의 경우 바로 앞에서 보기가 쉽지 않다. 흥분이 가라앉자 몸돌을 잃어버린 채 한 몸이 된 받침돌과 머릿돌이 부자연스럽게 보이기 시작한다.

고려부터 조선 후기의 김정희의 글에 이르기까지 흥법사가 오르내렸다. 시에도 등장하고 지리서에도 언급되며 편지글에도 등장한다. 무엇 때문일까? 「고려사절요」는 충담忠湛이 죽자 흥법사에 탑을 세우고 왕이 친히 비문을 지었다고 적는다. 1530년에 편찬된 「신증동국여지승람」은 더 자세하다. 절에 비가 있는데 고려 태조가 친히 글을 짓고, 최광윤에게 명령하여 당 태종의 글씨를 모아 모사하여 새겼노라고 알려준다. 고려의 이제현은 "뜻이 웅장하고 깊으며 위대하고 곱다. 글씨는 큰 글자와 작은 글자, 해서와 행서가 서로 섞여 있어서 마치 난새와 봉황이 일렁이듯 기운이 우주를 삼켰다. 진실로 천하의 보물이다."라고 찬탄하였다. 고려 태조가 글을 짓고, 당 태종의 글씨를 모아서 새겼기 때문에 호사가들이 그토록 흥법사의 비석을 언급하였던 것이다. 이후의 기록은 반복하여 칭찬하거나, 훼손된 것을 아쉬워하는 글이다. 기운생동한 받침돌과 머릿돌 때문이 아니었다.

흥법사가 폐찰이 되면서 비석은 기구한 운명에 처하게 되었다. 성현成俔, 1439~1504이 원주에 감사로 부임하여 고을 안에 있는 관음사를 살펴보니 반 토막 난 비석이 보였다. 부녀자들이 옷을 다듬질하고 소들이 뿔을 비벼서 글자가 닳고 획이 떨어져 나간 상태로 방치되다시피 하였다. 이민구李敏求, 1589~1670의 기록은 이후의 일을 알려준다. 글씨를 탁본하려는 이가 줄을 잇자, 오고 가는 것이 번거로워 비석을 관아에 옮겨 놓았다. 객관 모퉁이에 작은 집을 지어 비각을 세우고, 내력을 기록하여 후대 사람들이 보전할 수 있게 하였다. 지금은 여러 조각으로 깨진 채 국립중앙박물관에 보관되어 있다.

제자리를 지키고 있어야 하지만 타향에서 떠도는 것은 진공대사 탑비만이 아니다. 진공대사의 유골을 모신 승탑과 관련 유물을 담

흥법사지

앚던 석관도 같은 신세가 되었다. 1931년에 경복궁으로 옮겨졌고,
현재는 용산의 국립중앙박물관 뜰에 있다. 염거화상탑도 흥법사에
있었다고 전해진다.

주변을 돌아보니 민가에 석축으로 쓰인 돌도 범상치 않다. 불당
이 있던 자리인 듯하다. 기와 파편은 흥법사지 구역뿐만 아니라 옆
의 민가와 밭에서도 대량으로 출토되었다. 흥법사지의 규모를 짐작
할 수 있다. 절터에 조선 중기의 문신인 허후許厚를 모신 도천서원陶
川書院이 들어선 것은 1693년이었다. 서원이 있던 자리는 나무와 넝
쿨로 덮혀 접근하기조차 어렵다. 조그만 계곡에 우물이 있었으나
그것마저도 자연 속으로 돌아갔다.

물산과 인물을 소통시키던 곳

흥원창

땔나무, 숯, 생선, 소금을 싣고 한강을 따라 서울로 오르내리길 10년, 흉년에 쌀을 서울로 가져가 장사를 하여 부자가 된 사람이 있었다. 강을 이용하여 장사하는 일을 주판舟販이라 하였는데, 주판의 이야기가 안석경安錫儆, 1718~1774의 「삽교만록」에 실려 있다. 주인공이 원주 법천에 살았으니, 바로 흥원창을 배경으로 한 장사꾼 이야기다.

한강은 물산과 인물을 소통시키는 매우 중요한 수로였다. 「신증동국여지승람」은 흥원창에 대해 이렇게 설명한다. "섬강의 북쪽 언덕에 있으며 원주의 남쪽 30리에 있다. 원주와 평창 · 영월 · 정선 · 횡성 등의 전세와 세곡을 수납하여 조운으로 서울에 가져간다." 조선뿐만 아니라 이미 고려 때 조운제도가 있어서 남방 연해안과 한강 수로에 12조창을 두고 조세로 징수한 미곡이나 포목을 선박으로 운송하였다. 흥원창은 한강의 대표적인 창고였다. 조선 후기에 흥성했던 흥원창의 모습은 1796년에 정수영鄭遂榮, 1743~1831이 그린 '한 · 임강명승도권'에 남아 있고, 정약용의 시 속에도 살아 있다. 1819년 4월 15일, 정약용은 큰 형과 함께 충주로 가던 중 흥원창을 지날 때 "흥원포興元浦에 있는 옛 창고 건물은 / 가로지른 서까래 일자一字로 연했어라"라고 묘사했다. 창고 건물들이 강변을 따라 빼곡하게 늘어서 있었다.

성해응成海應, 1760~1839이 좋은 땅[名塢] 중 하나로 선택한 곳은 홍원창이었다. 배가 다니는 강이 넓게 트여 양쪽 기슭의 사람을 분간할 수 없을 정도였다. 지리地理가 가장 좋은 곳으로 관동 일대의 곡식이 모이는 곳이기도 했다. 홍원창의 백성은 배를 운행하는 일에 종사하여서 부자가 된 자가 많았다. 법천리에 살던 정범조丁範祖, 1723~1801는 「섬강곡」에서 강변에 70가구가 있을 정도로 번창한 홍원창을 그렸다.

> 등불 켜고 나무 사이로 지나가니　明燈過樹杪
> 아마도 한양에서 오는 배겠지　知是三江船
> 금년에는 소금이 풍년이니　今年賣塩多
> 소금값을 따지지도 않겠지　塩價無論錢

홍원창과 인접한 섬강은 정범조의 「현산유거기」에도 묘사한다. "초당의 서쪽에는 큰 강이 흐르는데 산과 나란히 북으로 달려 서쪽으로 꺾이면 한강이 된다. 오르내리는 배가 느릅나무와 버드나무 너머로 날마다 뚜렷하게 보이며 오리와 갈매기들이 날아서 모이는 모습이 모두 책상 앞에서 보인다. 초당에서 북쪽으로 3리 떨어진 곳에 멀리 하늘에 의지하여 높다란 것이 섬암蟾巖이다. 바위 절벽이 비가 오고 나면 더욱 파랗게 되어 섬임 곁의 인가가 어리비친다." 정범조는 작은 배를 강에 띄우고 아래로 내려갔다. 섬암을 구경하다가 지겨우면 돌아왔다. 「봄날 어른과 아이를 이끌고 섬암까지 배를 띄워 노닐다」란 시를 짓기도 했다.

안석경 소설의 결말이 궁금하다. "원주 법천 땅의 장사꾼은 흉년에 쌀을 싣고 서울로 향하였다. 10년 동안 거래하던 객주는 그에게

흥원창

도움을 청했다. 장사꾼은 쌀 몇 되의 도움 요청에 대해 들은 척도 않고 다른 객주 집으로 갔다. 그 뒤 다시 옛 객주에게 다시 가보니 죽은 줄로 알았던 그 객주는 다른 사람의 도움으로 목숨을 건졌고, 부자가 돼 있었다. 장사꾼은 부끄러움에 남한강에 다시는 배를 띄우지 못했다.”

이익과 의리 사이에서 망설임도 없이 이익을 택하였던 장사꾼은 나중에 부끄러움 때문에 한양으로 향하지 못했다. 이미 돈 쪽으로 추가 기울었음을 보여주는 상징적인 사건이었다.

법천사지

1609년 9월. 허균許筠, 1569~1618은 어머니 묘소에 갔다가 남쪽으로 10여 리쯤에 법천사가 있다는 말을 들었다. 새벽밥을 먹고 일찍 길을 나섰다. 고개를 넘어 명봉산 아래 도착하니 난리에 불타고 덩그러니 절터만 남아 있다. 무너진 주춧돌 사이로 토끼 길이 나 있고, 비석은 동강이 난 채 잡초 사이에 보인다. 절 동쪽에 자그만 비석이 보인다. 조선 초 영의정을 지낸 이원李原 모친의 묘다. 유방선柳方善, 1388~1443과 유방선의 아들 유윤겸의 묘도 옆에 나란하다.

이원은 공신으로 대신의 지위를 차지하여 부귀와 권력이 일시에 자자했으나 만년에 버림받아 죽고 말았다. 유방선은 학문과 덕행이 있었지만 베 옷으로도 몸을 제대로 가리지 못할 정도였다. 유배 생활을 하다가 1415년 사면령이 내려져 원주 법천리로 오게 되었으나, 사헌부의 탄핵으로 사면이 취소되어 다시 영천으로 떠나야 했다. 끼니를 거르며 산중에서 곤궁하게 지내다가 남은 일생을 마쳤다.

유방선이 절 밑에 살자, 권남, 한명회, 서거정, 이승소, 성간 등이 모두 쫓아와 법천사에서 공부하였다. 이들이 문장으로 세상을 울리고, 혹은 공을 세워 나라를 안정시켰다. 절의 명성이 이로 말미암아 드러났게 되었다. 서거정은 "지난해에 글 읽던 곳, 큰 산에 또 불리어 가네. 행장을 말 등에 높이 실었고, 서적은 소 허리에 가득 실었

법천사지 당간지주

네. 건곤은 넓고 넓은데 도로는 멀고 머네. 영웅으로 시대를 만나게
될 자는, 필경 우리 중에 있을 것이네"라고 노래했다.

　허균은 둘러보다가 인생에서의 궁달窮達과 성쇠盛衰, 불후의 명성
에 대해 생각한다. 유방선은 임금에게 누가 되지 않기 위해서 죽어
야 마땅하다고 하면서도, 임금이 자신을 버리지 않으리라는 믿음
을 가지고 다시 돌아올 날을 기약하였다. 유방선의 아들 유윤겸은
대궐을 출입하며 왕명의 출납을 맡기에 이르렀다. 유방선의 영달
은 이원보다 못하였지만 수백 년이 지난 뒤에도 사람들이 그의 글
을 읊으며 인품을 상상해 마지않는다. 일시에 이득을 누리는 것과
만대에 이름을 전하는 것 중 어느 것을 택할 것인가? 동행한 스님은
"이름은 천년의 가을 만년의 세월에 남겠지만, 몸이 사라진 뒤의 일
이니 허무합니다.[千秋萬歲名, 寂寞身後事]"라고 한다. 「장자」는 공명에
얽매이지 않는 것을 해탈이라 했다. 「채근담」에는 "명성을 좋아하
는 자는 도의道義 안으로 숨어들기 때문에 해독이 보이지 않지만 지
극히 깊다."라는 구절이 있다. 스님은 명예도 허무한 것이라 했지
만, 허균은 일시에 이득을 누리는 것보다는 만대에 이름을 전하는
것을 택하였다. 허균은 자리를 옮겨 지광국사의 탑비로 향했다. 문
장이 심오하고 필치는 굳세었다. 오래되고 기이한 비를 해가 지는
줄도 모르고 어루만졌다.

　허균이 다녀간 이후 정범조鄭範朝, 1723~1801는 「현산우거기玄山幽居
記」에서 법천사의 옛터에 지금도 비석과 탑이 남아 있다고 알려 준
다. 이때는 절터에 정시한丁時翰, 1625~1707의 사당이 세워졌을 때이
다. 신좌모申佐模, 1799~1877의 「법천」이라는 시에는 옛날에 삼한 시
대의 큰 사찰이 있었으며, 지광대사비智光大師碑와 부도가 있다고 주

를 달았다. 지광국사智光國師, 984~1070는 문종이 왕사로 모셨다. 어가를 함께 타고 다니며 「법화경」과 유식학 강의를 하였다. 그가 법천사로 돌아온 것은 문종 21년인 1067년이었으며 1070년에 입적했다. 절터에는 11세기 부도탑비의 걸작이라 일컬어지는 지광국사 현묘탑비가 남아 있다. 화려한 조각으로 정평이 있는 현묘탑은 법천사가 아닌 경복궁 뜰에 있다. 유방선의 무덤도 이제 여기에 없다. 그의 아들 유윤겸의 무덤도 찾을 수 없다. 당간지주는 마을 입구에 우뚝하며 탑재와 광배 그리고 배례석 등이 남이 있을 뿐이다.

고누놀이하던 스님은 어디 갔을까
거돈사지

거돈사지로 가기 전에 폐교된 정산분교에 들려야 한다. 운동장 한쪽에 길쭉한 바위가 누워있다. 거대한 크기에 놀라게 된다. 미완성인 당간지주 한 짝이다. 당幢을 걸던 홈이 아랫부분에 뚫려 있는 것 외엔 아무런 장식이 없는 투박한 모습이다. 학생 20명 정도는 넉넉히 앉을 수 있는 당간지주는 잃어버린 짝에 얽힌 전설을 간직하고 있다. 옛날 현계산에서 남매 장사가 당간지주를 옮기다가 남동생이 죽었다. 결국 한 짝은 옮기지 못해 하나뿐이라는 이야기를 들려준다. 예기치 못한 일로 중단됐다. 무슨 일이 있었던가?

폐사지 입구 축대에 서 있는 느티나무는 천년이 되었다. 절이 세워지고 중창하고 무너지는 것을 지켜본 나무는 거돈사의 산중인이다. 흥하고 쇠하는 만물의 이치를 온몸으로 터득한 성자처럼 묵묵히 서 있다. 거대한 뿌리는 석축의 돌을 끌어안고 있다. '돌을 먹는 나무'로 불린다는데, 아닌 게 아니라 뿌리가 바위를 물고 있는 듯 보인다. 돌보다 나무가 더 주인인 것 같다. 폐사지에 살아있는 나무 한 그루가 절터의 분위기를 더욱 돋보이게 한다. 느티나무 아래 의자에서 절터를 바라보노라면 마음이 한결 가벼워진다. 욕심이 저절로 사그라든 것 같다.

사지 한가운데 하얗게 솟아오른 삼층석탑이 폐사지의 허전함을 메꾸어 준다. 신라 후기인 9세기에 중문, 금당, 회랑, 강당, 승방 등이 세워졌던 절터에 이제 온전히 남아 있는 건 탑 하나뿐이다. 모두 바람에 쓸리고, 불에 타버릴 수밖에 없었던 긴긴 세월을 홀로 지내느라 얼마나 외로웠을까. 석탑 앞 금당터에 놓여 있는 불대좌가 조금의 위안이 되어주었을까. 불상을 모시던 사찰의 중심공간인 금당터에 약 2미터의 화강암 불대좌만 남아 있다. 그마저도 불에 탈 때 돌이 튀어 온전한 모양이 아니다. 인자한 부처님이 앉아 계시던 신성한 불대좌, 아니 바윗덩어리 위에는 바람만이 머물다 간다.

느티나무 아래는 쉬어 가는 의자만 있는 것이 아니다. 축대에 글씨가 새겨져 있다. 석축을 쌓은 인부가 쓴 것일까. 승묘탑비의 정갈한 해서체가 아니다. 초등학생의 글씨 모양 서툰 글씨체가 가슴을 울린다. 이름 옆에는 민속놀이의 하나인 고누놀이 말판을 새겨 놓았다. 축대를 쌓다 힘들 때 느티나무 아래서 잠시 휴식을 취하면서 놀았을까. 아니면 수도하던 스님들이 무료함을 달래려고 놀았던 것일까. 고누놀이는 어른이나 아이들이 어디서나 쉽게 즐길 수 있어 옛날부터 널리 해 오던 놀이이다. 주로 여름철에 그늘 밑에 앉아 시합을 벌인다. 두 사람이 말판에 말을 벌여 놓고 서로 많이 따먹거나 상대의 집으로 쳐들어가 승부를 겨룬다. 김홍도의 풍속화 등에도 고누놀이를 하는 장면이 나타나는 것으로 보아 오래전부터 내려오던 놀이로 여겨진다. 여기에 새겨진 것은 '곤질고누'이다.

거돈사는 신라 후기인 9세기 창건돼 고려 초 중창됐다. 광종의 비호 속에 원공국사圓空國師, 930~1018가 불교 종파 중 하나인 법안종 세력을 크게 떨쳤다. 사후 현종 15년(1025)에 국사로 추증되면서 원공국사승묘탑(보물 190호)과 탑비(보물 78호)가 조성됐다. 탑비와 함께 세워졌던 승묘탑은 일제강점기에 반출됐다가 국립중앙박물관으

거돈사지

로 옮겨졌다. 대신 훼손된 부분까지 재현해 놓은 복제품이 자리를 차지하고 있다. 절터 한쪽에 있는 승묘탑비는 단정하고 소박한 장식미가 느껴진다. 탑비는 최충崔冲, 984~1068이 짓고 김거웅이 전액을 썼다. 필획이 힘차고 아름답기 그지없어 고려시대 비 중 서체가 가장 뛰어나다는 평을 듣는다. 승묘탑비에서 봐도 텅 빈 절터에 탑만 보일 뿐이다. 텅 비어있는 공간일 뿐이다. 거돈사터의 매력은 빈공간에 있다. 한때 번성했지만 유물 몇 개만이 남아 있는 공간에서 '공즉시색 색즉시공'이란 반야심경 속 말이 자꾸만 들린다.

영월

법흥사
요선암

주천

금몽암
보덕사
관풍헌
영월읍
장릉
청령포
자규루
낙화암
금강정

주천

술꾼들은 언제나 진나라 유령劉伶의 일화를 안주 삼아 이야기하
곤 한다. 그는 「주덕송酒德頌」을 지었는데, 늘 술병을 가지고 다니며
하인에게 삽을 메고 뒤따르게 했다. 술을 마시다 죽으면 바로 땅에
묻어 달라는 대목에선 감탄하고, 만물을 장강이나 한수에 떠 있는
부평초같이 여기는 담대함에 찬탄을 금하지 못한다.

주덕송이 싫증 나면 이백으로 옮겨간다. 술에 관한 시를 찾는 것
은 너무 쉬운 일이다. 「장진주將進酒」의 '군불견君不見'을 입에 올린
다음에 술을 한잔 들이킨다. "그대 모르는가, 황하의 강물이 하늘에
서 내려와, 바다로 쏟아져 흘러가서 돌아오지 않음을" 다시 이어진
다. "땅이 술을 사랑하지 않았다면, 마땅히 땅에 주천이 없었으리"
는 애송하는 구절이 되었다.

다리를 건너자마자 '주천酒泉'의 유래를 알려주는 조형물이 산 밑
에 보인다. 주천은 예전부터 유명했다. 「신증동국여지승람」은 '주
천석酒泉石'에 대해 장황하게 설명한다. 「해동역사」는 "주암酒巖이
있는데, 술이 그 아래에서 나온다"라 적고 주천현의 남쪽 길가에 바
위가 있는데, 모양이 마치 반쯤 부서진 돌을 파서 물을 부어 쓰도록
만든 그릇 같다고 추가로 설명한다. 문헌에 기록된 것 이외에 마을
에 전해오는 이야기도 흥미롭다. 술샘은 양반이 오면 약주가 나오
고 천민이 오면 막걸리가 나왔다고 한다. 한 번은 천민이 양반인 척

하면서 의관을 정제하고 갔는데 여전히 막걸리가 나왔다. 화가 나서 샘터를 부순 이후에는 술이 나오지 않게 되었다는 이야기도 전해진다.

다양하게 변주되어 전해지는 '술샘'을 시인들은 시로 노래했다.

하나를 남긴 것에 어찌 뜻이 없겠나　復留一片豈無意
술을 경계하느라 관청 길가에 남겨 두었네　天戒衆飮官途邊
세상 사람 신령한 유물의 뜻 알지 못해　世人不曉靈眞跡
목마를 땐 술 생각에 침만 흘릴 뿐이네　渴喉但覺流饞涎

퇴계 이황의 시 중 일부분이다. 근엄한 성리학자의 풍모를 시에서도 읽을 수 있다. 주천석이 깨진 이유는 술 마시는 것을 경계하기 위함인데 무지몽매한 사람들은 술 생각에 침만 흘릴 뿐이라고 질책한다.

조형물 오른쪽을 보니 돌계단이 강 쪽으로 내려간다. 강가 바위에 '주천酒泉'이 새겨져 있고, 바위틈 아래에 물이 고여 있다. 선인들이 이것을 기록하고 시를 지은 걸 생각하니 감개무량하다. 공터 의자에 앉아 주천강을 물끄러미 쳐다보니 안흥에서 내려오는 강이 활처럼 휘면서 마을을 감싸고 돈다. 강물은 그냥 흐른 것이 아니다. 흙을 안쪽에 수북이 쌓아 넓은 벌판을 만들어주었다. 이곳은 고구려의 주연현酒淵縣이었는데 신라가 차지하고 주천현으로 고쳤다. 따로 학성鶴城으로 부르기도 했다. 신라 때 영월군의 관할현이 되었다가 고려 때 원주의 속현이 되었고, 1905년에 영월군에 귀속되었다. 주천의 역사는 문헌뿐만 아니라 돌에도 새겨져 있다. 조형물 옆에 선정비가 즐비하게 서서 주천 고을의 유구한 역사를 몸으로 보여 준다.

주천

　선정비 뒤 등산로를 따라 산으로 올라가니 빙허루憑虛樓가 우뚝
섰다. 누대 아래로 주천강이 흐르고 건너편으로 건물들이 빼꼭하
다. 다시 다리를 건너 '술샘박물관'으로 향한다. 박물관 옆 '청허루'
에 오른다. 「신증동국여지승람」은 청허루가 주천현 객관 서쪽에
있으며 석벽이 깎아지른 듯하고, 아래에 맑은 못이 있다고 적었다.

요선암

일상이 심심하거나 지루하다고 느껴질 때가 있다. 고단한 현실에서 조금 비켜나고 싶을 때도 있지 않은가. 이럴 때 요선암邀僊巖으로 여행을 권하고 싶다. 요선암에 가면 풍경 그 자체에 푹 빠지게 된다. 잠시 고단함과 무료함을 잊게 된다. 요선암은 이백의 표현대로 별유천지비인간別有天地非人間이다. 경치가 빼어나서 인간 세상이 아닌 것 같다. 지리학자는 화강암이 둥글게 움푹 파인 모양을 돌개구멍포트홀: Pothole이라 부른다. 암석의 갈라진 틈이나 오목한 곳으로 모래와 자갈이 들어온 후, 소용돌이치는 물살로 회전운동을 하면서 주변의 암반을 깎아 내린 것이라고 한다. 생성 원인을 모르고 바라봐도 황홀하기 그지없다. 바가지만한 작은 구멍, 욕조만한 널찍한 구멍이 곳곳에 패어 있다. 거대한 이무기가 지나간 것처럼 굵은 원통형의 모습이 보고, 파도처럼 너울너울 곡선을 그리기도 한다. 각양각색이지만 모두 곡선이라는 공통점이 있다. 편안함을 느끼게 하는 곡선의 미학은 이 일대를 빼곡하게 채워놓았다. 돌개구멍 속에 물은 잠시 갈 길을 잃는다. 하늘이 내려앉은 곳에 바람이 잠시 머물다 간다.

조인영趙寅永, 1782~ 1850은 주천 가는 길에 요선암을 보고 경탄하였다.

구름이 개자 자갈길 보이고　林雲開石徑
시내 소리에 산촌 노래 화답하네　溪籟答山歌
구멍은 어찌 조물주 미칠 수 있으며　鑿豈天工及
깎은 것은 물의 힘이 많았으리라　磨應水力多
언덕의 붉은 단풍 가을이라 더 붉고　岸紅秋競入
흰 모래에 비가 새롭게 지나가네　沙白雨新過
뛰어난 경치 비록 이와 같더라도　絶勝雖如此
멀고 외진 곳이라 어찌할 것인가　其於僻遠何

만물을 만든 조물주조차도 힘이 미치지 못했을 것이라는 표현은 요선암에 대한 최고의 찬사다. 더 어찌 표현할 수 있단 말인가. 아울러 물의 위대함을 칭송한다. 바위보다 약해 보이는 물이 결국에는 매끈한 비누처럼 곡선의 아름다움을 보여준다. 조선의 명필 양사언이 '신선을 맞이하는 바위'인 요선암邀仙岩이란 글씨를 새겼다는 전설은 마땅하리라.

요선암에서 요선정으로 가는 길은 산책코스로 적당하다. 소나무가 울창한 숲을 이룬다. '신선을 맞이하는 정자'인 요선정은 요란스럽지 않다. 일제강점기인 1915년에 숙종의 어제시를 봉안하기 위해 건립했다. 숙종의 어제시는 주천면 청허루에 걸려 있었는데 화재로 소실되었다. 숙종에 이어 즉위한 영조가 숙종의 어제시를 다시 쓴 뒤 편액을 내렸다. 요선정 안에 영조가 쓴 숙종대왕 어제시와 정조의 어제시 편액이 같이 걸려 있다.

정자 앞에는 고려시대 것으로 추정하는 마애석불과 작은 석탑이 서 있다. 오도일吳道一, 1645~1703의 「주천요선암」에 "계곡에 안개 걷히자 골짜기 해는 높고, 절은 텅 빈 수풀 언덕에 홀로 있네"라는 구절이 있는 것으로 보아 조선 중기에 암자가 있었던 것 같다. 스님은

요선암

매일 마애석불을 보며 불공을 드렸을 것이다. 암자는 사라지고 소박하고 온화한 석불과 석탑만 남았다. 마애불 뒤편은 깎아지른 듯한 절벽 아래로 주천강과 법흥계곡의 물줄기가 시원하다. 푸른 산줄기는 겹겹이 이어진다. 절벽 끝자락에 아슬아슬한 소나무가 주천강의 풍경을 독차지한다.

가시덤불을 두르고 정진하던 곳

법흥사

　이중환李重煥, 1690~1752은 「택리지」에서 은둔지로 사자산 남두릉과 주천을 꼽았다. 이긍익李肯翊, 1736~1806은 「연려실기술」에서 산천이 뛰어난 곳으로 사자산을 들었다. 치악산의 동북쪽에 있으며, 30리에 걸쳐 물과 바위가 있는 주천강의 근원인 곳. 남쪽에 있는 도화동·두릉동은 모두 경치가 뛰어나며 복지福地라고 일컫는 곳이다. 성해응成海應, 1760~1839도 이긍익의 설명과 비슷하게 사자산을 언급하였다. 최근에는 이곳을 세상과 다른 별천지인 무릉도원으로 면이름을 바꿨다.

　법흥사를 가는 길은 경치가 좋아 캠프장이 줄지어 들어섰다. 법흥1리 새터 마을 길 옆에 자그마한 바위가 범상치 않다. 황장금표비黃腸禁標碑를 새긴 바위다. 1802년에 새겨졌으니 어느덧 200년의 세월을 훌쩍 넘겼다. 궁궐 등의 건축재로 공급된 질 좋은 소나무인 황장목을 보호하기 위해 새긴 것이다.

　다시 길을 나선다. 계곡은 끊임없이 이어진다. 본성을 찾는 것을 소를 찾는 것에 비유한 선의 수행단계처럼 느껴진다. 소를 찾는 심우尋牛, 소 발자국을 발견한 견적見跡, 소를 발견한 견우見牛, 소를 붙잡은 득우得牛, 소를 길들이는 목우牧牛, 소를 타고 고향으로 돌아오는 기우귀가騎牛歸家, 돌아와 보니 소는 없고 자기만 남아있는 망우존인忘牛存人, 자신도 잊어버린 상태인 인우구망人牛俱忘, 근원으로 되돌아가는 반본환원返本還源, 포대를 메고 사람들이 많은 곳으로 가는 입전수수入廛垂手가 수행단계 10단계다. 처음 선을 닦게 된 동자가 본성이라는 소를 찾기 위해서 산중을 헤매다가 마침내 도를 깨닫게 되고, 최후에는 선종의 최고 이상향에 이르게 됨을 나타낸다.

신라 말에 선풍禪風이 크게 일어나면서 기성 사상체계에 의존하지 않고 각 개인이 사색하여 진리를 깨달을 것을 권유했다. 아홉 종파가 전국의 명산에 사찰을 세웠는데 절중折中, 826~900은 사자산 흥녕사興寧寺에 머물며 제자를 양성했으며, 사자산파라 불렀다. 사자산을 찾아가니 본성인 소를 찾는 것이 틀린 말은 아니다.

절충折中의 시호는 징효澄曉다. 경내에 부도와 징효대사의 행적을 기리기 위해 세운 비가 세워져 있다. 거북 모양의 받침돌 위에 비몸을 올리고, 위에 용머리가 조각된 머릿돌을 얹었다. 받침돌의 거북머리는 용의 머리에 가깝고, 입에는 여의주를 물고 있다. 특히 발가락과 발톱을 사실적으로 조각한 것이 눈길을 끈다. 비문에는 대사의 출생에서부터 입적할 때까지의 행적이 실려있다. 고려 혜종 원년(944)에 세워진 비로, 글은 최언위崔彦撝가 짓고 최윤崔允이 글씨를 썼다. 부도 옆에는 200년이 넘은 밤나무가 서 있다. 우리나라 밤나무 가운데 손꼽히는 큰 나무 중 하나다.

적멸보궁은 자장율사가 진신사리를 봉안하고 수도하던 곳이다. 사자산 연화봉과 연결된 능선은 벌의 허리 모양을 이루다 적멸보궁을 앞에 두고 다시 절벽을 이룬다. 함부로 범접할 수 없는 형세다. 적멸보궁이 터전을 잡은 곳부터 능선이 완만해지는 곳에 법흥사가 자리 잡고 있다. 적멸보궁 뒤편의 토굴은 자장율사가 수도하

법흥사 적멸보궁

던 곳이다. 낮은 언덕으로부터 내려오는 완만한 경사를 이용하여
흙으로 위를 덮었고, 흙을 쌓기 위해 토굴 주변에 석축을 올렸다.
내부는 가로가 1m 60cm, 높이가 1m 90cm 정도로 한 사람이 앉아
서 정진할 수 있는 공간이다. 주위에 가시덤불을 두르고 정진하였
다는 이야기가 전해진다. 깨달음을 얻기 위한 노력이 상상을 초월
한다.

장릉

'영월'은 '단종'이다. 영월의 이곳저곳은 단종과 관련된 이야기로 채색되었다. 슬픔과 한으로 어우러진 이야기는 심금을 울린다. 수양대군에게 왕위를 빼앗기고 유배됐다가 사약을 받고 열일곱의 나이로 세상을 마감하기까지 영월에 머문 시간은 1년이 채 안 되지만 아직 진행형이다.

세조실록에는 왕이 1457년 10월 21일 스스로 목을 맨 것으로 나온다. 그러나 숙종실록 25년 1월 2일 기사와 「장릉지」에는 금부도사 왕방연이 차마 사약을 드리지 못하는 사이, 허드렛일하는 하급관원이 10월 24일 교살한 것으로 기록하였다. 단종은 죽임을 당한 후 동강에 버려졌다. 단종의 시신을 수습하는 자는 삼족을 멸한다는 엄명을 내려 누구도 거두는 이가 없었다. 살벌한 분위기 속에서도 엄흥도는 단종의 시신을 수습해 지게에 지고 동을지산으로 향했다. 산에는 눈이 내려 땅이 얼어있었다. 마침 숲속에서 노루가 뛰어나오는 것을 보고 다가가 살펴보니 노루가 앉았던 자리엔 눈이 녹아 있었다. 잠시 쉬던 엄흥도가 다시 일어나려 하는데 지게 목발이 바닥에 박힌 채 떨어지지 않았다. 아무리 힘을 써도 일어날 수 없자 하는 수없이 그 자리에 단종을 모시게 되었다.

오랫동안 묘의 위치조차 알 수 없었다. 100여 년이 지난 1541년 (중종 36)에야 영월군수 박충원에 의해 발견되어 묘역을 정비하였

장릉

다. 처음에는 노산군묘魯山君墓 혹은 노릉魯陵이라 불렸다. 250여 년
이 지난 1698년(숙종 24)에 단종으로 복위되어 무덤도 장릉莊陵이란
능호를 갖게 되었다.

안쪽으로 엄흥도의 충절을 기리는 정려각이 보인다. 장판옥藏版屋
엔 단종을 위해 순절한 김종서·황보인 등 대신들을 비롯해 내관,
노비, 무녀, 궁녀 등 총 268인의 위패가 모셔져 있다. 이는 다른 왕
릉엔 없는 독특한 양식으로 정조의 명으로 세워졌다. 장판옥 맞은

편에 이들을 위해 제를 모시기 위한 배식단配食壇을 만들었다. 정자
각 전면에 영천이라는 우물이 있어 제를 올릴 때 이곳의 물을 사용
한다.

장릉 정문 우측의 거북이 형상을 한 언덕 위에 있는 정자가 배견
정拜鵑亭이다. 사육신 박팽년의 후손 박기정이 1792년에 창건하였
다. 예전에는 이 앞에 연못이 있었으며, 동남쪽으로 배견암拜鵑岩이
라고 새긴 바위가 있다. 배견정 옆 '박충원 낙촌비각'에는 박충원이
꿈속에서 단종의 무덤을 찾은 일에 대한 사연이 기록돼 있다. 비각
옆으로 난 계단을 따라 오르면 왕릉으로 향하는 길이 이어진다. 오
솔길을 따라 산을 오르자 산 중턱에 묘역이 보인다. 어린 나이에 영
월에 유배되어 영월에 묻힌 그의 기구한 삶은, 인간의 욕심이 주변
사람을 어떻게 파멸시키는지를 보여준다.

정조는 장릉에 드리는 제문을 짓는다.

단종께서 승하하신 지 端廟眞遊
어언 삼백 년인데 三百春秋
길쌈하는 아낙과 농사짓는 남정네들 紅女農夫
말이 미치기만 하면 눈물을 흘리네 語到涕流
누가 시켜서 그러한 것인가 孰使之然
사람의 타고난 본성이 같아서일세 彝性攸同(하략)

보덕사와 금몽암

일주문을 들어서면 좌우로 수백 년 된 느티나무가 늘어섰다. 600 년 이상 된 것부터 450년 이상 되는 나무가 연못 주변에 여기저기 우뚝하다. 보덕사 역사의 반은 단종의 역사다. 단종과 보덕사의 역사에 대해 알고 싶으면 느티나무에게 물어봐야 한다. 600살 먹은 나무는 단종이 노산군으로 강등되었다가 근처에 묻히자 이름을 노릉사魯陵寺로 바꾸었다고 말해준다. 김신겸金信謙, 1693~1738은 단종의

보덕사

능인 노릉魯陵을 중들이 여막을 짓고 지켰는데, 소나무와 잣나무가 지금까지도 남아있다고 기록하였다. 복위된 뒤에 장릉莊陵으로 바뀌었고, 1705년 장릉의 원찰이 되었고, 1726년에 장릉의 조포사造泡寺가 되어 제향할 때 두부를 만드는 일과 제관을 응접하는 일을 전담하게 되었다고 450살 된 나무는 들려준다.

보덕사報德寺라 이름한 것은 장릉을 에워싸 호위하기 때문이라며 홍직필洪直弼, 1776~1852은 보덕사에서 시를 짓는다. "늙은 승려도 속세의 보답을 아니, 백 년 동안 종과 풍경 장릉을 보호하네"라고 읊었다. 마침 그 절에는 93세 된 스님이 있었는데, 단종이 왕위를 내어놓을 때의 일을 말하면서 슬픔을 견디지 못하여 눈물을 흘렸다.

극락보전 현판은 해강 김규진金圭鎭, 1868~1933의 글씨다. 극락보전 옆에 자리한 석종형 승탑은 1820년에 조성된 것으로 주인은 화엄대강사華嚴大講師 설허당대선사雪虛堂大禪師이다. 보덕사를 나가기 전에 해우소에 들려야 한다. 근심을 풀거나 해결한다는 뜻이지만, 슬픔과 한도 다 풀라는 뜻으로 보인다. 1882년에 지어졌다. 오래된 건물임에도 원형을 잘 유지되고 있다.

금몽암으로 가는 길은 인적이 뜸한 숲길이다. 숲길 끝에 사대부의 별장 같은 건물이 생소하기만 하다. 그래서 특별하다. 여기도 단종과 관련 있다. 단종이 영월로 유배를 와서 관풍헌觀風軒에서 마지막 해를 보내던 1457년 어느 날, 이곳까지 오게 되었다. 궁궐에 있을 때 꿈속에서 본 절과 완전히 같은 것이 아닌가. '궁궐에서 꿈꾸었던 암자'란 뜻에서 금몽암禁夢庵이란 이름을 지니게 되었다. '금禁'자에 궁궐이란 뜻이 있다. 임진왜란 때 훼손되었으나 1610년에 영월군수 김택룡金澤龍이 열다섯 칸짜리로 보수하고 노릉암魯陵菴으로

금몽암

고쳐 불렀다. 묘와 사당을 지키게 하고 나무하고 소를 먹이는 것을
금하게 하였다. 1662년에 영월군수 윤순거尹舜擧가 다시 중수하고
지덕암旨德菴으로 고쳐 불렀다. 1698년에 단종이 복위되고 보덕사
報德寺가 원당이 되자 폐사되었다가, 1745년에 나삼羅蔘이 옛터에 암
자를 다시 세우고 금몽암이라 하였다.

많은 문인이 장릉에 참배했다가 금몽암에 들려 시를 남겼다. 이
상수李象秀, 1820~1882도 금몽암에 들렀다가 시를 한 수 짓는다.

깊은 가을에 멀리 나그네 이르니　遠客秋深到
저물녘에 외로운 스님 돌아오네　孤僧日暮還
소쩍새는 울었다 쉬다 반복하며　杜鵑啼歇否
단풍잎은 모두 알록달록하네　楓葉盡成斑

만추에 금몽암을 찾았다. 금몽암으로 가는 숲길은 단풍잎으로 붉
게 물들었다. 마치 두견새의 목에서 나온 피가 묻은 것 같다. 때마
침 두견새는 단종의 넋인 양 계속 운다. 그길로 스님은 탁발하러 나
갔다가 늦게서야 돌아왔다.

관풍헌과 자규루

세종의 아들인 금성대군은 단종이 영월에 유폐되었다는 소식을
접하자, 순흥부사 이보흠과 힘을 합쳐 단종 복위를 계획했다. 고을
군사와 향리를 모으고 격문을 돌렸으나 거사 전에 관노의 고발로
실패했다. 세조 3년인 1457년 6월 27일이었다. 처음엔 금성대군의
처벌을 건의하였으나, 나중에는 단종까지 처벌하라는 상소가 빗발
쳤다. 그해 10월 21일에 금성대군은 사사되었다. 그의 나이 32세였
다. 단종도 죽음을 면치 못했다. 단종이 자살하자 예로써 장사지냈
다고 「세조실록」은 기록하였다. 「숙종실록」의 25년 1월 2일 기사
와 「장릉지」에는 금부도사 왕방연이 차마 사약을 드리지 못하는 사
이, 허드렛일하는 하급 관원에 의해 10월 24일에 교살된 것으로 기
록돼 있다. 영월의 동헌이었던 관풍헌에서 일어난 일이다.

청령포가 홍수로 인해 침수되자 단종은 거처를 관풍헌으로 옮기
게 되었고, 이때 누각에 올라 자규사를 짓는다. 누각은 원래 세종
10년인 1428년에 영월군수 신숙근이 창건하고 매죽루라 불렸다.
이후 매죽루는 자규루子規樓로 바뀐다.

달 밝은 밤에 두견새 두런거릴 때 　月白夜蜀魂啾
시름 못 잊어 누대에 머리 기대니 　含愁情依樓頭
울음소리 너무 슬퍼 나 괴롭네 　爾啼悲我聞苦
네 소리 없다면 내 시름 잊으련만 　無爾聲無我愁

세상 근심 많은 분에게 이르니　寄語世上苦榮人
부디 춘삼월엔 자규루에 오르지 마오　愼莫춘春三月子規樓

원래 매죽루였으나 두견새를 읊은 단종의 시 두 수가 있으므
로 자규루라고 개칭하였으며, 명월루라고 부르기도 했다. 누각은
1605년에 큰물에 무너졌다. 1790년에 관찰사 윤사국尹師國이 부사
이동욱李東郁과 상의하여 중건하려 하였으나 옛터를 알 수가 없었
다. 새로 자리를 물색하려 하였는데 천둥 번개와 뇌우가 쏟아져 일

자규루

212

을 방해하였다. 다음 날 큰바람이 불어 민가 다섯 채를 불태웠는데, 재를 날려 보내자 문양이 새겨진 주춧돌이 드러났다. 그곳이 바로 매죽루의 옛터였다. 마침 겨울이라 얼음과 눈으로 사방이 막혀 나무나 돌을 운반할 수 없어 염려하고 있었다. 갑자기 사흘 동안 큰비가 내려 강의 얼음이 전부 녹아서 재목을 운반해 오는 데 아무 어려움이 없었다. 다음 해 봄에 완공되니, 고을 사람들이 모두 신기하게 여겼다. 성대중이 지은 「청성잡기」의 기록이다.

조선조 태조 7년에 건립한 관풍헌이 눈에 들어온다. 동헌의 역할을 하던 이곳은 단종이 청령포에서 옮겨온 후 비극의 장소가 되었다. 휑한 마당만이 보일 뿐이지만 금부도사 왕방연이 가지고 온 사약을 받는 장면이 떠오른다. 관풍헌 마당 한쪽에 우뚝 솟은 자규루에 오르니 단종이 지은 자규사를 새긴 시판이 걸려있다.

영월읍사무소 옆 창절서원도 가봐야 한다. 1685년(숙종 11) 장릉을 개수하면서 감사 홍만종과 군수 조이한이 도내에 통문을 돌려 기금을 모았다. 단종을 위하여 목숨을 바친 박팽년·성삼문·이개·유성원·하위지·유응부 등 사육신의 충절을 기리기 위하여 사우를 창건하고 위패를 모셨다. 1699년(숙종 25)에 사액서원이 되었다. 이후 김시습·남효온·박심문·엄흥도 등 위패를 모셨다. 대원군의 서원철폐 당시 훼철되지 않았고, 일제강점기 때 복원하여 현재에 이르고 있다.

꽃잎 떨어지다

금강정과 낙화암

수양대군에게 왕위를 빼앗겨 영월에 유배되었다가 죽임을 당한 어린 왕의 이야기는 아직도 눈물짓게 한다. 1457년 10월 24일, 단종이 죽임을 당하자 단종을 모시던 시녀와 시종들이 절벽에서 뛰어내려 목숨을 끊었다. 단종의 죽음으로 끝난 것이 아니었다. 이들이 떨어진 절벽이 '낙화암洛花巖'이다. 낙화암은 뒤에 창렬암彰烈巖으로 바뀐다. 홍직필洪直弼, 1776~1852은 이곳에 들렀다가 「창렬암기」를 짓는다. 다음 대목이 목에 걸린 듯 불편하다. "사람은 누구나 죽기 마련이나, 마땅한 곳에서 죽는 것은 어려운 일이다. 만약 마땅한 곳에서 죽을 수 있다면, 죽어도 사는 것보다 영예로운 것이다" 주민들이 몸을 던진 하인과 시녀의 넋을 기리는 단을 설치한 자리에 영월군수가 1749년에 사당을 세웠다. 바로 낙화암 옆이었다. 그로부터 9년 후인 영조 34년에는 '민충'이라는 편액을 내렸다.

낙화암에 순절비만 있는 것이 아니다. 가까운 곳에 애석한 죽음을 추모하는 비석이 세워졌다. '영월 기생 경춘이 순절한 곳[越妓瓊春殉節之處]' 뒷면에 '경춘瓊春'의 슬픈 사연이 적혀 있다. 16세의 어린 관기 경춘의 삶은 어떠했던가. 어린 나이에 부모를 여의고 관기가 된 경춘은 1771년 영월 부사로 부임한 이만회의 아들과 사랑에 빠진다. 이듬해 이만회가 한양으로 올라가면서 둘도 이별을 고하고, 신임 부사는 수청을 들 것을 요구한다. 거듭 거절하던 경춘은 동강

조선의 핫플레이스

214

금강정

이 내려다보이는 벼랑에서 뛰어내린다. 경춘이 죽은 지 23년이 지
난 1795년에 강원도 순찰사 이손암은 '비천한 신분으로 이런 일을
해내다니 열녀로다'라며 영월군수에게 순절비를 세우도록 했다.
'경춘순절비'는 단순히 본보기로 삼아야 할, 정절을 지킨 어느 천한
기생에 관한 기록이 아니다. 사회의 가장 밑바닥에서 인간의 존엄
을 지키고자 온 몸을 던진 열여섯 어린 여성의 항거다.

　영월 사람들은 동강을 금강錦江이라고 불렀다. 절벽 위에 자리 잡
은 정자 금강정은 유방선柳方善, 1388~1443이 「영월 금강정에 오르다」
를 지은 것처럼 풍류를 뽐내던 장소였다. 영월을 찾은 시인들은 왁
자한 분위기 속에서 금강정을 풍광을 노래하곤 했다. 단종이 영월
에 온 이후에 분위기는 바뀌었다. 이황은 "산이 터져라 우는 두견이

는 어느 세월이나 멈추려나, 금강이 촉나라 물 이름과 같음도 우연이 아니리라"라고 노래했다. 옛날 중국 촉나라의 망제가 신하에게 속아 나라를 빼앗기고 원통하게 죽어 두견새가 되었다. 봄이 되면 밤마다 이 산 저 산을 날아다니면서 피가 나도록 울었다. 피를 토하며 운 자리에 붉은 진달래꽃이 피었다. 두견새와 진달래꽃은 한을 상징하는 말이다. 수양대군에게 왕위를 빼앗긴 것을 염두에 두고 지은 시다. 촉나라에도 금강이 있었으니 우연의 일치라고 하기에는 너무나 가슴 아픈 우연이다. 1684년에 송시열은 「금강정기」를 짓기도 했다.

봉래산 아래 동강 가 절벽 위에 자리 잡은 금강정은 역사의 산증인이 되었다. 조금 떨어진 낙화암에서 시녀와 시종들이 뛰어내리는 것을 보아야 했으며, 16세 경춘이 벼랑에서 뛰어내려 생을 마감한 것도 목도해야만 했다. 술 한잔 마시고 음풍농월하기에는, 동강의 푸른 물을 바라보며 한껏 여유로움을 읊기에는, 너무 슬픈 역사가 흐르고 있었다.

저 물도 내 안 같아서 울어 밤길 예놋다

청령포

유배의 땅, 영월 청령포는 단종이 유배되었던 땅이다. 서강을 따라 청령포로 향한다. 언덕에 서니 발아래로 서강이 휘돌아 흐른다. 강 건너 뾰족한 산이 병풍을 치듯 소나무 숲을 감싸고 있다. 배에 오르기가 무섭게 건너편 자갈밭에 내려다 준다.

청령포는 소나무 섬이다. 단종이 머물렀던 본채와 궁녀 및 관노들이 기거하던 사랑채가 수수하다. 마당에 1763년(영조 39) 영조의 친필을 새겨 세운 비가 비각 안에 있다. 비석 전면에 '단묘재본부시유지端廟在本府時遺址'라 새겨져 있다. 마당 안으로 길게 가지를 드리운 소나무가 이채롭다. 마치 임금에게 머리를 숙인 것 같다.

소나무 숲속 길은 천연기념물 제349호로 지정된 관음송 앞으로 이어진다. 단종의 애처로운 모습을 보고[觀], 그의 오열을 들었다[音]고 해서 관음송觀音松이라는 이름이 붙여졌다. 단종이 갈라진 가지 사이에 앉아 쉬었다는 이야기를 들려주는 나무는, 그래서 수령이 약 600년이다. 망향탑 쪽으로 비스듬히 기울어진 나무는, 한양에 두고 온 왕비를 간절히 생각하며 돌을 쌓아 탑을 만드는 단종을 보고 듣느라 기울어졌는가.

길은 계단으로 이어진다. 계단은 바위 절벽 위에서 멈춘다. 발밑은 천 길 낭떠러지다. 시퍼런 강물이 감고 돈다. 조금이라도 높은 곳에 올라 한양을 바라봤을 단종은 탑을 쌓으면서 돌아갈 날을 헤

청령포

아렸을 것이다. 단종이 남긴 유일한 흔적인데, 시커멓게 탔을 단종의 심장처럼 보인다. 가까운 곳에 노산대가 있다. 단종은 상왕에서 노산군魯山君으로 강등되어 유배되었는데, 이곳에 올라 한양을 바라보며 시름에 젖던 곳이다.

　노산대에서 내려온 길은 금표비와 연결된다. 영조 2년(1726)에 세워졌다. 청령포의 동서 방향으로 300척, 남북으로는 490척 안과, 이후 진흙이 쌓여 생긴 곳도 금지한다고 새겨놓았으니 일반 백성들이 마음대로 드나들 수 없도록 금한 것이다. 오랜 세월 금단의 땅이었다. 깨진 옥개석에 이끼가 무성하다. 금표비 너머 숲 사이로 단종어소가 보인다. 마치 소나무 창살 안에 갇혀있는 듯하다. 1457년 여름에 홍수로 강이 범람하여 청령포가 잠기고 말았다. 단종은 두어 달 만에 청령포를 떠나 영월부의 객사인 관풍헌으로 처소를 옮기게 된다.

다시 강을 건넌다. 주차장에서 300m 떨어진 정수장 옆 소나무 가운데 단종의 유배길과 사형길에 금부도사로 왔던 왕방연의 시비가 서 있다. 왕명을 수행하며 남몰래 흘렸던 눈물을 시조로 풀어냈다.

영서남부 · 영월

> 천만리 머나먼 길에 고운 님 여의옵고　此心未所着
> 내 마음 둘 데 없어 냇가에 앉았으니　下馬臨川流
> 저 물도 내 안 같아서　川流亦如我
> 울어 밤길 예놋다　嗚咽去不休

참혹한 권력의 희생양이 된 단종에 대한 애끓는 그리움과 서러움이 절절이 드러난다. 부도덕한 정치권력으로부터 어린 임금을 보호하지 못하는 자신의 무기력함을 애통해 하는 회한도 내포하고 있다. 시조는 광해군 때 병조참의를 지낸 용계龍溪 김지남金止男에 의해 세상에 알려지게 되었다. 1617년 그는 영월을 순시하면서 아이들이 이 노래를 부르는 소리를 듣고 내용이 구구절절하여 한시로 옮겼다.

정선

구미정

정선읍

몰운대

고한읍

정암사

정암사

자장율사가 말년에 수다사에 머물 때였다. 하루는 꿈에 스님이 나타나 내일 대송정에서 보자고 하였다. 아침에 대송정에 가니 다시 태백산 갈반지에서 만나자며 사라졌다. 자장율사는 태백산으로 들어가 찾다가, 큰 구렁이가 똬리를 틀고 있는 것을 보고 갈반지임을 알아차렸다. 이곳에 석남원石南院을 창건하니, 이 절이 정암사淨岩寺이다. 「삼국유사」에 실려있는 정암사가 지어지게 된 내력이다.

> 산길로 온 지 이미 닷새째　山行已五日
> 뛰어난 경치 많이도 봤네　觸目多勝絶
> 뜻밖에도 길옆의 산속에　不謂路傍山
> 높디높은 곳에 절이 있네　蓮宮在嶄嵲

이식李植, 1584~1647의 정암사鼎巖寺란 시 중 일부분이다. 지금은 몇 시간이면 도착할 정도이지만 예전엔 닷새나 걸릴 정도로 첩첩산중이었다. 만항재로 가다가 길옆에 있는 정암사 주변을 묘사한 것이 진경산수화 같다. 정암사鼎巖寺라 기록한 것이 이채롭다. 1778년 무렵에 호가 화암畵嵒인 사람이 정선지방 8경과 여기에 18폭을 더해 두 개의 화첩을 꾸몄다. 거기에 「갈천산정암葛川山淨菴」이 화제시로 실려있다. "갈천사를 찾기 위해, 마침내 태백산에 들어서니, 세상은 멀어 안개 자욱하고, 숲은 깊어 해와 달이 한가롭네" 꾸준히 정암사에 대한 시가 지어졌음을 알 수 있다.

221

일주문엔 태백산 정암사라는 현판이 걸려 있다. 바로 인근 산은 함백산이지만 민족의 영산인 태백산으로 표기한 것은 예전부터였다. 범종각을 지나 오른쪽으로 극락교를 건너나자 자장율사의 지팡이였던 주목이 한 그루 서 있다. 본래의 줄기는 죽었지만, 그 틈에서 나온 가지들은 뻗어 무성히 자라고 있다. 바로 옆은 적멸궁이다. 수마노탑에 석가모니의 진신사리를 봉안하고 참배하기 위해 세운 법당이다.

적멸궁 뒤쪽 수마노탑에 부처님의 진신사리가 봉안되어 있다. 탑에도 스토리가 있다. 자장율사가 당나라에서 돌아올 때 가지고 온

수마노탑

마노석으로 만든 탑이라 하여 마노탑이라고 하는데, 마노 앞의 수水 자는 자장의 불심에 감화된 서해 용왕이 동해 울진포를 지나 이곳까지 무사히 실어다 주었기에 '물길을 따라온 돌'이라 하여 덧붙여진 것이라고 한다. 여기에 또 하나의 이야기가 있다. 자장이 이곳 갈반지를 찾아 절을 짓고 이어서 탑을 세울 때였다. 세우면 쓰러지고 다시 세우면 또 쓰러졌다. 백일기도에 들었더니 기도가 끝나는 날 눈 덮인 위로 칡 세 줄기가 뻗어 나왔다. 하나는 지금의 수마노탑 자리에, 또 하나는 적멸보궁 자리와 법당 자리에 멈추어 그 자리에 탑을 세울 수 있었다고 한다. 그리하여 속칭 갈래사라고도 불렸다. 이야기는 계속 이어진다. 원래는 수마노탑 외에 금탑, 은탑이 있으나 금탑과 은탑은 사람들이 탐욕에 눈이 어두워질까 두려워 보이지 않게 감추었다고 한다. 김신겸金信謙, 1693~1738은 「정암淨菴」에서 "수마노탑 노을 속으로 들어가니, 우뚝 솟아오른 걸 우러러보네. 아래에는 마른 나무 한 그루, 생사의 끝을 알 수가 없구나"라고 노래했다.

자장율사 순례길은 정암사에서 적조암터를 거쳐 만항마을까지 이어진다. 적조암은 자장율사가 머물다가 입적한 암자다. 입적과 관련한 이야기가 「삼국유사」에 전한다. 자장율사가 석남원에서 수행하고 있었다. 남루한 도포를 입고 칡으로 만든 삼태기에 죽은 강아지를 담고 온 늙은 거사가 찾아왔으나 문수보살임을 알지 못했다. "아상我相을 가진 자가 어찌 나를 알아보겠는가."라고 말하고 떠났다. 뒤늦게 알아채고 쫓아갔으나 벌써 멀리 사라져 따를 수 없었다. 결국 몸을 던져 죽었고, 화장한 뒤 유골을 석혈石穴에 봉안했다. 큰 스님이라도 나를 중심으로 한 생각인 아상我相을 갖고 있으면 부처님을 보기 어렵다는 깨우침을 준다.

꽃가루 하나 물 위에 떨어지다

몰운대

화암畵巖은 그림바위다. 그린 듯 빼어난 바위라는 뜻이다. 「관동지」는 절벽이 병풍처럼 깎아 세운듯한데, 암석의 색깔이 붉은 듯하면서 누런 듯하여 멀리서 바라보면 그림 같다고 묘사했다. 예전부터 뛰어난 경치로 명성이 자자했음을 알 수 있다.

화암8경을 구경하려면 정선읍에서 59번 국도를 따라가다 덕우삼거리에서 화암면 방면으로 가야 한다. 가장 먼저 4경인 화암동굴이 보인다. 1922년부터 해방 때까지 금을 캐던 광산이었다. 동굴 중간에는 넓은 광장이 있다. 광장 주변으로 종유석과 석순 등 다양한 볼거리가 많다. 도로를 따라 남쪽으로 내려가면 3경 용마소가 나온다. 아기 장수 설화가 전해지는 곳이다. 절벽 아래로 흐르는 물이 고인 것처럼 보이는 곳이다. 2경 거북바위는 이름처럼 거북 모양의 바위이다. 지역 사람들에게는 무병장수와 행운을 가져다주는 수호신으로 여겨지고 있다. 1경 화암약수는 시큼한 철분 맛에 톡 쏘는 탄산 맛이 일품이다. 오던 길을 나서면 이내 화표주에 이른다. 거대한 돌기둥인 바위 두 개가 솟아오른 모습이다. 화표주부터 7경인 몰운대까지 이어지는 계곡을 소금강이라 부르며 6경이다. 「관동지」에서 언급한 화암畵巖이다. 금강산 만물상의 경치를 빼닮았다. 소금강을 지나면 몰운대가 나온다. 몰운대를 지나면 8경인 광대곡이다. 광대산 서편 자락을 흐르는 계곡으로 동굴과 폭포와 소가 이어진다.

몰운대

몰운대는 어천변에 층층이 포개놓은 듯 깎아지른 절벽 위에 넓은 반석이 펼쳐진 절벽이다. 어천의 물가에서 피어오른 안개에 잠겨있는 듯하다 해서 몰운沒雲이란 이름이 붙었다. 몰운대 아래에는 크고 넓은 반석이 있어 인근 주민들의 천렵 장소로 이용되기도 했다. 황동규 시인은 「몰운대행」에서 "몰운대는 꽃가루 하나가 강물 위에 떨어지는 소리가 엿보이는 그런 고요한 절벽이었습니다. 저녁이 깊어가는 것도 잊고 앉아 있었습니다. (……) 도무지 혼자 있는 것 같지 않았습니다."라고 노래했다. 시인 이인평은 "해거름에, 고요의 여운을 쓸어오는 물소리가, 내 오랜 갈증의 혀를 적신다"고 했고, 시인 박정대는 "강물은 부드러운 손길로 몰운대를 껴안고, 그곳에서 나의 그리움은 새롭게 시작되었네"라고 읊조렸다.

예전부터 시를 짓던 곳으로 유명했다. 1888년 5월 10일에 정선군수 오횡묵吳宏默이 이곳에 들려서 "몰운의 높은 대가 하늘에 솟았는데, 지팡이 날려 올라가니 안개를 벗어났네. 굽어보니 굽이진 비탈은 강물에 다달아 다하였고, 돌아보니 우뚝한 바위 끝은 북두에 매달렸네[沒雲高臺出半天 飛筇一上絶風烟 盤陀俯瞰臨流歇 危角回瞻倚斗懸]"라고 읊었다. 시뿐만 아니라 바위에도 자신이 왔다 간 것을 표시해 놓았다.

서명서徐命瑞, 1711~1795는 1775년에 정선군수가 되었다. 군내를 순시하다가 몰운대 아래에 밤늦도록 놀았다. 세 수 중 한 수는 이렇다.

> 소나무 사이 산자락 바람 부는 것 같고　松間斗麓若風旋
> 하늘가 높은 몰운대 달이 매달린 것 같네　天畔危臺似月懸
> 홀로 서서 먼지 털고 주변을 살펴보니　獨立振衣窮眼界
> 석양에 몰운대로 새가 돌아오네　夕陽歸鳥沒雲邊

몰운대에 서보지 않고는 이 시를 지을 수가 없다. 산길을 따라 300m 남짓 걸으면 바위와 수백 년 된 고목 한 그루가 서 있고, 그 아래는 깎아지른 절벽이다. 몰운대는 고요한 숲에 둘러싸인 절벽일 뿐이다. 깎아지른 붉은 바위벽 위에는 오백 년 된 노송이 서 있고, 절벽 밑을 흐르는 물이 전부인 그런 절벽이 몰운대가 되었다.

구미정

태백의 금대봉 자락 검룡소에서 발원한 물은 이 골짜기 저 골짜기의 물을 받아들이면서 골지천이 된다. 몸집을 불린 골지천은 봉산리에서 임계천을 만난다. 다시 아우라지로 유명한 송천과 합류하며 남한강의 최상류가 된다. 물은 임계천을 만나 본격적으로 구불구불한 골짜기를 만들며 흐른다. 깊게 협곡을 만들며 곡류한다. 네번째 몸을 비틀며 구부러지는 곳에서 여울이 되어 암반 위로 흘러내린다. 물 건너편의 강건한 절벽 때문에 굽이쳐 흐르며 골지천에서 가장 뛰어난 경치를 빚어낸다.

조선 숙종 때 공조참의를 역임한 수고당守孤堂 이자李慈, 1652~1737가 관직을 버리고 내려와 골지천에 정자를 지었다. 신범辛汎, 1823~1879이 이곳에 들러 구미정의 아름다움을 찬미한 시를 짓기도 했으며, 조선 말기 의병이었던 전봉집全鳳集은 구미정이란 시를 남기기도 했다. 「관동지」는 참의 이자의 별장으로 9개 경승이 있어서 구미정九美亭이라 이름했다고 기록하였다.

구미九美는 정자 주변의 아홉 가지 아름다운 풍경을 일컫는다. 정자에 앉으면 아름다운 경치에 탄성을 지르게 된다. 흥분을 가라앉히고 차분히 주위를 둘러보면 경관이 그냥 아름다운 것이 아니라는 것을 깨닫게 된다. 각각의 아름다움이 있다. 항상 물고기가 많이 모여 있는 어량漁梁, 주위의 밭두렁이 그림보다 아름다운 전주田疇, 주위에 있는 바위들이 섬과 같이 아름다운 반서盤嶼, 주위 곳곳에 쌓아 올린 돌층대의 아름다움인 층대層臺, 정자 뒤편 연못이 바위가 뚫려 생긴 석지石池, 바위가 100평 이상 되고 평평한 평암平巖, 강물이 연못의 물같이 잔잔한 징담澄潭, 주위의 기암절벽이 바위옷 이끼로 항상 푸르게 보이는 취벽翠壁, 멀리 보이는 산봉우리가 연이어 있어 아름다운 열수列岫가 그것이다. 구미정을 사랑한 사람이 아니고는 찾아낼 수 없는 구미정의 미학이다.

이명환李明煥, 1718~1764은 「구미九美의 이처사 산장을 지나며」를 짓는다.

졸졸 흐르는 저 맑은 물　泌彼淸川水
그곳에서 선비 마음 넉넉하네　於焉碩士邁
구름 낀 산은 계속 겹쳐지고　雲山千萬疊
두어 집에서 연기 피어 오르네　煙火兩三家
너럭바위의 꽃 누가 감상할까　盤石花誰賞
통발엔 물고기 물결치는데　筍梁魚自波
경륜에 대해 물을 곳 없고　經綸無處問
산에 뽕나무와 삼만 보일 뿐　山上有桑麻

구미정 앞으로 흐르는 맑은 물은 주인의 마음이다. 수량이 많은 것은 주인 마음이 넉넉한 것과 같다. 주인은 인적 드문 깊은 산 속에 살고 있다. 첩첩 산속이고 보이는 것은 집 두어 채뿐이다. 아름다운 꽃을 구경할 사람이 없고, 물고기는 많지만 잡아갈 사람도 없다. 이런 곳에서는 세상을 다스리는 경륜 따위는 필요 없다. 이곳이 바로 무릉도원이다.

구미정

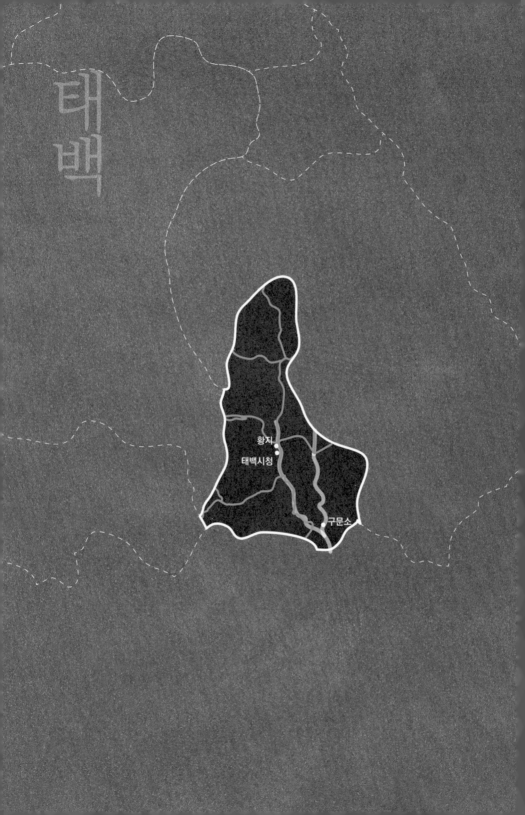

태백

황지
태백시청
구문소

낙동강의 발원지

황지

황지를 찾아 나섰다. 비탈 아래에 있는데 동쪽은 좁고 북쪽은 넓으며 겨우 3~4장 정도 된다. 세로도 역시 이와 같다. 물은 맑고 깊으며 깨끗하고 그윽하다. 맑아서 머리카락을 비출 수 있을 정도고, 깊이는 헤아릴 수 없다. 남쪽에 조그만 못은 소황지다. 맑기와 깊이는 대황지에 비할 만하지만 크기는 겨우 1/4정도 된다. 강재항姜再恒, 1689~1756이 1719년 7월에 기록한 「황지기黃池記」의 글이다.

1664년에 찾은 윤선거尹宣擧, 1610~1669의 「파동기행巴東紀行」은 다른 정보를 제공해 준다. 연못 속에 돌과 바위가 쌓여 있는 것이 참으로 기이하다며, 가끔 연못 물색이 누렇게 되기 때문에 황지라고 이름 붙였다고 한다. 아래위의 연못은 방외굴方外窟의 물과 합쳐지는데 이것이 바로 낙동강의 발원지라고 보았다. 아래위 연못은 이층으로 되어 있으며, 물이 연못 가운데서 솟아 나와 시냇물을 이루고 있어 진짜 볼만하다고 했다.

이중연李重延, 1711~1794의 「황지가」는 또 다른 정보를 제공해 준다.

"그대 보지 못하였는가? 황지의 물이 기름처럼 맑은 것을. 태백산과 부용봉 사이에 있네. 황지의 들판 손바닥처럼 평평하고, 들 가운데 물 솟으니 배 띄울 수 있네. 연못같이 크고 깊이도 또한 같아, 솟는 걸 못 보나 흐르는 걸 볼 수 있고, 흘러가 절로 시내를 이루네. 세상에 이르길 못된 사람 집이, 없어지면서 연못이 만들어졌다는데, 노인들 전하나 햇수를 알 수 없네."

영서남부 · 태백

231

오래전부터 마을 사람들 사이에 황부자 전설이 전해지는 것을 확인할 수 있는 자료다. 황 부자 전설은 이렇다. 황 부자에게 스님이 시주를 청해왔다. 황 부자는 곡식 대신 쇠똥을 던져주고, 이것을 본 며느리가 민망하게 여겨 시아버지 모르게 쌀 한 되를 시주하고 사과를 하였다. 스님이 며느리더러 "이 집은 곧 망할 것이니 그대는 나를 따라오라. 어떤 일이 있어도 뒤를 돌아보지 마라"하고 당부하였다. 며느리가 얼마를 걸어서 산꼭대기에 이르자 벼락 치는 소리가 나며 천지가 진동하였다. 놀란 며느리가 뒤를 돌아보니 황 부자가 살던 집이 못으로 변해 있었다. 뒤를 돌아본 며느리는 아기를 업은 채 그 자리에서 돌이 되고 말았다. 전설이 우리에게 주는 의미는 무엇일까? 황부자의 악행에 대한 응징이 주된 주제이지만, 단순한 응징 이상의 의미를 지니고 있다. 못된 시아버지이지만 그에 대한 효심도 읽을 수 있다. 초월적 질서와 본능 사이에서 갈등하는 인간의 모습을 며느리는 대변한다. 석상에는 며느리의 애틋한 마음이 서려 있는 것이다.

부자가 살던 곳에 생긴 연못은 주위의 논과 밭에 물을 대는 고마운 물이다. 못된 부자가 살던 곳이라 하더라도 하늘의 징벌이라는 신성한 의례를 통해 성스러운 곳으로 성격은 변화하였다. 「세종실록지리지」을 보면 황지에 관리가 제사를 지냈다고 기록하였다. 「동국여지승람」에는 낙동강의 근원지로서 관아에서 가뭄이 들면 기우제를 올렸다는 기록이 보인다. 중종 22년에는 관찰사가 이곳에서 기우제를 지내기도 하였다.

이시선李時善, 1625~1715은 천상 유학자였다. 황지를 보고서 공부하는 자세를 가다듬었다.

황지

황지의 물 밤낮 없이 흐르니　源泉日夜流
끝없는 그윽한 곳에 의탁해서네　無底託根幽
학문은 마땅히 이와 같아야 하니　學問當如此
웅덩이 채우고 쉬지 않고 가야하네　盈科進未休

구문소

물이 산을 뚫고 지나가며 큰 돌문과 깊은 물웅덩이를 만든 구문소求門沼는 '구무소'를 한자로 적은 것이다. '구무'는 구멍이나 굴을 뜻하고 '소'는 한자로 물웅덩이를 뜻한다. 산을 뚫고 흐른다고 해서 '뚜루내'라고도 한다. 「세종실록지리지」와 여러 문헌은 구멍 뚫린 하천이라는 뜻의 '천천穿川'으로 기록하였다.

태백 고생대 자연사 박물관은 여러 가지 고환경을 유추하게 하는 지질구조와 퇴적구조가 잘 보존되어 있고, 흐르는 물에 의한 침식지형(자연 동굴, 사행천 등)이 주변 자연경관과 잘 어우러져 노출된 곳으로 구문소를 설명한다. 전설은 다른 이야기 형식으로 생성된 이유를 들려준다. 석벽을 사이에 두고 동쪽에는 청룡이 살고 있었고, 서쪽에는 백룡이 살았다고 한다. 두 용은 서로 낙동강의 지배권을 놓고 항상 다투었다. 매일 석벽 꼭대기에서 싸웠는데 좀처럼 승부가 나지 않았다. 어느 날 백룡이 꾀를 내어 석벽 위에서 싸우다 내려와 석벽 밑을 뚫으며 공격을 하여 청룡을 물리치고, 그 여세로 승천하였다. 이로 인해 구문소가 생겨났다고 한다.

다른 전설도 있다. 구문소 옆에 엄종한이라는 효자가 노부모를 모시고 가난하게 살고 있었다. 구문소에 고기를 잡으러 갔다가 실족하여 물에 빠졌는데 그곳이 바로 용궁이었다. 용궁의 닭인 물고기를 잡은 잘못을 비니 용왕이 노여움을 풀며 주연을 베풀어 주고

구문소

융숭한 대접까지 받았다. 엄씨는 집의 부모님과 자식들 생각이 나
서 떡 한 조각을 주머니에 넣어두었다. 주연이 끝나자 용왕이 흰
강아지 한 마리를 주며 강아지 뒤를 따라가면 인간 세상으로 갈 수
있다고 하였다. 그동안 죽은 줄만 알았던 사람이 살아서 돌아오니
집안에서는 웃음꽃이 피었다. 용궁에서 가져온 떡이 생각나 꺼내

어 보니 떡은 단단한 차돌이 되어 있었다. 무심코 돌로 변한 떡을 쌀독에 넣으니 쌀은 항상 가득 찼다. 이리하여 엄씨는 큰 부자가 되었다.

엄종한이 용궁에 갔다 온 전설은 예전부터 전해 내려왔다. 권만 權萬, 1688~1749은 황지에서 돌아가는 길에 구문소를 들려서 시를 짓는다.

> 세상에 이상한 일은 황지 물 솟는 것　人間異事黃池湧
> 기이한 볼거리는 절벽 뚫은 구멍이네　天下奇觀孔壁穿
> 장자는 집 사라지고 고목만 있으며　長者無家惟古木
> 엄씨는 짙은 안개 속 무덤만 있네　嚴丁有墓亦荒煙

황지의 황부자 전설과 함께 구문소의 용궁 전설도 연원이 오래됐음을 알려준다. 이중연李重延, 1711~1794의 「황지가」에도 용궁 전설이 등장한다. "예전에 어부 엄씨가, 그물 잃고 동굴에서 찾다 수궁에 들어가니, 수궁 노인 꾸짖으며 고기 잡는 걸 금하였네. 돌아오는 길 막혀 두려웠는데, 그에게 돌 한 조각 주며 말하길, 이걸 품으면 물 위로 뜨는 걸 느끼지 못하네." 강명규姜命奎, 1801~1867의 「천천기이穿川記異」는 용궁 전설을 산문으로 기록하였다. 엄씨가 태백 동점리에 산다고 구체적으로 적는다. 용궁에 가서 노파를 만났으며, 두 아들이 해칠 것을 염려하여 돌아가게 했다는 것이 다르다. 흰 강아지와 떡, 그리고 떡이 변해서 돌로 변한 화소는 동일하다.

구문소의 석문 안쪽에 '오복동천자개문五福洞天子開門'이 새겨져 있다. 하루 중 자시(오후 11시~오전 1시)에만 문이 열리며, 이때 문을 통과하는 이는 오복동천五福洞天에 들어갈 수 있다는 뜻이다. 오복동천은 신선이 사는 이상향이다. 산과 내로 둘러싸인 경치가 아름답고 살기 좋은 곳이다. 옛사람들은 구문소를 통해서 들어가게 되면 누구나 행복한 삶을 살 수 있는 낙원인 태백으로 들어갈 수 있다고 여겼다.

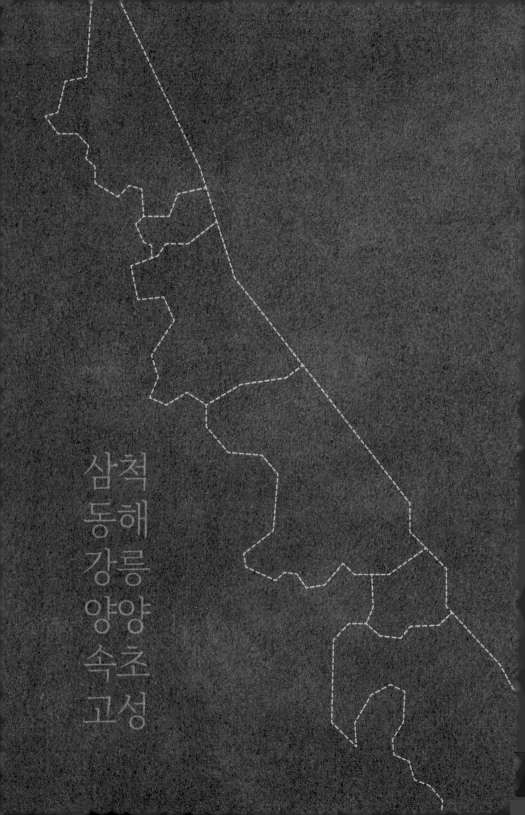

삼척
동해
강릉
양양
속초
고성

영
동
지
역

삼척

죽서루
삼척시청육향대
천은사

임원
소공대

고래 싸움을 보고 울릉도를 보았다

소공대

지금은 좁은 길이지만 예전에는 관동대로였다. 삼척과 울진 사이를 여행하는 이들은 반드시 거쳐야 했던 고개였고, 와현瓦峴이라 하였다. 고개 정상에 소공대召公臺가 있어 고개 이름 대신에 소공대라 부르기도 했다. 여행기에 자주 등장한다. 권섭權燮, 1671~1759은 「유행록」에서 "삼척 원수대에 올라 고래 싸움을 보고 소공대에 올라 울릉도를 보았다"고 기록했다. 원덕읍 수릉삼거리에서 노곡3리로 향한다. '소공령생태체험마을' 입간판이 보인다. 오른쪽 좁은 길로 들어서면 소공대비로 가는 길이 시작된다.

소공召公은 주나라 문왕의 아들이다. 성왕 때 섬서성 서쪽 지방을 다스렸다. 순시하다가 한 시골 마을을 들렀을 때 감당 나무 아래서 백성들의 어려움을 해결해 주어 큰 신망을 얻었다. 소공이 죽자 백성들은 그를 잊지 못해, 그가 쉬어갔던 감당 나무의 가지 하나라도 꺾지 말라는 노래를 불렀다. 대의 이름을 '소공대'라 한 것은 황희를 바로 소공에 비유했기 때문이다. 허훈許薰, 1836~1907도 「동유록」에서 "소공대를 넘었다. 황희를 기리는 공적비가 있다. 대의 이름이 소공인 까닭은 이 때문이다."라고 하면서 소공대와 황희를 연결시켰다.

황희에게 무슨 일이 있었던 것일까? 당시에 너무나 유명한 일이어서 옛 문헌 여기저기에 남아 있다. 「연려실기술」은 세종조의 재상 중 황희 정승의 일을 이렇게 적었다.

계묘년(1423)에 강원도에 크게 흉년이 들었다. 세종이 걱정하여 특별히 공을 관찰사로 삼았는데, 정성을 다하여 구제했기 때문에 백성들이 크게 괴로워하지 않았다. 세종이 크게 가상히 여겨서 숭정대부 판우군부사에 제수하고, 을사년(1425)에는 찬성사로서 대사헌을 겸직시켜 소환하였다. 「조야첨재」에 이르기를, "공이 돌아온 뒤에 관동 백성들이 그의 은덕을 사모하여 울진에서 그가 행차를 멈추었던 곳에다 대를 쌓고 소공대라 이름하였으며, 남곤이 글을 짓고 송인이 글씨를 써서 비를 세웠다."라 하였다.

정약용은 「목민심서」에서 황희의 선정을 대표적인 예로 든다. "큰 흉년이 든 뒤에는 백성들의 기운이 다하여 힘이 없어짐이 마치 큰 병을 치른 뒤에 원기가 회복되지 않은 것과 같으니, 어루만져 구호하여 평안하고 화목하게 하는 것을 소홀히 해서는 안 된다."라고 전제한 후에 마지막 부분에서 이렇게 경고한다. "집과 마을이 한번 비게 되면 다시 채울 수가 없고, 논밭이 이미 거칠어지면 다시 일굴 수 없다. 얻는 바는 터럭만 하고 잃는 바는 산악과 같다. 근본이 이미 무너졌으니 국가는 장차 누구를 의지하겠는가. 조정에서 염려해야 할 바와 목민관이 힘써야 할 바는 평안하고 화목하게 하는 것보다 급한 것이 없다. 황희가 강원 관찰사로 있을 때 영동에 큰 흉년이 들었다. 공은 마음을 다하여 진휼해서 백성들이 굶주려 죽는 자가 없었다. 영동 백성들이 삼척의 굶주린 백성들을 도와주던 곳에 비를 세우고 대를 쌓아 소공대라 이름하였다."

김시빈金始鑌, 1684~1729은 와현을 넘다가 고갯마루에서 「소공대」를 짓는다.

소공대

정승의 비석 오래 되 푸른 이끼 덮여   相公碑老蒼苔蝕
시간 지나 매만지니 손만 수고롭네   移暑摩挲手自勞
당시에 너그러운 마음 바다처럼 넓어   德量當時滄海濶
오래도록 명성은 푸른 산보다 높네   名聲終古碧山高

죽서루

1788년, 김홍도는 죽서루를 화폭에 담기 위해 오십천을 건넜다. 언덕에 앉아 죽서루와 휘감아 도는 오십천을 묘사하기 시작했다. 왼쪽을 보니 갈매기 세 마리가 한가롭다. 죽서루 아래 노 젓는 배도 또한 마찬가지다. 뱃놀이를 즐기는 중이다. 오른쪽엔 지금은 사라진 섬이 보인다.

바다로 향하는 오십천은 죽서루를 포위하듯 에워싸며 흘렀다. 오십천이 부드러움이라면 물의 흐름을 막고 우뚝 선 절벽은 강인함이다. 바위를 힘찬 붓 터치로 그리기 시작한다. 가로로 절개된 바위와 도끼로 찍어 내린 듯한 바위를 짙게 칠하니 견고한 성벽이 따로 없다. 절벽 위로 짙푸른 나무가 우뚝하다. 커다란 고목 두 그루를 중심으로 왼쪽 산기슭엔 소나무, 오른쪽 절벽과 오십천이 만나는 곳엔 버드나무로 균형을 맞춘다. 물과 바위, 나무 사이에 건물이 자연스럽게 앉아있다.

가운데는 죽서루, 오른쪽은 연근당, 왼쪽은 응벽헌이다. 아스라한 배경은 봉황산이다. 김홍도의 시선으로 죽서루를 감상하려면 먼저 죽서루 건너편에서 조망해야 한다.

걸려 있는 현판들이 보여주는 역사와 문화에 입이 절로 벌어진다. '관동제일루關東第一樓'라는 현판은 죽서루의 위상을 압축적으로 보여준다. 허목은 「죽서루기」에서 관동제일인 이유를 설명한다.

"관동지방에는 이름난 곳이 많다. 그중에 경치가 뛰어난 곳이 여덟 곳인데, 유람하는 사람들이 유독 죽서루를 제일로 손꼽는 이유는 무엇 때문인가. 죽서루의 경치는 동해 사이에 높은 산봉우리와 깎아지른 벼랑이 있으며, 서쪽으로는 두타산과 태백산이 우뚝 솟아 험준하며, 이내가 짙게 깔려 산봉우리가 아스라이 보인다. 큰 내가 동으로 흐르면서 꾸불꾸불 오십천이 된다. 사이에 울창한 숲도 있고 사람 사는 마을도 있다. 누각 아래에는 층층 바위의 벼랑이 천 길이나 되고 맑은 못과 긴 여울이 그 밑을 휘감아 돈다. 석양이면 푸른 물결이 반짝이며 바위 벼랑에 부딪혀 부서진다. 이곳의 빼어난 경치는 큰 바다의 볼거리와는 매우 다르다. 유람하는 자들도 이런 경치를 좋아해서 제일가는 명승지라 한 것이 아니겠는가." 바다의 볼거리와 다른 특이함 때문에 죽서루를 관동제일이라 부르게 되었다고 보았다.

관동지방에서 제일이라는 자부심은 '해선유희지소海仙遊戱之所'라는 현판에서도 읽을 수 있다. 바다의 신선이 노니는 곳이다. 바다의 신선은 바다에 염증이 나서 더 아름다운 곳을 찾다 죽서루에서 놀았다는 뜻일까? '제일계정第一溪亭'도 죽서루의 특징을 요약하였다. 층층 바위의 벼랑이 천 길이나 되고 맑은 못과 긴 여울이 밑을 휘감아 도는 이곳은, 바다의 볼거리와 차별화된다. 그곳에서 죽서루가 자연과 조화를 이루며 하나가 되었다. 시냇가에 있는 정자 중에 제일이라는 이름에 걸맞다.

난간에 기대 서쪽을 바라보면 백두대간과 우뚝한 두타산이 장대하다. 정철은 "진주관 죽서루 오십천의 흘러내리는 물이, 태백산 그림자를 동해로 담아 가니"라고 「관동별곡」에서 노래할 수밖에

죽서루

없었다. 태백산 그림자를 담아 흘러온 물은 죽서루 밑에 쌓이고 쌓여 짙푸른 응벽담이 되었다. 예전에는 그랬다. 다시 백두대간을 보니 아파트가 가로막는다. 정철이 다시 온다면 태백산 그림자를 동해로 담아 간다고 하지 못하리라. 주변 경관도 많이 변했다. 팔경 중 세 번째인 「산에 의지한 촌사」도 시 속에서만 볼 수 있다. 네 번째인 「물 위에 누운 나무다리」 대신 넓고 튼튼한 시멘트 다리 위로 자동차가 달린다. 다섯 번째인 「소의 등에 앉은 목동」도, 여섯 번째인 「밭두둑 머리에 들밥 내오는 부인」의 배경인 들판도 건물들이 들어서면서 찾을 수 없다. 여덟 번째인 「담장 너머로 중 부르기」는 죽서루 북쪽에 새로 세워진 삼장사三藏寺에서 아쉬움을 달랠 수 있을까?

뛰어나고 기이하고 괴상하다

육향대

원래 섬이었다. 삼척시 정라삼거리에서 정라동주민센터로 향하면 뒤에 있는 야트막한 산은 섬이었다. 「척주지」는 죽관도竹串島가 삼척포진성 안에 있으며 육향대六香臺라 부르기도 했다고 알려준다. 삼척포진성은 영동 9개 군의 수군을 관장하던 진영이었다. 1384년에 시작한 삼척포진의 역사는 1898년에 종지부를 찍었다. 성곽은 1916년 삼척항 축조공사로 인해 없어졌고, 산 정상에 설치된 '삼척포진성지' 표지석만이 남게 되었다. 일제강점기 때 많은 문화재가 파괴되었고, 이후 근대화 과정에서 무심히 사라져버렸다. 삼척도 예외는 아니었다. 동해 수호 중심기지 역할을 한 삼척포진에 있던 누대인 진동루鎭東樓도 이제는 문인들의 시 속에서나 볼 수 있게 되었다. 이것만이 아니다. 동해비가 처음 세워졌던 섬도 사라졌다. 척주동해비가 있던 곳은 만리도萬里島였다. 정라도汀羅島라 부르기도 했다. 이곳도 옛 지도나 시 속에서만 찾아갈 수 있는 곳이 되었다.

삼척포진성지 옆에 '우전각'이 보인다. 안에 '대한평수토찬비'가 세워져 있다. 허목許穆, 1595~1682은 중국 고대 우임금이 썼다는 '형산신우비'를 보고 48자를 골라 글을 지은 후 목판에 새겨 군청에 보관하였다. 형산신우비를 대면했을 때의 충격을 허목은 이렇게 표현했다. "글씨는 천지의 조화를 모사하여 새가 높이 나는 듯, 들짐승이 빠르게 달리는 듯, 용이 승천하는 듯, 호랑이가 표변하는 듯, 각양

척주동해비각

각색의 신령스럽고 상서로운 모습에 찬란히 빛나고 위엄이 있으니 필력으로 모사할 수 있는 것이 아니다.” 고종은 1904년에 강홍대와 삼척군수 정운석에게 돌에 글씨를 새겨 세우게 하였다.

조선시대에 삼척포진을 찾거나 육향대에 오른 사람들의 목적은 하나였다. 척주동해비를 보기 위해서였다. 유휘문柳徽文, 1773~1827은 「북유록」에서 비석을 오랫동안 어루만지자 바르고 크며 강직한 기운을 느낄 수 있었다고 실토했다. 척주동해비는 허목이 1661년에 삼척 부사로 부임해서 세웠다. 동해를 예찬하는 동해송을 짓고 독특한 전서체로 써서 비에 새겼다. 탁본한 것을 곁에 두었더니 귀신이 감히 접근하지 못하였다는 이야기가 전해진다. 이후 비를 세운 이후 바다가 잠잠해지고, 아무리 심한 폭풍우에도 바닷물이 넘치는 일이 없어졌다는 단계로 발전한다. 퇴조비退潮碑나 척조비斥潮碑란 명칭이 나오게 된 배경이다. 동해비가 파손되었다는 이익의 음모설에, 탁본하기 싫은 사람들이 의도적으로 비를 파손시켰다는 이야기까지 추가될 정도로 조선 땅에 널리 알려지게 되었다.

척주동해비의 신이함에 대해서는 의견이 갈리지만 글자체의 미학에 대해선 의견이 일치한다. 중국의 영향에서 완전히 벗어난 독창적인 서체로, 품격 있고 웅혼한 아름다움이 있다는 평이다. 숙종은 허목의 제문에서 "틈틈이 익힌 전서는 서체가 꾸불꾸불 웅건했다"라고 평가했다. 이유원은 「임하필기」에서 "글씨는 주나라 태사를 본받아 스스로 새로운 글씨체를 창출하였는데, 빳빳하면서도 꿈틀거리는 듯한 획이 꾸불꾸불해서 마치 천년이나 된 마른 등나무 같다."라고 하였다. 이덕무는 「청장관전서」에서 "동해비는 뛰어나고 기이하고 괴상하여 분명히 기이한 작품이다."라고 평하였다.

육향산에서 내려와 왼쪽으로 향하니 허목을 기리는 사당이 산 밑에 보인다. 허목은 남인의 영수로, 현종 때 1차 예송논쟁에서 서인의 영수인 송시열과의 당파싸움에 밀려 삼척 부사로 좌천되었다. 삼척으로서는 행운이었다. 그는 삼척의 인문지리지인 「척주지」를 지었고, '척주동해비'도 세웠다. 지역의 곳곳을 기록하고 노래하여 삼척의 오랜 역사에 문화를 추가하였다. 이러한 삼척의 역사를 알려주는 곳이 육향산이다.

제왕운기를 쓰다

천은사

고려는 유교를 정치적 이념으로 삼고, 불교를 정신적 지주로 하였으므로 유학자라고 하더라도 불교와 깊은 관련을 맺고 있었다. 고려 후기에 거사불교가 유행하여 스스로 거사로 칭하는 사람들이 많다. 동안거사動安居士라 부른 이승휴李承休, 1224~1300의 경우가 대표적이다.

충렬왕 때 고쳐야 할 폐단 10개 조를 올린 후 파직된 이승휴는 삼척에 내려와 두타산 자락에 용안당을 세우고, 약 10년간 삼화사에서 1,000상자의 대장경을 빌려 읽는다. 경전 공부와 함께 참선에도 열중하여 출가자 못지않게 수행에 정진하였다. 불경을 읽었던 '용안당'을 '간장사'라 고쳤다.

삼척에 은거하였다고 하여 완전히 세상을 등지고 숨어서 산 것은 아니었다. 충렬왕 13년(1287)에 「제왕운기」를 찬술하였던 것도 현실에 대한 관심에서 비롯된 일이었다. 찬술한 목적이 고려 왕조가 처한 현실에서 비롯된 일이었음을 스스로 밝혔다. 「제왕운기」는 1280년에 저술하여 1287년에 왕에게 올린 상·하 2권 1책이다. 상권은 반고로부터 금나라까지 중국의 역사를 7언시로 읊었고, 하권은 1·2부로 나누어 단군부터 충렬왕까지의 역사를 서술했다. 1부「동국군왕개국연대」는 전조선·위만조선·삼한·신라·고구려·

천은사

백제·발해 등의 사적을 엮었다. 2부 「본조군왕세계연대」는 고려
건국부터 충렬왕까지의 역사를 엮었다. 이 책을 쓸 당시 고려는 원
에 복속한 상황이었다. 이러한 현실을 극복하기 위해서 왕의 선정
이 절대적이라고 보았고, 이를 위해 역사의 교훈을 시로 기록했다.
단군을 민족의 공동시조로 삼은 점은 가장 큰 특징이다.

「제왕운기」를 저술한 2년 후인 1289년(충렬왕 15)에 용안당 남쪽에 '보광정葆光亭'을 지었다. 옆에 '표음정瓢飮亭', 정자 아래에 '지락당知樂塘'이란 연못을 축조해서 별장을 완성하였다. 지락당은 장자 제물편의 말을 취하여 지었다. 당시에 만들었다는 용안당과 보광정 터를 정확하게 확인할 수는 없으나, 「간장사기」를 통해 이승휴가 주석하였던 용안당이 간장사라는 것을 확인할 수 있다.

이승휴가 거처할 때 만들었다는 표음정 터를 정확하게 확인할 수 없다. 이에 대하여 「보광정기」는 이렇게 표현하고 있다. "보광정 가운데에 엷은 돌을 깔아서 자리를 만들고, 그 가운데 작은 우물을 파서 음식 짓는 데 사용할 수 있도록 해놓았다. 설당거사 소동파의 '한 번 배부름은 기약할 수 없으나 한 바가지 물은 기필할 수 있다.' 라는 시구를 취하여 '표음정'이라 하였다." 구동龜洞의 용계에서 신선처럼 살던 그는 71세인 1294년(충렬왕 20)되던 해에 홀연히 용안당 간판을 간장암看藏庵으로 바꾸어 별장을 중에게 희사했다. 밭을 희사하여 상주의 자본으로 삼게 하였다.

조선 선조 때는 서산대사가 이곳에 와서 절을 중건하고, 절의 서남쪽에 있는 봉우리가 검푸른 것을 보고 흑악사黑岳寺라고 하였다. 1899년에는 이성계의 4대조인 목조의 능을 수축하고 이 절을 목조의 원당으로 삼았는데, 이때부터 천은사로 고쳐 부르게 되었다.

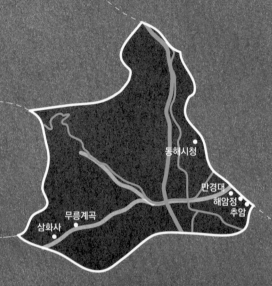

동해

동해시청

만경대
해암정
추암

무릉계곡

삼화사

넓게 펼쳐진 북평 뜰

만경대

주변 경관을 두루 조망하기 좋은 곳이 만경대萬景臺다. 전국 곳곳
에 만경대가 보인다. 산과 바닷가에 주로 있다. 하천 옆에도 있다.
동해의 만경대가 그렇다. 동해시 구미동 성산봉에 자리 잡은 만경
대는 발밑으로 전천이 흐르고, 하천 너머로 시내와 바다가 한눈에
들어와 시원한 경치가 일품이다. 1660년에 허목許穆, 1595~1682은
「기언」에서 삼척의 뛰어난 경치를 기록하였는데, 그중 하나로 만
경대를 꼽을 정도였다. "만경대는 추암 북쪽 모래 언덕에 있다. 10
리에 걸쳐 푸른 소나무가 있고 앞에는 큰 시내가 흘러 바다로 들어
간다. 서쪽으로 멀리 마을과 벌판이고, 또 서쪽으로 두타산의 줄지
어 선 봉우리가 보인다." '만경대萬頃臺'라 표기한 것이 특이하다.
'만경萬頃'은 아주 넓은 땅이나 물을 의미한다. 허목의 눈에 들어온
것은 서쪽으로 넓게 펼쳐진 북평 뜰과 동쪽으로 막힘없이 트인 동
해였다.

김창흡金昌翕, 1653~1722은 1708년에 영남지역을 유람하고 오다가
이곳에 올랐다. 「영남일기」에 만경대에 올라 조망한 풍경이 자세
하다. "언덕을 따라 꾸불꾸불 북쪽으로 수백 보 가서 만경대에 올랐
다. 바위가 기이하고 뛰어난 것은 능파대보다 못하지만 조그만 대
가 평온하여 앉을 만하다. 좌우로 바라보니 눈앞이 탁 트인다." 김
창흡이 주목한 것은 평범함이다. 아마도 추암을 보고 와서 더 그랬

을 것이다. 평범한 편안함이 만경대의 특별함이다.

김이만金履萬, 1683~1758도 능파대에 올랐다가 바닷가를 보며 말을 달려 만경대에 이르렀다. 올라와 바라보니 푸른 소나무와 흰 모래, 넓은 들과 긴 시내가 펼쳐진 것이 아닌가. 바닷가의 뛰어난 곳이라 할 만하다고 감탄하였다. 만경대에서 내려와 어부 대여섯 명이 포구에서 고기 잡는 것을 말에서 내려 잠시 앉아서 구경하였다. 「동유록」의 내용이다. 만경대에 걸려 있는 바닷가 뛰어난 곳이라는 '해상명구海上名區'가 걸맞다.

유한준俞漢雋, 1732~1811은 정조 20년인 1796년 7월에 삼척 부사에 제수되었는데, 그때 이곳에 들려 시를 남겼다. 시가 아직도 정자에 걸려 있다.

조선의 핫플레이스

> 푸른 비단 둘렀다 여겼는데　始謂靑羅帶
> 안개 개니 바로 푸른 바다　烟開乃一溟
> 옆엔 물 돌면서 풀등 되고　傍匯爲草嶼
> 곁엔 나온 곳에 송라정 있는데　仄出有蘿亭
> 석양빛 모두 다 머금고 있고　一一含斜照
> 멀리 들판 평평하며 넓직하네　平平敞遠坰
> 여러 아름다움 일찍 알았기에　早知俱衆美
> 한 해 되기 전에 세 번 올랐네　吾不歲三經

청라靑羅는 푸른 비단처럼 길게 흐르는 시내를 뜻한다. 만경대 아래로 흐르는 전천을 푸른 비단으로 묘사했다. 풀등은 강 가운데에 모래나 흙이 쌓여 풀이 수북하게 난 곳을 말한다. 공단이 들어서면서 만경대 앞 풍경은 상전벽해가 되었다. 이곳에서 송라정松蘿亭이 보였다. 동해를 대표하던 송라정은 개발을 이겨내지 못하고 자리를

만경대

내주어야 했다. 유한준이 반하여 한 해에 세 번 오를 정도였던 만경대의 주변 풍경은 시 속에서만 감상할 수 있다.

정자를 세운 사람은 조선 광해군 때의 김훈金勳이다. 그는 1613년(광해군 5) 고향으로 돌아와 동회리(신당촌)에 살면서 만경대를 세우고, 풍광을 즐기면서 갈매기를 벗 삼아 낚시로 세월을 보냈다고 전해진다. 정자를 세우자 죽서루와 쌍벽을 이룰 정도로 명소가 되어 유람하는 이들의 발길이 끊이지 않았다.

파도 소리가 종소리로 들린다

해암정

심동로沈東老는 고려 공민왕 10년인 1361년에 낙향해 해암정海巖亭을 세운다. 이후 소실되자 조선 중종 25년인 1530년에 심언광沈彦光이 중건하고, 1794년에 다시 중수하였다. 해암정 왼쪽 바위에 중수한 것을 기념하기 위해 글씨를 새겼다.

심동로는 어려서부터 글을 잘하여 한림원사 등을 역임하였다. 고려 말기에 혼란한 국정을 바로잡으려 하였으나, 권세가의 눈 밖에 나자 벼슬을 버리고 낙향해 해암정에서 후학을 양성하며 살았다. 「동문선」에 실려 있는 「황근 선생을 보내며」에서 그의 사람됨을 읽을 수 있다. "내 일찍이 추천받아, 한림원에서 있었는데, 뱁새는 볼 것 없으니, 난새와 곡새가 어찌 돌아보겠나." 혼란한 당대 속에서 고결하게 자신을 지켜가던 외로움이 배어있다. 왕은 그를 진주군眞珠君으로 봉하고 삼척부를 식읍으로 하사하였다.

심동로의 됨됨이를 보여주는 것이 민사평閔思平, 1295~1359이 지은 「좌랑 심동로 시에 차운하다」이다.

거리낌 없이 종횡하는 기세로 조정에서 치달리니　縱橫逸氣騁廉隅
화악의 높은 산봉우리 위로 나는 가을 독수리일세　華岳峯高一鶚秋
때때로 술을 싣고 아름다운 경치를 찾아가니　載酒時時迎好事
날마다 시를 쓸 뿐 무슨 걱정이 있으랴　題詩日日有何虞

녹야당에서 거문고 타고 바둑 두는 배유수(裴留守)요　琴棋綠埜裴留守
청산에서 시 읊조리는 심은후(沈隱侯)로다　風月靑山沈隱侯
관리의 재능 문장의 재주는 모두 오묘한 솜씨　吏用文才三昧手
달존의 덕목을 모두 갖춘 이 아마 없으리라　達尊俱備算來無

　당나라 명재상 배도裴度가 만년에 벼슬을 그만두고 동도에 녹야당을 짓는다. 유우석, 백거이 등을 초청하여 시를 짓고 주연을 가졌다는 고사가 전한다. 심동로를 배도에 견준 것이다. 심은후沈隱侯는 양나라 심약沈約의 시호이다. 심약은 시문을 잘 지은 것으로 유명했다. 시를 잘 지은 심동로를 비유한 것이다.

석림

송시열은 1675년 1월에 함경도 덕원으로 유배되었다가, 그해 6월에 경상도 장기로 유배지를 옮기게 되었다. 유배지를 옮기던 송시열은 발길이 닿는 곳마다 글씨를 남긴다. 동해안 여기저기에 필적이 남아 있다. 속초 영랑호 바위에 '영랑호'란 글씨를 남겼다. 강릉에 잠시 머물렀을 때 경포호 주변 해운정海雲亭 현판을 썼다. 호수 옆 홍장암紅粧巖과 호수 가운데 섬에 새겨진 '조도鳥島'도 송시열의 글씨다. 해암정에도 송시열의 글씨가 있다. 1675년에 쓴 해암정 현판이 정자 가운데를 차지하고 있다. 왼쪽은 전서체로 쓴 '해암정'이 걸려 있고, 오른쪽에는 힘찬 기세로 쓴 '석종함石鐘檻'이 균형을 맞추고 있다. '석종함'이란 이름이 절묘하다. 정자 뒤에 높게 솟은 바위를 돌로 만든 종으로 보았을까. 아니면 바위에 부딪히는 파도 소리가 마치 종소리를 내는 것 같아서 석종이라고 했을까. 바위를 자세히 보니 다양한 종의 모습이 보인다. 정자 안에 들어가 눈을 감고 있노라니 파도 소리가 종소리로 들린다.

심동로가 언제 세상을 떴는지 정확히 알 수 없다. 동해시 동호동의 향로봉 서쪽에 묘소가 있으며, 발한동에 신도비가 세워졌다. 그는 본관을 삼척으로 하면서 삼척 심씨의 시조가 되었다.

추암

예전에는 '추암'이라고 불렀다. 조선시대에 '능파대'라고 이름을 바꾸고 내내 그렇게 불렀다. 유람 온 사람도, 이곳에 올라 감격을 노래한 사람도 능파대라고 기록하였다. 그림을 그린 사람도 화제에 능파대라 적었다. 지금은 다시 추암이라 부르기도 하고, 촛대바위라고도 한다.

능파대는 육지와 연결된 섬과 촛대바위와 같은 암석 기둥을 포함한 지역을 가리킨다. 이곳은 지질의 특이함으로 눈길을 끈다. 석회암이 지하수의 용식작용을 받아 형성된 암석 기둥을 라피에라 한다. 이곳의 라피에는 국내 다른 지역과 달리 파도에 의해 자연적으로 드러난 국내 유일의 해안 라피에다. 촛대바위를 비롯하여 다양한 라피에는 숲을 이룬 것 같아 석림石林이라고도 한다.

예전에도 이목을 끈 것은 다양한 형상의 바위였다. 김이만金履萬, 1683~1758은 능파대를 본 소감을 「동유록」에 남겼다.

> 괴이한 바위 천 개 기둥이 좌우로 즐비하게 섰다. 어떤 것은 옥으로 만든 기둥 같고, 어떤 것은 부도 같다. 성난 사자 같기도 하고, 웅크린 코끼리 같은 것도 있다. 문처럼 대치한 것도 있고, 가운데 빈 것이 계곡 같은 것도 있다. 기이하고 괴하며 매우 특별하여 손가락을 꼽아 셀 수 없다.

괴이한 바위는 다양한 모습으로 보인다. 부도 같다는 묘사가 독특하다. 오른쪽 바다 위에 나란히 솟아 있어 형제바위로 알려진 바위를 말하는 것 같다. 옥으로 만든 기둥은 촛대바위일 것이다. 온갖 동물의 모양이 금강산과 비슷하다며 김이만은 감탄사를 연발할 수밖에 없었다.

김창흡金昌翕, 1653~1722은 「영남일기」에서 능파대 가운데 바위 하나가 홀로 뛰어난데 마르면서 굳센 것이 늙은 신선의 모습과 같다고 보았다. '마르면서 굳센[瘦勁]' 미학으로 촛대바위를 읽어낸 낸 그의 심미안이 독특하다. 김창흡의 시는 예서체로 전아하게 새겨서 해암정에 걸어놓았다. 김창흡의 시에선 아직도 기괴한 바위와 파도가 만들어내는 굵고 낮은 저음이 들린다.

추암

능파대에 올라 기괴한 바위와 하얗게 부서지는 파도를 보다가 싫증이 나면 뱃놀이를 즐겼다. 채제공蔡濟恭, 1720~1799은 삼척 선비 수십 명과 능파대에서 노닐다가 배를 띄우고 바다로 나가 노래를 부르며 시를 썼다. 티끌 하나도 없는 바다로 나가니 마침 노을이 붉게 물들고 있었다. 속세의 근심을 잊고 놀다 능파대를 바라보니 기이한 바위가 선경인 것 같았다.

박상현朴尙玄, 1629~1693은 능파대가 당연히 관동팔경에 속할 거라고 여겼다. 그런데 팔경에 들어가지 못한 것이 아닌가. 알아보니 정자가 없기 때문이란다.

> 관동팔경은 수월하여 해동에서 으뜸인데　八景居然擅海東
> 능파대는 품평에 들어가지도 못했네　高臺不入品題中
> 오늘 능파대 올라 바라보니 흥취 끝없어　登臨此日無邊興
> 평생 가슴에 막힌 거 모두 깨끗해지네　盪盡平生滯礙胸

비록 팔경에는 들어가지 못했지만 다른 곳보다 더 흥이 일어난다. 바람을 맞으며 바다를 바라보고 있노라니 현실에서 아웅다웅하던 것들이 하찮아진다. 나도 모르게 바다처럼 넓어졌는가. 가슴 속의 응어리진 것도 깨끗하게 사라진다.

무릉계곡과 삼화사

무릉에 사는 한 어부가 복숭아꽃을 따라가 마침내 살기 좋은 곳에 이르게 되었다. 그곳 사람들은 전쟁을 피해 수백 년 동안 바깥세상과 접촉하지 않고 살았다. 동굴 밖으로 나온 뒤에는 다시 찾을 수 없었다는 낙원 같은 곳을 '무릉도원武陵桃源'이라 한다. 전국 곳곳에 보이는 '무릉'은 여기서 유래한다. 두타산에서 경치가 뛰어나 신선의 세계에서나 볼 수 있는 계곡을 무릉계武陵溪라 불렀다.

허목許穆, 1595~1682은 1661년에 「두타산기」를 남긴다. 당시에 삼화사는 무릉계곡 입구에 있었는데 임진왜란 중에 불타버린 후였다. 가시덩굴이 우거진 속에 허물어진 옛 탑과 철불만 남아 있었다. 삼화사에 있던 철불은 절이 불타 중대사로 옮겼는데, 장마가 들어 중대사도 무너지고 땅에 묻혔다. 밭을 갈던 농부가 발견해 삼화사로 옮겼다가 골동품상이 밀반출해서 묵호로 가져갔다. 묵호에 주재하던 기자의 꿈에 나타나 현장을 가니 꿈에서 본대로 숨겨져 있었다. 경찰이 골동품상을 체포하고 철불은 다시 삼화사로 돌아올 수 있었다. 영험이 있는 철불은 지금까지 삼화사에 모셔져 있다.

산으로 들어가니 계곡 위로 온통 무성한 소나무와 거대한 바위뿐이다. 여울을 굽어보며 서로 마주하여 우뚝한 바위를 '범바위[虎巖]'라고 한다. 그 밑은 호암소다. 옛날 도술에 능한 스님이 호랑이가 해치려 하자 신통력을 발휘하여 소沼를 훌쩍 건너뛰었는데, 호랑이

무릉계곡

가 뒤따라 건너뛰다가 소에 빠져 죽었다는 전설이 전해진다. 암벽
에는 호암이라 글씨가 새겨져 있다.

위로 올라가 '사자목[獅子項]'에 섰다. 앞에 넓게 펼쳐진 너럭바위는
'마당바위[石場]'다. 시냇물은 맑고 바위는 희다. 바위 위로 물이 흐르
는데 맑고 얕아 건널 만하다. 날이 저물자 소나무 그림자가 길게 늘
어진다. 1600년에 무릉계를 유람한 김효원金孝元은 마당바위를 '버린
바가지 바위[棄瓢巖]', 북쪽 벼랑을 '반학대伴鶴臺'라 했다. 너럭바위는

김홍도의 그림에 되살아났다. 금란정에서 바라본 경치다. 가운데 넓게 펼쳐진 너럭바위와 와폭, 그리고 와폭 옆의 반학대가 실경 그대로다. 용추폭포 옆에 겸재 정선의 이름이 새겨진 것으로 보아 조선의 화가들이 이전부터 무릉계를 들렀던 것으로 보인다. 빼어난 경관을 화가들이 그대로 지나치지 않았을 것이다. 시인들도 마찬가지다. 동행했던 이병연李秉淵은 「무릉계곡 반석」을 노래한다.

숲이 끝나자마자 밝게 빛나니　林端來皓色
신선 사는 곳은 온통 너럭바위　洞府一盤陀
평평하게 펼쳐져 흠 없는 옥이요　平展無瑕玉
오랫동안 갈려서 물결 일지 않네　長磨不盡波

이병연의 눈엔 너럭바위밖에 보이지 않았다. 숲속에서 나오자마자 하얗게 빛나는 바위를 보고 선경을 떠올렸다. 오랜 세월 마모된 바위는 옥이다. 그 위로 흐르는 물은 소리도 없이 미끄러진다. 또 하나의 장관은 바위 위에 새겨진 글씨다. 수백 명이 빼곡하게 들어섰다. 너럭바위에 새기지 못한 이는 주변의 크고 작은 돌에 새겼다. 단연 눈길을 끄는 글씨는 삼척부사를 지낸 옥호거사 정하언鄭夏彦이 쓴 초서체 글씨이다. 무릉선원武陵仙源 중대천석中臺泉石 두타동천頭陀洞天은 무릉계는 도원, 중대사는 산수, 두타산은 선경이 뛰어나다는 것이다.

마당바위를 지나자 삼화사가 나타난다. 산속의 시내와 바위가 엇갈리는 지점에 있어서 가장 아름다운 절이다. 삼화사는 중대사가 있던 자리였다. 1977년에 시멘트 개발에 들어가면서 삼화사는 철거되고 중대사의 옛터에 사찰을 중창해 옮기면서 무릉계곡의 주인이 되었다.

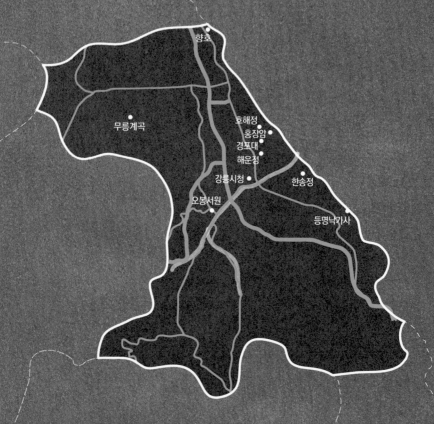

강릉

향호
무릉계곡
호해정
홍장암
경포대
해운정
강릉시청
한송정
오봉서원
등명낙가사

문장으로 세상에 이름을 날리다

해운정

오죽헌에서 출발한 이이李珥, 1536~1584의 발길이 해운정에 닿았다. 마침 주인이 손님과 술상을 가운데 놓고 담소를 나누고 있었다. 합석하여 시간 가는 줄 모르고 이야기를 나누었다. 술잔이 몇 순배 돌았을까. 해운정 앞 경포호에서 안개가 걷히기 시작했다. 마침 바다 바람이 이곳까지 불어왔다. 해운정 뒤에 우뚝 선 소나무가 소리를 낸다. 부채가 필요 없다. 훌륭한 주인과 손님이 있고, 담소를 나누다가 술로 목을 축이는데 시원한 바람이 부니 더 이상 무엇이 필요하랴. 차를 사랑했다는 한유가 부럽지 않았다.

> 경치 좋은 곳에서 술잔 드니, 이곳서 노니는 것 싫지 않네
> 어찌 알았으랴 천 리 밖에서, 어진 주인과 손님 만날 줄
> 바다에 안개 서서히 걷히고, 솔바람 불어와 더위 삭히니
> 어찌해서 한유(韓愈)의, 찻잔 든 손 부러워하겠나

해운정은 심언광沈彦光, 1487~1540이 1530년(중종 25)에 강원도 관찰사로 있을 때 지은 별당 건축물이다. 겉은 소박하고 안쪽은 세련된 조각으로 장식한 건물로서, 강릉 지방에서 오죽헌 다음으로 오래된 건물이다.

허균은 「학산초담」에서 "중종조의 어촌漁村 심언광沈彦光과 최간재崔艮齋의 문장이 세상에 유명하다"고 언급한 후, 「성소부부고」에

해운정

서 "우리 강릉에는 본디 유명한 사람과 뛰어난 학자가 많이 배출되었다. 국가에 대해 공이 많아 어진 신하가 된 사람으로는 최치운崔致雲 부자요, 학문과 행실로 사림에서 칭송된 이는 박공달朴公達·박수량朴遂良이요, 문장으로 세상에 이름을 날린 이는 심언광沈彦光·최연崔演 등이니, 모두 역사가의 저술에 기재되어 지금까지도 사람들이 그들의 이야기를 하고 있다."고 부연 설명한다. 허균이 봤을 때 심언광은 뛰어난 문장가였다. 그러나 당시에는 제대로 평가를 받지 못한 것 같다. 아쉬움을 「학산초담」에서 적어놓았다. 어촌의 시는 웅혼하고 도타우며 풍부하고 화려[渾厚富艶]하기가 정사룡鄭士龍, 1494~1573에 못지 않은데, 권응인權應仁이 중종 이래 대가를 평하며 뽑은 시 중에 어촌이 들지 않았으니 무슨 까닭인지 모르겠다고 불만을 나타냈다.

송환기宋煥箕, 1728~1807의 「동유일기」를 보니 1781년 8월에 해운정을 찾아와 뱃놀이를 한 것이 자세하다. 해운정 앞은 매립되기 전에 호수였다. 거울 같은 맑은 물에 바람까지 없어서 뱃놀이하기에 좋았지만, 송환기는 병이 나서 뱃놀이를 하지 못하고 경포대에 있었다. 저녁 무렵 병세가 조금 호전되어 해운정으로 자리를 옮겼다. 수백 년이 지났으나 자손이 아직도 지키고 있다. 사방 벽에 시판이 빈틈없이 걸려 있다. 송환기 조상의 시 두 수도 걸려 있는 것이 아닌가. 그중 한 시는 정자의 옛 자취를 자세하게 노래했다. 저물녘에 배를 띄웠다. 물결이 잔잔하여 즐길 만했다. 중간쯤에 조암鳥巖이 보인다. 높이가 한 길 정도로 기이한 절경이다. 권정랑이 함께 배를 탔는데, 뱃놀이를 온종일 즐기지 못한 것이 한스러웠다.

벼슬살이를 하다가 1538년에 강릉으로 귀거래한 심언광은 다음 해 숨을 거두었다. 운정삼거리에서 시루봉으로 향한다. 농로는 넓은 논을 피해 낮은 산을 따라 구부러진다. 넓은 논이 다 출렁이는 호수였을 것이다. 산과 나란하던 길이 논 가운데로 향한다. 건너편 야산에 촘촘한 묘역이 소나무 사이로 보인다. 오래된 신도비는 비각 안에 있고 새로 세운 신도비가 하늘을 찌를 기세다. 늠름한 문인석이 심언광의 묘역을 지키고 있다.

마음으로 경관을 바라보다

경포대

강릉은 경포대로 인식된다. 봄에는 벚꽃을 보러, 여름에는 경포 해수욕장에서 낭만을 즐기기 위해 찾는다. 자전거를 타고 경포호를 일주하기도 하고, 습지를 거닐며 연꽃을 구경하기도 한다. 허균許 筠, 1569~1618은 「학산초담」에서 이렇게 말한다. 강릉에서 구경할 만 한 곳은 경포대가 으뜸이어서 구경하는 사신들이 많은데도 널리 알 려진 시가 없는 것은 묘사할 절경이 너무나 많아서라고.

1349년에 이곡李穀, 1298~1351은 금강산을 유람한 후 강릉에 도착했 다. "배를 나란히 하고 강 복판에서 가무를 즐기다가 해가 서쪽으로 넘어가기 전에 경포대에 올랐다. 경포대에 예전에는 건물이 없었 는데, 근래에 풍류를 좋아하는 자가 그 위에 정자를 지었다고 한다. 또 옛날 신선의 유적이라는 돌 아궁이가 있는데, 아마도 차를 달일 때 썼던 도구일 것이다. 경포의 경치는 삼일포와 비교해서 우열을 가릴 수가 없지만, 분명하게 멀리까지 보이는 점에서는 삼일포보다 낫다."라고 「동유기」에 남긴다. 경포대는 호수 옆에 있는 주변보다 높은 언덕을 가리키다가, 정자가 세워지면서 정자의 이름이 되었다 는 것을 이곡의 글이 알려준다.

정자는 방해정 뒷산에 세워졌다가 중종 3년인 1508년에 강릉부 사 한급이 지금의 자리로 옮겨졌고, 여러 차례의 중수 끝에 현재의 모습을 갖추었다. 예전에는 따뜻한 방과 서늘한 방이 있었는데 오래 묵지 못하게 철거했다고 하니 뛰어난 풍광이 민폐가 될 수 있다는 것을 보여준다. 정자의 위치와 모습은 변했고 호수도 변했다. 「신증동국여지승람」은 호수의 둘레가 20리고, 물은 깊지도 얕지도 않아 사람 어깨가 잠길 만하다고 기록하였다. 호수가 매립되어서 작아졌음을 알 수 있다.

박숙정朴淑貞이 안축安軸, 1287~1348을 만난 때는 1326년이었다. 경포대는 신라 때 영랑 등 네 화랑이 놀던 곳으로, 비바람이 치면 유람하는 자들이 괴로워해서 작은 정자를 지었으니 글을 써달라고 부탁을 한다. 안축은 직접 유람한 후 1331년 2월에 글을 짓는다. 경포대의 역사뿐만 아니라 우리가 간과한 아름다움에 대해 알려준다.

> 형상이 기이한 것은 밖으로 드러나 눈으로 완상할 수 있고, 이치가 오묘한 것은 은미한 곳에 숨어 있어서 마음으로 터득한다. 눈으로 기이한 형상을 완상하는 것은 어리석은 사람이나 지혜로운 사람이나 모두 같아서 한쪽만을 보는 것이고, 마음으로 오묘한 이치를 터득하는 것은 군자만이 그렇게 하여 온전함을 즐긴다.

경관을 바라보는 두 시선이 있다. 눈으로 형상을 보는 것. 누구나 할 수 있는 것이며 이런 경우 기이한 경관을 좋다고 여긴다. 다른 시선은 마음으로 보는 것. 산수에 내재된 오묘한 이치를 마음으로 인식하는 것이니 아무나 할 수 있는 것이 아니다. 경물에 내재된 이치를 깨닫는 순간 지극한 맛이 조용하고 담박한 가운데에 있게 되고, 표일한 생각이 기이한 형상 밖에서 일어난다. 경관과 내가 하나가 되는 상태를 말하는 것 같다. 이런 상태가 되어야 온전함을 즐길 수 있다.

273

경포대(김홍도)

    경포대는 다섯 개의 달을 볼 수 있는 곳으로 유명하다. 달빛이 환한 밤에 하늘에 뜬 달, 바다에 뜬 달, 호수에 뜬 달, 술잔에 뜬 달, 그리고 마주한 임의 눈동자에 비친 달까지 무려 다섯 개의 달을 볼 수 있다. 호수에 달빛이 비치면, 그 모양이 꼭 탑처럼 보여서 달빛을 월탑이라 불렀다는 이야기도 있을 정도로 경포대에서 바라다보는 달빛은 신비롭고도 매혹적이다. 실제 경포대는 달맞이를 하는 장소로도 유명하다. 경포대는 낮에 아름답지만 밤에도 뛰어나다는 것을 보여준다.

낭만적인 풍류에 빠지다

홍장암

강원도 안찰사 박신과 기생 홍장의 사랑 이야기는 너무 유명하였다. 서거정의 「동인시화」에도 실릴 정도고, 경포대를 노래할 때 주요한 소재가 되었다. 경포호에 배를 띄운 유람객은 홍장암에 들린 일을 유람기에 기록하였다. 조선 후기에 정약용도 박신과 홍장의 이야기를 「목민심서」에 인용할 정도였다. 러브스토리에 대한 시각은 달랐다. 정철鄭澈, 1536~1593은 「관동별곡」에서 "과연 고려 우왕 때 박신과 홍장의 사랑이 호사스런 풍류이기도 하구나"하면서 낭만적인 풍류로 보았다. 이후 대부분 사대부의 입장도 그러했다.

정약용의 「목민심서」는 관리의 부임부터 해임까지 전 기간을 통해 반드시 준수하고 집행해야 할 실무상 문제들을 각 조항으로 정하고, 자신의 견해를 피력해놓은 책이다. 그중 제2편은 '자신을 가다듬는 일'인 율기律己다. 율기 중 칙궁飭躬은 지켜야 할 항목 여러 개로 구성되어 있는데 그중 하나가 "술을 금하고 여색을 멀리하며 가무를 물리치며 공손하고 단엄하기를 제사 받들 듯하며, 유흥에 빠져 정사를 어지럽히고 시간을 헛되이 보내는 일이 없어야 한다."이다. 이 항목에서 박신과 홍장의 이야기를 예에 삽입하였다.

박신(朴信)이 젊어서부터 명성이 있었는데 강원도 안렴사가 되었을 때 강릉 기생 홍장(紅粧)을 사랑하여 정이 자못 두터웠다. 임기가 차서 돌아가게 되자 부윤 조운흘이 거짓으로, "홍장은 이미 죽었습니다."하니 박신은 슬퍼하여 어쩔 줄 몰랐다. 강릉부에 경포대가 있는데 부윤이 안렴사를 청하여 나가 놀면서 몰래 홍장에게 곱게 단장하고 고운 의복 차림을 하도록 하며, 따로 놀잇배 한 척을 마련하고 또 눈썹과 수염이 허연 늙은 관인 한 사람을 골라 의관을 크고 훌륭하게 차리도록 한 다음, 홍장과 함께 배에 태우게 하였다. 천천히 노를 두드리며 포구로 들어와서 바닷가를 배회하는데 풍악 소리가 맑고 그윽하여 마치 공중에 떠 있는 듯하였다. 부윤이, "이곳에 신선이 있어 왕래하는데 바라만 볼 뿐 가까이 가서는 안 됩니다."하니, 박신은 눈물이 눈에 가득하였다. 갑자기 배가 순풍을 타고 눈 깜박하는 사이에 바로 앞에 다다르니, 박신이 놀라, "신선이 분명하구나."하고 자세히 보니, 바로 기생 홍장이었다. 한자리에 있던 사람들이 손뼉을 치면서 크게 웃었다.

정약용은 마지막에 자신의 의견을 피력한다. 박신은 본디 색에 빠진 사람이지만, 조운흘이 꾸며서 상관을 놀려준 것도 잘못이라는 입장이다. 홍장암 옆 의자에 앉아 정약용의 엄정함을 다시 생각해 본다. 이전에는 아무 생각 없이 두 사람의 러브스토리를 낭만적인 시각으로 읽었다. 조선 시대는 그러한 시각도 허용이 될지 모르지만, 지금은 정약용의 시각이 타당성을 얻는다.

홍장암은 경포팔경 가운데 하나인 '홍장암의 밤비'에 해당하는 바위다. 경포대의 아름다움은 낮에도 유명하지만, 밤에도 뛰어나다는 것을 보여준다. 달빛이 환한 밤에 경포대에 앉으면 하늘에 뜬 달, 바다에 뜬 달, 호수에 뜬 달, 술잔에 뜬 달, 그리고 마주한 임의 눈동자에 비친 달까지 무려 다섯 개의 달을 볼 수 있다는 이야기도 밤의 아름다움이다.

홍장암

홍장암에 글씨 '홍장암紅粧巖'이 새겨져 있다. 송병선宋秉璿,
1836~1905은 「동유기」에서 문정공 송시열의 글씨를 새겼다면서 조
금 다른 이야기를 들려준다. 지방 장관의 눈에 들었는데, 그가 다른
곳으로 간 후 다른 사람에게 정을 주지 않겠다고 다짐하고 이 바위
에서 물로 뛰어 내려서 홍장암이라 불렀다고 한다. 처음의 이야기
에서 홍장의 절개를 강조하는 화소가 첨가되었다.

호해정

66세 노인은 인제에서 출발해 미시령을 넘었다. 바다를 따라 내려오는데 경포호가 발길을 잡는다. 특히 호해정湖海亭이 마음에 들었다. 노년을 보낼 만했다. 1718년에 아들 양겸養謙에게 편지를 쓴다. "경포호 가운데 있는 조도鳥島, 경포호의 안개와 연기가 만나는 경치는 더욱 기이하구나! 거기다가 사람들이 머물기를 권하니, 정성스러운 마음을 거절할 수 없구나." 노인은 호해정에 머물면서 학문과 시문을 강론했다. 틈틈이 경포호에 배를 띄우고 흥에 겨우면 시를 읊었다. 「호정잡음湖亭雜吟」에 지금은 사라진 호해정 앞 경포호가 넘실거린다.

옛날 홍장이 머문 이 호수 紅粧舊臨水
바위엔 아직 풍류 남았네 片石尙風流
늙은이 온갖 상념 사라져 老夫灰萬念
흥겨움 없어도 배에 머무네 無興駐扁舟

세속적 욕망이 사라진 노인의 얼굴은 편안해 보인다. 시비를 잊고 망연히 배에 앉은 모습도 보인다. 기쁨과 슬픔의 경계를 넘은 듯 무심하다. 그렇게 한동안 김창흡金昌翕, 1653~1722은 호해정에서 유유자적했다.

호해정(김홍도)

　1750년에 화재로 소실돼 폐허가 됐다. 주인은 김창흡의 유적이 사라지는 것을 염려해 정자를 새로 짓고, 민우수閔遇洙, 1694~1756는 '호해정기'를 짓는다. '호해정기'는 곧바로 맹자의 말을 인용하면서 시작한다. "바다를 본 사람은 물을 말하기 어려워한다[觀於海者難爲水]." 무슨 의미일까. 큰 것을 깨달은 사람은 아무리 사소한 것이라도 함부로 이야기하기 어렵다는 이야기다. 바다를 본 사람은 시냇가에서만 논 사람들 앞에서 물에 관해 말하기가 어렵다고도 볼 수 있을 것이다.

호해정은 경포대에서 10리 떨어진 곳에 있는데, 경포대에서 보면 호해정이 있는 줄을 알지 못하고, 호해정에서 보면 경포대가 있는 줄을 알지 못한다. 사람들이 경포호를 내호內湖와 외호外湖로 구분하는데 각각 승경을 독차지한다. 동해를 보는 자가 장관이 동해에만 그친다고 여겨 경포대와 호해정의 승경을 아예 알지 못한다면, 이것은 성인의 문하에 노닌 자가 그저 성인의 말만 듣고 천하에 법이 될 만한 정언精言과 묘론妙論이 있다는 것을 전혀 알지 못하는 것과 같다고 주장한다.

1778년엔 김홍도가 김응환과 함께 이곳에 들러 화폭에 담았다. 호해정과 매립되기 전의 경포호의 물결, 그 위에 떠 있는 배가 흔들거린다. 송환기가 찾았을 때는 1781년 8월이었다. 저물녘에 경포호에 배를 띄웠다. 물결이 잔잔하여 즐길 만했다. 북쪽 언덕에 호해정이 있는데 소나무와 단풍나무 사이에서 은은히 비친다. 노를 저어배를 대려고 하는데 어둑한 빛이 밀려와 배에 탄 사람들이 모두 서둘러 가자고 보챈다.

홍장암에서 인월사를 지나 좁은 길을 따라가니 호해정이 언덕 위에 자리 잡고 있다. 좁은 계단을 올라가니 굵은 배롱나무가 입구를 지킨다. 정자의 전면에는 초서체 '호해정'과 측면에 해서체 '호해정' 편액이 걸려 있다. 정자 뒤로 호위하는 듯 노송들이 늠름하다. 처마 밑에서 앞을 바라보니 상전벽해다. 밭이 되거나 주택이 들어선 지 오래다. 눈을 감고 김창흡의 시를 읊조리니 다시 호수에 물이 가득하다.

노닐며 완상하는 광경 어떠한가

한송정

김극기金克己, 1379~1463가 강릉의 팔경을 시로 읊으면서 우리나라 팔경문학이 시작되었다. 강릉팔경의 하나가 한송정寒松亭이다. 강릉을 소개하는 인문지리지는 언제나 한송정을 언급하면서 시인들이 읊은 시를 첨부하였다. 강릉 사람 허균許筠, 1569~1618은 「학산초담」에서 강릉에서 구경할 만한 곳은 경포대가 으뜸이고 한송정이 다음이라고 할 정도로 한송정은 강릉의 대표적인 명소다.

한송정

한송정의 무엇이 선인들의 마음을 이끌었을까? 안축의 가사 작품인 「관동별곡」에서 한송정의 미학을 발견할 수 있다.

> 경포대, 한송정, 밝은 달과 맑은 바람 鏡浦臺寒松亭明月清風
> 해당화 핀 길, 연꽃 뜬 못, 봄가을 좋은 철에 海棠路菡萏池春秋佳節
> 아, 노닐며 완상하는 광경 어떠한가! 爲遊賞景何如爲尼伊古

'경포대, 한송정, 밝은 달과 맑은 바람'에서 한송정에 해당하는 것은 맑은 바람이다. '해당화 핀 길, 연꽃 뜬 못, 봄가을 좋은 철'에서 해당화 핀 길이 한송정의 아름다움이다. 안축의 심미안에 포착된 한송정의 아름다움은 맑은 바람과 해당화다.

> 외로운 정자 바다 임해 봉래산 같으니 孤亭枕海學蓬萊
> 경계 깨끗하여 먼지 하나 용납 않네 境淨不許栖片埃
> 길에 가득한 흰 모래 자국마다 눈이고 滿徑白沙步步雪
> 솔바람 소리는 구슬 패물 흔드는 듯 松聲清珮搖瓊瑰

김극기의 시에서도 한송정의 아름다움을 읽을 수 있다. 흰 모래, 솔바람 소리가 눈과 귀에 들어온다. 눈을 감자 흰 모래 위로 바닷바람이 불고 소나무에서 청량한 소리를 낸다. 시각과 청각이 어우러진 이곳은 깨끗하여 먼지 하나 용납하지 않는 곳이다. 신익성申翊聖, 1588~1644이 「유금강소기」에서 한송정을 "푸른 소나무와 흰 모래가 있어 참으로 깨끗한 곳이다."라 평가한 것은 김극기의 시각과 일치한다.

한송정을 입에 오르내리게 한 것 중 하나는 한송정곡寒松亭曲 때문이다. 여러 문헌이 다투어 기록했다. 악부에 「한송정곡」이 전해 오는데, 이 곡을 비파 밑에 써서 물에 띄웠더니 중국 강남까지 흘러갔다. 고려 광종 때에 장진산張晉山이 강남에 사신으로 갔을 때 강남 사람들이 그 뜻을 묻자 장진산이 시를 지어 풀이하기를 "한송정 차가운 밤 달이 하얗고, 경포의 가을날 물결이 잔잔한데, 슬피 울며 왔다가 다시 또 가니, 저 갈매긴 언제나 믿음 있구나."라 하였다. 노인들이 전하기를 달빛이 맑은 날 밤에는 항상 학 울음소리가 구름 위에서 들리는데 본 적은 없다고 한다. 송광연宋光淵, 1638~1695은 「임영산수기」에서 한송정의 고적 중 기괴한 것은 한송정곡이라 언급할 정도였다.

김이만金履萬, 1683~1758은 한송정이 퇴락하거나 없어져서 아쉬워하는 사람에게 가르침을 준다. 예부터 한송정의 아름다움을 기록한 사람은 한송정의 규모가 크고 아름다운 것에 있지 않았고 주변 형승의 아름다움에 주목했으니, 건물이 이미 퇴락했더라도 아름다움은 진실로 본래 모습으로 있다고.

파도 소리 높으락낮으락

등명낙가사

등명사 누대 위에서 새벽종 울린 뒤 燈明樓上 五更鍾後
아, 해 뜨는 광경 어떠합니까 爲 日出景幾何如

　1330년에 안축安軸, 1287~1348이 강원도 존무사로 있을 때 관동지방
의 뛰어난 경치와 유적을 보고 느낀 감동을 담은 것이 「관동별곡」
인데, 그중 일부분이다. 시간을 뛰어넘어 안축의 감동이 전해져온
다. 위 작품은 등명사가 관동지방의 대표적인 명소라는 것을 알려
준다. 등명사는 지금의 등명낙가사다.

　등명낙가사는 신라 때 창건했다고 전해진다. 문헌과 유물로 확
인할 수 있는 시기는 고려 시대다. 고려 시대의 양식으로 조성된
'등명낙가사 5층석탑'은 절의 역사를 실증해준다. 김돈시金敦時,
1120~1170의 시는 등명사를 읊은 가장 오래된 시다.

　　바다 누르고 선 절 멀리 아득한데 寺壓滄波遠淼茫
　　올라오니 바다 가운데 있는 듯 登臨如在海中央
　　발 걷으니 대 그림자 성긴 듯 빽빽 捲簾竹影疏還密
　　베개 베니 파도 소리 높으락낮으락 欹枕灘聲抑更揚

　푸른 바다를 누른다고 하니 바다가 보이는 절이다. 파도 소리 들
리니 해안과 가까운 곳이다. 바닷가 절의 모습을 그린 시다. 「제왕
운기」를 지은 이승휴李承休, 1224~1300는 누각에 걸린 시를 보고 감흥

등명낙가사

이 일어 「차등명사판상운」을 지었다. "좋아라 금자라산은 옥봉을
머리에 이었고, 힘차게 솟는 푸른 파도 공중에서 부서지네. 학처럼
수척해진 스님은 품격을 자랑하고, 드러난 하늘은 땅의 공교로움을
뽐내노라. 닭도 울지 않은 새벽 누대에는 해가 뜨고, 신기루 일어나
는 이곳 해룡은 불어대노라. 탑은 기이한 정취 서로가 알 듯도 같
아, 아침 해 기다리니 만 가지 붉음 드러내노라." 김극기金克己, 1150
경~1204가 "쇠줄 친 길이 벽련봉을 둘렀는데, 겹 누각 층층 누대가 공

중에 솟았네.”라고 읊은 것이 「신증동국여지승람」에 실려 있다.

1349년에 이곡李穀, 1298~1351은 동해안 일대를 유람하고 「동유기」를 남겼다. 그의 발길은 등명사에 들렀다가 바다를 따라 동쪽 강촌에서 휴식을 취한 다음, 재를 넘어 우계현羽溪縣에서 묵었다. 조선시대에 들어서 정수강丁壽崗, 1454~1527의 「등명사에서 노닐다」란 시가 보인다. 이후 1530년에 편찬한 「신증동국여지승람」에서 등명사는 부 동쪽 30리에 있다고 기록했으니 이때까지는 폐찰이 되지 않았음을 보여준다. 1759년 편찬된 「여지도서」에선 ‘지금은 폐사되었다’고 적었다. 「강원도지」는 군 남쪽 2리 화비령火飛嶺 동쪽 기슭에 등명사가 있는데, 절이 있는 것이 어두운 방에 등불이 있는 것과 같다고 여겼기 때문에 등명燈明이라고 이름 지었다고 한다. 산허리에 위치하여 바다의 파도를 누르고 있으며, 산과 바다의 경치가 양양의 낙산사에 뒤지지 않는다고 기록하였다.

이후 경덕景德 스님이 1956년 절을 다시 세우며 관세음보살이 머문다는 보타낙가산에서 착안한 ‘낙가사’와 옛 절 이름 ‘등명사’를 합쳐 ‘등명낙가사’로 명명했다. 정동진 옆 등명낙가사는 안축이 일출을 보고 감탄했던 명소다.

오봉서원

대관령을 굽이굽이 돌아 내려와 어흘리를 지난 물과 보광리에서 흘러온 물이 구산리에서 만나 강릉 시내를 통과한다. 구산리 명칭 유래가 독특하다. 공자의 어머니가 이구산尼丘山에 치성을 드리고 공자를 낳았는데, 구산리 산이 이구산과 비슷하게 생겨 이구산이라 했다가 '니尼'자를 빼고 '구산丘山'이라 했다. 뒤에 공자의 이름에 쓰인 구丘를 함부로 쓸 수 없다 해서 '구산邱山'으로 고쳤다. 구산이란 이름 때문에 마을에 서원이 세워지게 되었다. 1552년에 함헌咸軒이 사신으로 중국에 갔을 때 공자 영정을 가져와서 서원을 지었다. 허목許穆, 1595~1682의 글에 강릉 서쪽 30리 떨어진 곳에 공자묘孔子廟가 있는데, 공자의 초상화를 얻고 구산에 사당을 세웠다는 대목이 보인다.

구산은 교통의 요지였다. 한양으로 가는 사람들뿐만 아니라 정선으로 향하는 사람들로 붐볐다. 여행자들은 구산역에서 한숨을 돌리곤 했다. 「신증동국여지승람」에 따르면 구산역은 강릉 서쪽에 있는데, 정자가 있어 사람을 서쪽으로 전송하는 곳이라고 기록한다. 조운흘趙云仡, 1332~1404의 「구산역」은 이곳이 예부터 이별의 장소였음을 알려준다.

구산은 연어대鳶魚臺로 유명하였다. 오고 가다가 개울 옆에 있는 연어대에 올라 흐르는 물을 보며 다리쉼을 하곤 했다. 김홍도도 대관령에서 내려오다가 연어대에 올랐다. 연어대 위에 천연정이라는 정자가 세워져 있었다. 오대산에서 월정사, 오대산사고, 상원사, 중대를 그렸다. 강릉으로 향하다 대관령을 넘으며 또 그림을 그렸다. 강릉에 도착해서는 천연정, 구산서원, 경포대, 호해정을 화폭에 담았다. 천연정 그림은 전해지지 않는다. 구산서원을 그린 그림은 서원을 중심으로 구산리 일대가 하늘에서 내려다본 듯하다. 오봉서원을 구산서원이라고 불렀다.

구산서원(김홍도)

김창흡이 사당에 들어가 공자의 초상에 절을 올리고 나오자 서원의 유생들이 술과 음식을 차려 놓았다. 식사를 마치고 대관령 길을 찾아 길을 나섰다. 윤증尹拯, 1629~1714은 오봉서원에서 공자의 초상에 예를 올리고 퇴계 선생의 시에 운자를 맞추어 시를 짓는다.

강릉에 사당 있단 말 일찍이 들었는데　曾聞祠廟在臨瀛
오늘 아침 처음으로 초상에 절 올렸네　遺像今朝拜肅淸
관동의 한 구역을 직접 와서 밟아 보니　脚踏關東一頭地
세속 먼지 덮였던 눈 시원하게 확 트이네　塵眸刮得十分明

오봉서원의 건립 내력과 연혁을 기록한 기적비가 비각 안에 세워져 있다. 공자 진영의 봉안 인물과 과정, 서원의 건립과정, 주자와 송시열의 제향 등의 내용을 기술한 묘정비도 세워져 있다. 오봉강당은 바깥에 세워졌는데 일반 집과 같이 친숙한 분위기다.

서원 앞 시내는 공부하던 유생들이 머리를 식히던 곳이고, 이곳을 유람하는 이가 즐겨 찾던 곳이다. 넓게 분포된 바위가 장관이다. 바위 곳곳에 계원들의 이름을 새겼다. 오랜 세월을 두고 많은 계원이 유람하였던 것 같다. 그 사이에 영귀암詠歸巖이 보인다. 논어에 나오는 네 제자 이야기를 염두에 둔 것이리라. 공자가 제자에게 하고 싶은 것을 말하라고 한다. 자로는 강병의 나라, 염유는 부자의 나라, 공서화는 예악의 나라를 만들겠다고 말한다. 증점은 기수라는 데서 물놀이하다가 바람 쐬고 놀다가 시를 읊으며 돌아오겠다詠歸고 했다. 공자는 증점의 말을 인정하고 허락하겠다고 한다. 위기지학爲己之學, 즉 배움은 자신을 밝히기 위한 공부여야 한다는 의미일 터이다.

알아주는 사람 만나기 얼마나 어려운가

소금강

율곡 이이李珥, 1536~1584는 나이 34세 때인 1569년, 외할머니를 돌보기 위해 잠시 강릉에 내려왔다. 4월 14일, 연곡천을 거슬러 올라 청학동 계곡을 유람하고 이날의 감동을 「유청학산기遊青鶴山記」라는 기행문에 담았다.

본격적인 유람은 삼산1리 장천마을 고부소에서 시작된다. 절벽이 갈라진 곳으로 거센 물이 쏟아져 내려 못을 이룬다. 검푸른 물빛을 보니 겁이 나서 정신이 오싹할 정도다. 고부소는 빨래를 하던 시어머니가 잘못하여 물에 빠져 허우적거리자, 며느리가 구하러 들어갔다가 목숨을 잃었다고 해서 생긴 이름이다. 조금 올라가면 소금 강으로 들어가는 입구다. 길가 바위 옆 폭포를 감상하며 바위 위에서 술잔을 들기에 적합하다. 바위는 취선암醉仙巖이다.

고개 둘을 넘어 도착한 곳은 노스님이 사는 절이다. 소금강 분소 부근에 있었다. 본격적인 등산로가 시작되는 이곳은 무릉도원처럼 아름다워 무릉계다. 푸른 낭떠러지가 오이를 깎아 세운 듯하고 날아서 떨어지는 물이 흰 눈을 뿜어내는 곳이다. 바위 위에서 소요하며 외로운 소나무를 어루만지다가, 해가 지고 어둠이 깔려서야 절로 돌아왔다. 폭포 밑 푸른 못을 '창운담漲雲潭'이라 명명했다.

서쪽으로 4리쯤 가면 새가 지나갈 수 있을 만한 험한 길이 나온다. '관음천觀音遷'이다. 이곳을 전후해서 십자소와 연화담의 푸른

소금강

물이 보인다. 금강사 앞 커다란 바위에 '소금강小金剛'이라 새겨져
있다. 옆에 쓰인 '이능계二能契'란 '술과 글에 능한 모임'이란 뜻이
다. 강릉 지역에서 술과 시 두 가지를 잘하는 선비들의 계 모임이
다. 아래로는 계원들의 이름이 적혀 있다. 바위 밑 돌문을 지나면
황홀한 세계가 펼쳐진다. 시내를 건너면 '식당암'이다. 100여 명이
동시에 앉을 수 있는 너럭바위는 신라의 마지막 왕자 마의태자를
소환한다. 잃어버린 나라를 되찾고자 훈련한 군사가 밥을 지어 먹

었다는 전설이 전해진다. 율곡은 눈에 들어오는 것에 이름을 붙여 준다. 서쪽의 높고 모양이 특이한 봉우리를 '촉운봉廳雲峯', 식당암을 '비선암秘仙巖'으로 고친다. 계곡 일대를 '천유동天遊洞', 바위 아래 있는 못을 경담鏡潭, 산 전체를 '청학산靑鶴山'이라 불렀다. 마침 비가 올 기미가 있어서 섭섭하였으나 돌아올 수밖에 없었다. 율곡의 유람은 여기서 끝난다. 율곡의 유람은 끝이 났지만, 후인들의 발길은 뒤를 이었다. 윤선거尹宣擧는 율곡 이후에 유람을 왔다가 바위 위에 글씨를 새긴다.

허목許穆, 1595~1682은 식당암에서 상류로 더 올라가 구룡연까지 갔다 「청학동구룡연기」를 남겼다. "물이 바위 위로 흐르며 아홉 번 꺾이는 폭포가 되고, 폭포 아래는 모두 깊은 못이 있는데 구룡연이다. 바위 위에 구룡연이란 기이한 글자를 크게 썼다." 폭포 옆에 전서체로 쓴 구룡연이란 글씨가 아직도 남아 있다. 김창흡金昌翁, 1653~1722도 구룡연까지 갔다 오고 「동유소기」를 남겼다.

허균은 장차 청학산으로 들어가려는 친구에게 「청학산에 들어가는 양비로를 전송하다」란 시를 짓는다. 봉우리와 골짜기의 아름다운 경치가 봉래산과 비슷하다고 평한다. 강재항姜再恒, 1689~1756은 "신선의 산 얼마나 높은지, 해와 달 별천지 안에서 밝네.(중략) 돌아왔으나 흥은 그치지 않아, 머뭇거리며 산신령께 사례하네"라 노래했다.

율곡은 청학산이 세상에 알려지지 않은 것을 아쉬워했다. 하루 아침에 이곳을 찾은 사람 때문에 후세 사람이 이 산이 있는 줄 알게 된 것은 청학산의 운수라고 보았다. 세상에서 자기를 알아주는 사람을 만나는 것과 만나지 못하는 것은 산만이 아니다. 사람도 마찬가지다. 나를 알아주는 사람을 만나기는 얼마나 어려운가?

향호

새로 단장한 호수 주변은 걷기에 적당하다. 중간중간에 설치된 데크 옆에서 갈대가 사각사각 소리를 낸다. 길은 호수로 들어갔다가 나오기도 하고 흙길로 연결되기도 한다. 잔잔한 호수 위로 보이는 낮은 산은 먹을 잔뜩 묻힌 후 '일一'자를 일필휘지한 것 같다. 그 뒤로 옅은 색의 백두대간이 아스라이 펼쳐진다.

김창흡金昌翕, 1653~1722이 1705년에 이곳을 찾았을 때는 저녁 무렵이었다. 조그만 배를 향호에 띄웠다. 저녁이 되자 더욱 아름다웠노라고 「설악일기」에 적는다. 이후 「동유소기」에서는 향호에 대한 자신의 심미관을 피력한다. "향호는 맑고 깨끗하여 사랑스러우니, 우계牛溪의 평에 부끄럽지 않다. 정자 위치한 곳이 조금 낮은 곳인 듯하다. 만약 문장에 비유한다면 경포는 대가大家이며 이곳은 명가名家이니, 왕유 맹호연과 이백 두보의 관계와 같다." 우계의 평이란 성혼成渾, 1535~1598이 향호에 대해 평가했던 것을 말한다.

> 집 곁의 몇 리 밖에서 경치 좋은 곳을 찾았는데, 이름을 향포(香浦)라 한다. 두 산이 에워싸고 앞에 호수가 있으며 백사장과 낙락장송이 우거져 별유천지(別有天地)이니, 참으로 선경이라 할 만하다. 깨끗하고 아늑한 정취가 경포호보다 낫다.

293

성혼은 깨끗하고 아늑한 정취가 경포호보다 낫다고 보았으나, 김창흡은 정자가 위치한 곳이 낮아서 조금 아쉬웠다.

길은 마을 입구에 있는 취적정取適亭 앞을 지나간다. 정자를 처음 지은 이는 이영부李永敷, 1644~1708다. 「강원도지」는 효익공孝翼公 이준민李俊民의 현손으로, 현종 기유년(1669)에 시마시에 급제하여 사복시정을 했으며, 송시열의 문인으로 숙종 정사년(1677)에 상소를 올려 당시 폐단을 강하게 간하였으나, 당시 뜻과 크게 어긋나서 향호에 물러나 살면서 정자를 짓고 고기와 새를 벗 삼아 세상을 피해 유유자적했다고 기록한다.

취적정에 오르니 이영부의 시가 걸려 있다. "달 밝고 물결 잔잔한 밤에, 한가로이 취적정에 올라, 창랑곡 한 곡조 부르니, 모든 세상일 욕심이 없네" 향호에서 어떻게 살고 있는지, 심리상태가 어떠한지를 담담하게 보여준다. 잔잔한 향호와 같은 삶이다.

정자 뒤쪽 낙락장송 사이에 서낭당이 있다. 이곳에서 서낭제를 지낸다. 서낭당 옆에 비석은 유학의 전통이 최운우崔雲遇, 1532~1605 이후로도 면면히 계승되어왔음을 보여준다. 조선 시대 강릉 지역을 중심으로 성리학적 이념을 실천했던 강릉의 대표적인 열두 명의 학자들을 향현사鄕賢祠에 배향하고 있는데, 최운우는 그중의 한 사람이다. 최운우는 이영부 이전에 향호에서 유유자적하였다. 성혼은 최운우의 향포서실香浦書室을 소재로 시를 짓는다.

> 향포 마을에서 조용히 살아가니　占得幽居香浦村
> 무궁화 울타리의 초가집 도원과 같네　槿籬茅屋似桃源
> 책 읽는 소리 속에 꽃그늘 돌아가는데　讀書聲裏花陰轉
> 한가로이 경전 펴 자손들 가르치네　閑把遺經敎子孫

향호

　향호 주변을 걸으니 향호에서 향기가 난다. 갈대의 향기가 조금
섞여 있는 것 같다. 주변의 소나무가 바람 속에 전해주는 솔향기도
포함된 것 같다. 거기에 최운우와 이영부의 인품에서 나는 향기도
더해진다.

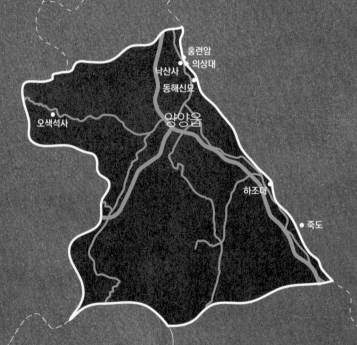

양양

홍련암
의상대
낙산사
동해신묘
양양읍
오색석사
하조대
죽도

죽도

언제부터인지 육지와 연결되었다. 입구에 들어서니 한 아름 벚나무 사이로 서낭당이 보인다. 바다를 의지해 살아가는 주민들은 풍어와 안녕을 기원하며 이곳에서 제사를 지냈다. 주민들의 고단한 삶과 기쁨, 죽음에 대한 공포와 슬픔을 여기에 기대어 이겨냈을 것이다. 계단 주변은 소나무 사이로 대나무가 촘촘하다. 이 때문에 죽도라 이름을 얻었다. 대나무 사이로 커다란 바위에 주절암駐節巖이라 새긴 글자가 보인다. 정상엔 사방을 조망할 수 있는 철제 전망대가 우뚝하다. 북으론 하조대, 남으론 주문진이 반짝이는 물결 옆으로 삐죽이 나왔다. 죽도정竹島亭에 앉아 잠시 쉬다가 해안으로 내려가면 기기묘묘한 바위 형태에 입이 벌어진다. 암석이 제자리에서 붕괴 또는 분해되는 현상인 풍화 때문이다. 기반암 표면에 판 모양으로 갈라진 판상절리, 기반암 위에 바위 덩어리가 얹혀 있는 토르 tor, 암석 표면에 파인 구멍인 풍화혈 등이 다양하게 보인다.

풍화에 의한 기묘한 바위 형태로 이곳을 특이한 공간으로 인식하였고, 신선이 사는 선경으로 여겼다. 풍화가 심한 이곳저곳에 신선과 관련된 이름을 붙였다. 연사대煉砂臺가 가장 상징적인 이름이다. 연사는 제련하여 단사를 만드는 곳이다. 단사는 장생불사를 목적으로 하는 신선 사상과 깊은 관련이 있다. 청허대淸虛臺도 보인다. 청허는 노장의 학설인 청정허무淸淨虛無를 말한다. 「장자」에 "빈방에

햇살이 비치니 거기에 좋은 징조가 깃든다."라는 구절이 있는데, 청허하여 욕심이 없으면 도심이 절로 생겨나는 것을 비유한 말이다. 욕심이 없는 청허한 상태가 되면 갈매기도 경계심을 풀고 함께 노닐 수 있다. 갈매기와 희롱하며 함께 노닌다는 농구암弄鷗岩은 이렇게 만들어지지 않았을까. 방선암訪仙岩은 신선을 찾아 떠나는 곳이다.

죽도

298

「신증동국여지승람」은 죽도를 설명하면서 "섬 밑 바닷가에 구유 같이 오목한 돌이 있는데 닳고 갈려서 교묘하게 되었고, 오목한 속에 자그마한 둥근 돌이 있다."고 했는데, 풍화혈을 구유 같이 오목한 돌이라 보았다. 이해조李海朝, 1660~1711의 「죽도의 신선 절구」는 이곳의 이미지를 극대화하였다.

> 깊고 깊은 푸른 죽도, 아름다운 옥 절구 소리
> 어찌 급히 빨리 가는가, 찰라가 천 겁처럼 되었네
> 좋은 약 다시 찧지 않으니, 운영(雲英)을 볼 수 있을까
> 내 바위에 술통 만들어, 오래 포도주 담아두려네

당나라 때 배항裴航은 절굿공이와 절구통을 얻어서 운영雲英에게 장가들고 신선이 되었다고 한다. 와준窪樽은 바위에 생긴 술동이로, 바위가 패여 그곳에 술을 부어놓고 떠 마실 만하다는 데서 생긴 이름이다. 이적지李適之가 현산에 올라가 한 말 술을 부어놓을 만한 바위 구덩이를 발견하고, 그 자리에 와준정窪樽亭을 세우고 놀았다고 한다. 이적지가 오른 현산은 양양의 옛 이름이기도 하다. 양양 부사인 이해조는 중국의 고사를 빌려와 시를 지은 것이다. 절구 안에 있는 둥근 돌이 다 닳으면 세상이 바뀐다는 전설을 떠올리는 이해조의 눈에 죽도는 신선이 사는 선경이다. 실제로 연사대 부근에 신선 절구가 있다. 둥그런 모양을 만들기 위해 몇백 년의 시간이 필요했는지 가늠하기 어렵다. 절묘하게도 완벽한 원형이다. 절구 안에는 기다란 절굿공이가 놓여 있다. 장생불사의 약을 빻았던 절굿공이와 절구통이다.

하조대

하조대로 향하는 길옆으로 잠시 바다가 보이더니 야트막한 산으로 길은 올라간다. 넓지 않은 주차장을 소나무가 둘러싸고 있다. 계단을 오르니 오른쪽은 군부대 유격장이다. 철조망 가운데에 설치된 문을 지나니 옆에 소나무가 도열해 있다. 길옆 커다란 바위에 '하조대河趙臺'가 새겨져 있다. 조선의 개국공신인 하륜河崙, 1347~1416과 조준趙浚, 1346~1405이 머물며 이곳에서 혁명을 도모하던 곳이라 두 사람의 성을 따서 이름을 붙였다고 한다. 다른 전설도 전해온다. 서로 앙숙으로 지내던 하씨 집안의 총각과 조씨 집안의 처녀가 이룰 수 없는 사랑을 했다. 집안의 반대에 부딪혔고, 그들은 저세상에서 사랑의 결실을 맺자며 절벽 아래로 몸을 던졌다고 한다.

육지가 바다로 힘차게 뻗어 나오다가 바다를 만나면서 깜짝 놀라 절벽을 만들며 우뚝 선 곳이 하조대다. 발아래로 파도가 끊임없이 부서지고 파도 소리는 주위를 울린다. 고개를 들면 망망대해다. 조병현趙秉鉉, 1791~1849은 「금강관서」에서 하조대의 풍광을 이렇게 묘사한다. "하조대는 높고 탁 트였다. 삼면이 바다로 둘러싸였고 바위들은 파도에 소리를 내니 무척이나 장관이다." 장관을 좀 더 구체적으로 묘사한 것은 윤증尹拯, 1629~1714의 「하조대에서 읊다」이다.

하조대

파도 위에 불쑥 솟은 기이한 봉우리여　奇峰突兀入波心
솔 사이 십 리 길을 비 맞으며 왔네　十里松間冒雨尋
나그네 하륜과 조준을 어찌 알 것인가　遊子何知河與趙
바위에 기대 공연히 고향 노래 부르네　倚巖空復費莊吟

　하조대를 찾은 사람들의 눈에 들어오는 것은 바다 위에 우뚝 선
바위와 그 위에 자라는 늠름한 소나무다. 강렬한 첫인상을 어떤 이
는 장쾌함으로, 어떤 이는 웅장함으로, 또 어떤 이는 경이로움으로

표현한다. 윤증은 기이함의 미학으로 묘사했다. 김창흡도 「설악일기」에서 기이함에 감탄하였다. "양양을 향해 가다가 하조대를 보았다. 바다와 하늘 경계에서 시원하게 트였다. 언덕 옆 시암詩巖은 기궤하기 그지없고 앞 바위 봉우리가 우뚝 서서 인사하는 모양이어서 더욱 기이하다."

　대부분의 시인 묵객들은 하조대에 올라 기이함에 놀라며 탄성을 질렀으나, 정시한丁時翰, 1625~1707은 문득 깨달음을 얻었다. 우뚝한 바위 절벽에 주목한 것이 아니라 드넓은 바다를 보고 탄식하였다. "천지에 바다는 가장 큰 것이어서 가뭄과 장마도 바다를 채우거나 줄일 수 없는 것은 크기 때문이다. 내 마음의 본체는 본래 천지와 크기가 같은데 조그만 얻음과 잃음이 있으면 곧 기뻐하고 슬퍼하는 것은 왜인가? 사사로운 뜻이 가려서 양을 채울 수 없기 때문이다."

　선인들의 시각을 빌린다면 하조대를 감상하는 방법은 두 가지다. 먼저 기기묘묘한 바위 절벽과 하얗게 부서지는 파도, 주위를 울리는 파도 소리를 들으며 일상에서 벗어난 '기奇'의 미학을 마음껏 보고 듣고 느끼는 것이다. 여기서 그치면 온전한 하조대 감상법이 아니다. 드넓은 바다를 보며 나의 마음을 가리고 있는 사사로운 욕심을 제거하는 것이 또 다른 하조대 감상법이다.

동해신에게 제사를 지내다

동해신묘

나라에서 동해신에게 제사를 지낸 곳인 동해신묘가 언제 양양읍 조산리에 위치하게 되었는지에 대해 의견이 분분하다. 조선 초기인 태종 14년(1414) 8월 21일에 산천에 지내는 제사에 규정을 상정한다. 이때 동해묘는 중사中祀로 제정되었다. 「세종실록지리지」는 동해신사당東海神祠堂이 양양부 동쪽에 있는데, 봄과 가을에 향과 축문을 내려 중사로 제사 지낸다고 기록하였다.

1644년에 작성한 윤선거尹宣擧, 1610~1669의 「파동기행」에도 동해신묘가 잠깐 보인다. "저녁에 동해신묘를 지나갔다. 묘당은 소나무 숲 가운데 있다. 경계가 깨끗하여 볼만하다." 1868년에 송병선宋秉璿, 1836~1905도 유람하다가 동해신묘를 보았다. 동해신묘가 오른쪽 소나무 숲 사이에 있다고 증언해주었으니, 송병선의 발길 이후에 묘당이 허물어지기 시작했던 것 같다.

이해조李海朝, 1660~1711는 양양 부사로 있던 1709년에 양양 지역 뛰어난 경치 30군데를 읊은 현산삼십영에 「동해신묘제사」를 포함하였다. 동해신묘는 부의 동쪽 해변 소나무 숲 사이에 있으며 봄가을에 제를 올린다는 설명을 덧붙였다.

울창한 송림 시원하고 고요한데　松林闃森爽
신을 모신 신궁 엄숙하고 밝네　神宅儼明宮

향 피우니 하늘하늘 구름 되고　爐香裊汀雲
깃발은 바닷바람에 날리네　旗脚颺海風
백성 늘어서서 제사 올리니　蜒蜒享百靈
여러 해 풍년들 효험 있구나　穰穰驗屢豊
부끄러운 관리는 명심하고서　愧乏吏部銘
바다 신에게 치성 드리네　致崇如祝融

　소나무 숲에 자리한 묘당에서 제사 지내는 모습이 구체적이다.
향을 피워 제사를 지내자 동해 신이 감응했는지 깃발이 날린다. 제
사는 관청에서 관장하지만 단지 관리들만 참여하여 제사를 지내는
것이 아니었다. 주변 백성들도 모두 참석한 큰 행사였다. 늘어서서
제사를 올리는 모습에서 확인할 수 있다. 저마다의 염원을 빌었을
것이다.

　동해신묘 옆 비석을 보니 강원도 관찰사 남공철의 주장으로 중수
된 사실이 「양양동해신묘비명」에 남아있다. 비문에는 바다와 왕이
동급이라며, 만물을 윤택하게 하는 것으로 물보다 더한 것이 없다
는 대목이 보인다. 담장이 쇠락하고 민가가 제당 가까이 있어 닭과
개소리가 들리지 않게끔 하여, 제사를 엄숙하고 공경하게 할 필요
가 있다는 구절도 있다. 서울에서 향과 축문을 보내어 제사를 모시
니, 백성들은 동해신 보기를 부모와 같이 한다며 모두 태평하기를
기원하면서 끝을 맺는다.

　동해신묘에 철퇴가 가해진 것은 순종 2년인 1908년이다. 명을 받
은 양양군수가 훼철하면서 제사가 중단되었다가 1993년부터 양양
군에 의해 복원사업이 추진되었고, 2000년 1월 22일에 '강원도 기
념물 제73호'로 지정되었다.

동해신묘

　동해신묘는 남대천이 동해를 만나는 곳에서 가까운 소나무 숲에
있다. 동해신을 쉽게 만날 수 있는 장소다. 묘당은 주변의 소나무가
호위하여 엄숙한 분위기다. 묘당 옆 소나무 사이에 훼손된 비석이
그간의 역사를 말해준다.

낙산사

눈에 보이는 유물은 중요하지만, 낙산사에서는 설화도 중요하다. 신이한 설화를 들어야만 한다. 당나라에서 화엄학을 공부한 의상이 신라로 돌아온 뒤 낙산의 관음굴을 찾아 지극정성으로 기도하였다. 재계한 지 7일 만에 방석을 물 위에 띄우자, 천룡팔부天龍八部의 시종이 그를 굴로 인도하였다. 들어가자 공중에서 수정 염주 한 벌을 주기에 이를 받아서 나왔다. 또한 동해 용이 여의주를 주었다. 다시 7일 동안 재계하고서 진용眞容을 뵈니, "이 자리 위 꼭대기에 대나무가 쌍으로 돋아날 것이니, 그곳에 마땅히 불전을 지어야 한다."라고 하였다. 말을 듣고 나오니 과연 땅에서 대나무가 솟아났다. 이에 금당을 짓고 흙으로 만든 불상을 봉안하니, 원만한 모습과 아름다운 자질이 하늘에서 난 듯했다. 절을 낙산사라 하고 구슬을 성전에 모셔두고 떠났다. 창건 설화가 「삼국유사」에 실려 있다.

낙산사의 대표적 문화재는 보물인 칠층석탑과 해수관음공중사리탑비 및 사리장엄구 일괄, 강원도 유형문화재인 홍예문, 담장 등이 있다. 대부분 이런 유물을 중심으로 낙산사를 설명하고 자랑한다. 이식李植, 1584~1647의 생각은 달랐다. 그는 "안견의 수묵화와 임억령의 시, 천년 낙산사 뛰어난 두 작품으로 기이해졌네"라고 읊으며 시와 그림에 주목하였다.

낙산사

　길 중간에 공중사리탑을 지나 해수관음상 앞에 섰다. 여기선 관
음보살에게 소원을 빌던 조신調信 설화를 기억해야 한다. 군수의 딸
을 본 뒤 매혹되어 관음보살상 앞에서 사랑을 얻게 해 달라고 기도
한 조신. 수년 동안 정성을 다하였으나 그녀가 이미 출가하여 자기

의 소원을 이루지 못하게 된 것을 알고, 관음상 앞에 가서 원망하다가 지쳐서 잠이 들었다. 홀연히 여자가 나타나서 당신을 사랑했으나 부모의 명을 거역할 수 없어 억지로 남의 아내가 되었지만, 이제 함께 살기 위해서 왔다고 말한다. 조신은 기뻐하며 고향으로 가서 살림을 시작하였다. 40년 동안 깊은 정을 나누고 살면서 자식 5남매를 거느리게 되었으나 가난하여 사방을 떠돌아다니며 10년 동안 걸식하였다. 명주 해현령에서 15세 된 큰아들이 굶어 죽자 길가에 묻었고, 우곡현에 이르러서 길가에 초막을 짓고 살았다. 두 부부가 늙고 병들어서 움직일 수 없게 되자 10세 된 딸이 걸식하다가, 그만 동네 개에게 물려 드러눕게 되었다. 부부가 함께 통곡하다가, 50년 동안 고락을 같이했으나 이제는 늙고 병들어 빌어먹기도 어렵고 자식들도 헐벗고 굶주려 어찌할 수 없으니 헤어져서 살아갈 길을 찾자고 하였다. 부부는 아이를 둘씩 나누어 데리고 남북으로 정처 없이 헤어지려던 차에 꿈에서 깨어났다. 조신은 인생의 허무함을 느끼고 다시는 인간 세상에 뜻을 두지 않고 불도에만 전념했다는 이야기가 「삼국유사」에 전해진다. 일연스님은 다음 시로 마무리를 짓는다. 읽을수록 울림이 증폭된다.

> 잠시 즐거운 일 마음에 맞아 한가롭더니　快適須臾意已閑
> 근심 속에 남모르게 젊은 얼굴 늙어졌네　暗從愁裏老蒼顔
> 모름지기 누런 조 익기 기다리지 말고　不須更待黃粱熟
> 괴로운 인생 꿈과 같음을 깨닫기를　方悟勞生一夢間
> 몸을 닦는 것은 성의(誠意)에 달린 것　治身藏否先誠意
> 홀아비는 미인, 도적은 창고를 꿈꾸니　鰥夢蛾眉賊夢藏
> 어찌하여 가을날 밤 맑은 꿈만으로　何以秋來淸夜夢
> 눈을 감았다고 청량한 세계에 이르랴　時時合眼到淸凉

일출과 월출 그리고 관해

의상대

채지홍蔡之洪, 1683~1741은 「동정기」에서 의상이 재계하고 앉아서 관음의 말을 듣던 곳이 의상대라고 알려준다. 의상대에서 볼거리는 여러 가지다. 정철鄭澈, 1536~1593의 「관동별곡」은 일출의 감흥을 농축해서 강렬하게 보여준다. 절로 무릎을 치게 된다. 조선의 대표적인 기행가사로 손꼽히는 이 작품은 선조 13년(1580) 그의 나이 45세 때 강원관찰사의 임무를 맡았을 때 지었다.

배꽃은 벌써 지고 소쩍새 슬피 울 때,
낙산사 동쪽 언덕으로 의상대에 올라앉아,
해돋이를 보려고 밤중에 일어나니,
상서로운 구름이 뭉게뭉게 피어나는 듯,
여섯 마리 용이 해를 떠받치는 듯,
바다에서 솟아오를 때는 만국이 흔들리는 듯하더니,
하늘에 치솟아 뜨니 터럭도 헤아릴 만큼 밝도다.

의상대는 정철이 해돋이의 장관을 이곳에서 맞이했듯이 일출을 바라보는 명소를 널리 알려졌다. 신익성申翊聖, 1588~1644은 「유금강소기遊金剛小記」에서 이렇게 말한다. "내가 일출을 세 군데에서 보았는데, 그 중 해산정에 머문 것이 가장 길었으나 비가 자주 와서 세 차례만 보았을 뿐이다. 청간정, 낙산사에서는 모두 맑게 개었는데 낙산사에서 본 것이 더욱 대단하였다. 세상에서 낙산의 일출을 일컫는 것은 연유가 있다." 동해안을 따라 이곳저곳이 모두 일출의 명소라고 하지만 신익성은 낙산사의 일출을 손가락에 꼽았다. 낙산사는 곧 의상대를 말함이다. 그는 의상대 술자리에서 어린 기생이 부르는 정철의 관동별곡을 듣고 매우 맑고 아름다워 정신이 새로워졌다고 흥취를 덧붙였으니, 의상대는 일출을 감상하는 장소이면서 유흥의 공간이기도 했다.

의상대의 진면목은 일출만 있는 것이 아니다. 허목許穆, 1596~1682은 의상대에서의 경험을 짧게 기록했다. "저녁에 의상대에서 놀고 밤이 되어 월출을 구경하였다. 8월 18일이다. 해상에는 항상 비가 잦아 구름이 감돌며 금세 걷혔다 다시 끼곤 한다. 달이 떠오르자 빛이 환히 비춰 바라볼 만하다." 의상대의 월출이 또 하나의 볼거리라는 것을 알려준다.

또 하나 의상대에서 감상해야 할 것은 '관해觀海' 곧 '바다를 바라보기'다. 김종정金鍾正, 1722~1787은 「동정일기」에서 끝없는 바다를 바라보고 망연자실한 상태에 빠졌다. 잠시 후 정신을 차린 후 '공자는 동산에 올라서 노나라가 작다는 것을 알았고, 태산에 올라서는 천하가 작다고 느꼈다'는 것을 떠올린다. 「맹자」는 이어서 말한다. "바다를 본 사람에게 물에 대하여 이야기하기 어렵고, 성인의 문하에서 노니는 사람에게 말하기 어렵다." 넓은 바다를 본 사람은 시냇가에서만 논 사람들 앞에서 물에 관하여 말하기가 어렵고, 성인의 문하에서 직접 배운 사람은 학문의 경지를 시골 서생들 앞에서 형언하기가 어렵다는 말이다. '관해난수觀海難水'라고 축약하여 말하기도 한다. 바다의 많은 물을 보면 더 이상 물이 무엇이라고 말할 수 없다. 큰 것을 깨달은 사람은 아주 작고 사소한 일도 함부로

의상대

이야기할 수 없다. 우물 안 개구리는 우물 안이 온 세상인 줄 안다. 그래서 쉽게 물을 말하고 세상을 말한다. 그러나 바다를 본 개구리는 할 말을 잊는다. 큰 것을 깨달은 사람은 무엇이든 함부로 말하기 어려운 법이다. 김종정은 한 발 더 나간다. 사마천의 문장과 두보의 시도 공자가 태산에 올라가 천하가 작다고 여긴 것과 자웅을 겨룰 만하다고 보았다. 글을 하는 글쟁이의 입장으로 돌아온 것이다. 사마천과 두보의 글과 시가 마치 바다처럼 보이자 김종정은 자신의 글솜씨를 부족하게 여기며 반성하였다.

홍련암

조선의 핫플레이스

우리나라 3대 관음성지 중 하나가 홍련암이다. 창건 설화에 의하면 홍련암은 의상대사가 관음보살의 진신을 친견한 장소이며, 관음보살을 친견하기 위해 석굴 안에서 기도하던 장소이기도 하다. 의상대사는 관음보살을 친견하기 위하여 양양으로 왔다가 이곳에서 푸른 새를 만난다. 암자를 세우고 홍련암이라고 이름 짓고, 푸른 새가 사라진 굴을 관음굴이라 불렀다.

신이한 설화의 배경인 홍련암과 관음굴은 중국까지 알려졌다. 「고려사절요」에 따르면 1095년에 송나라 스님 혜진이 보타락산普陁落山 관음굴을 보고자 하여 왔다며, 가서 보기를 청하는 대목이 보일 정도였다. 「태조실록」은 낙산洛山의 관음굴에 기도했더니, 밤 꿈에 중이 고하기를, "반드시 귀한 아들을 낳을 것이니 마땅히 이름은 선래善來라고 하십시오"하였고, 얼마 안 가서 아이를 배어 아들을 낳고 이름을 선래라고 했다고 기록했다.

설화에 등장하는 홍련암은 낙산사에 온 사람은 반드시 들려야 하는 코스가 되었다. 바위에 새긴 글씨들이 입증한다. 홍련암에 가기 전 길 밑 바위에 새겨진 글씨가 선명하다. 홍련암 옆에 있는 바위 여기저기에도 이름이 새겨져 있다.

채지홍蔡之洪, 1683~1741은 「동정기」에서 "구불구불 북쪽으로 10여 걸음 가서 보니 건물 밑 부분이 양쪽 절벽에 비켜서 걸터앉은 모

홍련암

습이다. 거친 파도가 치솟아 밤낮으로 건물 밑에서 성난 소리를 내는 곳이 관음굴이다. 또한 의상이 파랑새로 변해 이 굴에 들어온 관음을 보고 난 뒤에 관음상을 만들어 존경하는 마음을 붙였다고 한다. 거짓됨이 비록 심하긴 하나 매우 아름다워 구경할 만하다. 건물남쪽 처마 끝에다 이름을 줄지어 쓰고 각각 율시 한 수씩 지었다."라고 기록하였다. 채지홍보다 더 실감 있게 표현한 김금원金錦園, 1817~?은 「호동서락기」에 감동을 이렇게 적어놓았다.

관음사는 바다 위에 있는데 한쪽은 언덕 귀퉁이에 의지해 있고 한쪽은 기둥을 바다 쪽에 세워 허공에 얹어 절을 지었다. 법당은 굉장한데 불상은 흰 비단으로 감싸 놨다. 마루 가운데 판자에서 바닷물이 들어오고 나가는 것을 내려다보니 석굴 속에 울리는 소리는 마치 갠 하늘의 우렛소리가 산악을 뒤흔드는 것 같다. 창문을 열고 멀리 바라보니 물빛이 하늘과 맞닿아 있는데 산과 내의 경물이 모두 그림 속에 있는 듯하다. 흰 갈매기들이 하늘을 선회하며 내려앉는 것도 역시 하나의 기이한 경관이다.

평일에도 홍련암은 붐빈다. 각기 간절한 기원을 갖고 온다. 먼저 암자 밖에 있는 두꺼비를 만지며 소원을 빈다. 암자 안은 만원이라 차례를 기다려야 한다. 들어가더라도 절하며 염원하기에 바쁘다. 마루에 설치된 유리를 통해 관음굴을 보는 것도 행운이다. 바깥을 볼 여유가 없다. 그렇다고 절만 하며 소원을 빌고 가는 것은 예의가 아니다. 관음굴로 들어왔다 나가는 파도도 보고, 귀 기울여 파도 소리도 들어야 한다. 창문 밖으로 바다를 응시하면서 잠시 생각에 잠겨야 한다. 그리고, 무심히 가야 한다.

오색약수와 오색석사

정약용 영험 있는 오색약수를 노래하다

조선 중기인 1500년경 성국사의 승려가 발견한 약수가 오색약수다. 성국사 후원에 있는 다섯 가지 색의 꽃이 피는 신비한 나무에서 약수의 이름이 유래되었으며, 약수에서 다섯 가지 맛이 난다고도 해서 오색약수라 불렀다고 한다. 이유원李裕元, 1814~1888의 「임하필기」에 오색약수에 대한 언급이 있다. "양양 바닷가의 돌 틈에 '오색천'이라고 부르는 작은 샘이 하나 있다. 샘 위에 작은 꽃나무가 있고 꽃 색깔이 오색이기 때문에 붙여진 이름이다. 샘물이 온갖 병을 치료할 수 있다고 하여 온 나라에 소문이 났다. 꽃나무는 지금 볼 수 없다." 송병선宋秉璿, 1836~1905은 「동유기」에서 "양양읍에 오색천이 있는데 맛이 매우 향기롭고 강하다[香烈]고 들었다"라고 언급한다. 이전에 정범모丁範祖, 1723~1801의 시에 등장한다. 「상운도역승을 방문해 만나서 오색령에 들어가 약수를 마시려고 했으나 만나지 못했다」는 시를 남긴다. 정약용은 「소양도에서 두보의 수회도시에 화답하다」에서 이렇게 노래했다.

내가 들으니 산삼을 씻은 물은　吾聞洗蔘水
진액이 마르지 않게 한다던데　不令津液乾
자나 깨나 바라나니 오색천의 물을　寤寐五色泉
어떻게 해서 한번 마셔 볼거나　何由得一餐

시 밑에 "설악산 동쪽이 곧 양양의 오색령인데 여기에 영천靈泉이 있다"고 설명해준다. 오색약수가 예전부터 영험 있는 샘물이라는 소문이 조선팔도에 자자했다.

다리를 지나 소나무 숲을 통과하자 계곡이 다시 나타나면서 길은 구부러진다. 붉은색 계곡 바닥 위로 물이 하얗게 부서지며 내려온다. 계곡 옆으로 나무 데크가 잔도처럼 붙어 있고, 하얗게 솟아오른 바위산이 하늘과 경계를 이룬다. 흰 구름이 하늘을 더 푸르게 하고, 소나무가 바위를 더 선명하게 만들어준다. 울창한 숲속에 절의 지붕과 그 밑으로 걸어가는 탐방객이 보인다. 성국사인 것이다.

성국사의 전신은 오색석사五色石寺다. 오색석사는 신라 말에 창건되었다고 하는데, 그 뒤의 역사는 전해지지 않는다. 이 절의 후원에 다섯 가지 색의 꽃이 피는 나무가 있어 오색석사라 하고 지명을 오색리라 하였다는 말만 전해진다. 「사기史記」에 공공씨가 축융과 싸우다가 축융이 머리로 부주산을 들이받아 산이 무너지는 바람에 하늘의 기둥이 꺾어지자, 여와씨가 오색 돌을 다듬어서 하늘을 기웠다고 한다. 계곡의 양옆에 솟아오른 바위산들이 하늘을 떠받들고 있는 기둥 같아 보인다.

계단을 올라가니 삼층석탑이 우뚝 서 있다. 맞은편에 훼손된 탑재가 쌓여 있고, 그 옆에 형체를 짐작하기 어려운 돌사자가 천년 세월을 뚫고 외로이 서 있다. 절은 오랫동안 폐사로 방치되다가 1970년대에 인법당因法堂을 세우고 성국사라 이름하였다.

성국사교를 건너자 계곡은 본격적으로 자신의 진면목을 보여준다. 비경이 차례차례 나타난다. 독주암교에 서니 하늘을 받치고 있는 기둥처럼 독주암이 곧게 서 있다. 조금 더 걸어가니 선녀탕이 기

성국사

다린다. 조그만 못에 선녀들이 내려와 날개옷을 반석 위에 벗어 놓
고 목욕을 하고 올라가서 선녀탕이라 부른다. 망연자실 걷자니 금
강문이 버티고 있다. 겨우 빠져나갈 정도의 협소한 문이다. 문을 나
서니 계곡물이 합쳐진다. 주전골에서 내려오는 물과 용소폭포에서
쏟아지는 물이 용소폭포 삼거리에서 만난다. 출렁다리를 건너고,
용소폭포 초입의 시루떡 바위를 구경한다. 시루떡 바위가 마치 엽
전을 쌓아 놓은 것같이 보여 주전골이라 하였다.

속초

명랑호
속초시청
청조호

설악산 ▲ 계조암
신흥사
비선대

모래 위에서 떼굴떼굴 구르다

영랑호

화암사 옆 성인대에 오른 적이 있었다. 그곳에서 바라보는 울산바위는 장엄하였다. 그 뒤 백두대간은 늠름하였다. 동쪽으로 시선을 돌리니 푸른 바다 아래 두 눈동자가 비친다. 영랑호와 청초호가 속초의 눈처럼 보였다. 영랑호는 큰 못에 갈무리된 구슬[珠藏大澤] 같고, 청초호는 화장대에 펼쳐진 거울[鏡開畵奩] 같다고 평한 이유원李裕元, 1814~1888은 아마도 성인대에서 두 호수를 보고서 평한 것이리라.

이해조李海朝, 1660~1711는 1709년에 양양 부사로 재직하면서 지은 「현산삼십영」 중 「영랑호」를 설명한다. 호숫가 바위 위에 '영랑호' 세자가 새겨졌는데 우암 송시열의 글씨라면서, 설악의 봉우리들이 물결 한가운데 거꾸로 비친다고 묘사했다. 호수 옆 집채만 한 바위 뒷면에 숨어있는 새겨져 있다.

「신증동국여지승람」은 영랑호를 이렇게 설명한다. "주위가 30여 리인데, 물가가 굽이쳐 돌고 암석이 기괴하다. 호수 동쪽 작은 봉우리가 절반쯤 호수 가운데로 들어왔다. 옛 정자 터가 있으니 이곳이 영랑 신선 무리가 놀며 구경하던 곳이다." 「연려실기술」도 비슷하다. 암석이 기괴하다는 것은 두 가지로 볼 수 있다. 작게는 범바위 일대의 거대한 바위들을 지칭한다. 먼 곳에서 봤을 때는 감흥이 별로였으나 가까이 갈수록 정비례하여 놀라게 된다. 범바위에 올라가면 규모에 놀라고 아찔함에 또 놀란다. 마치 거대한 설치 미술품 같다. 거인의 세계에 온 것 같기도 하다. 범바위가 있는 산기슭은 호수의 중앙을 향해 뻗어 있다. 이곳에 정자가 있었다는 기록에 따라 영랑정을 지었으나 거대한 바위 옆이라 겸손하게 보인다.

신익성申翊聖, 1588~1644은 영랑호는 더욱 맑고 시원하며, 솔숲과 암석이 인간 세상의 것이 아닌듯하여 반나절만 돌아다니면 영랑을 만날 것만 같다면서 시를 한 수 짓는다.

넓고 맑은 호수에 흰 구름 흐르는데　澄湖千頃白雲流
높은 누대 꼭대기에 선객이 올랐어라　仚客高臺在上頭
청정한 자연은 속세 밖의 풍경이니　淸淨自然塵外界
되레 이 몸이 영랑의 무리인 듯하여라　却疑身是永郞儔

범바위에 올랐던 것 같다. 호수를 바라보니 호수 위로 구름이 비친다. 마침 바람이 불어 물결이 일자 구름이 흐르는 것 같다. 보고 있자니 부지불식간에 신선이 된듯하다. 설악산과 바다 사이에 영랑호가 있으니, 마치 신선이 사는 세계인 것 같다. 전해오는 말에 영랑이 이곳에서 놀았다고 하는데 시인도 영랑과 함께 노니는 것처럼 황홀했다.

이세구李世龜, 1646~1700는 「동유록」에서 "나는 홍인우가 '모래 위에서 몸을 굴렸는데 미쳤다고 하는 사람이 있었다'라고 했던 말을 듣는, 그곳이 이 정도인 줄을 모르고 매양 너무 과장했다고 의심했다. 직접 이곳을 밟고서야 비로소 그 말을 깨닫게 되었다. 이번 유람에서 만약 영랑호까지 가보지 않고 곧장 돌아갔더라면 영동지역의 천리 길이 거의 헛걸음이 되었을 것이다."란 인상적인 후기를 남긴다. 이젠 수천 그루 소나무는 사라졌다. 홍인우가 갑자기 말에서 내려

영랑호

모래 위로 뛰어가 몸을 굴리며 눕자 동행하던 사람이 미쳤다고 할
정도의 눈처럼 흰 모래도 없어졌다. 밑바닥까지 훤히 보이던 호수
로 돌아가려면 노력을 더 기울여야 한다. 정신을 상쾌하고 맑게 하
던 풍경은 여기저기 들어선 건물로 많이 퇴색되었다. 여전한 것은
백두대간의 봉우리가 빙 둘러 있고, 설악산의 봉우리가 호수에 비치
는 것이다. 또 하나 더 있다. 동해안에 와서 만약 영랑호를 보지 않
고 돌아가면 영동지역 천 리 길이 헛걸음이 될 거라는 사실이다.

향기로운 눈 채찍에 떨어지네

청초호

호수 둘레길을 걸으며 역사 속으로 들어간다. 청초호의 역사는 속초의 역사다. 「신증동국여지승람」은 쌍성호雙成湖라 표기하였다. 간성군 경계에 있으며 둘레가 수십 리고, 호수 경치가 영랑호보다 훌륭하다고 평한다. 예전에는 만호영을 설치하여 병선이 정박하였으나 지금은 폐지하였다고 알려준다. 「대동지지」는 청초호青草湖라 기록하고 고려 때 만호를 두어 정박하는 병선을 관리하였다고 설명한다. 청초호는 경관이 빼어났지만 군사적인 필요성 때문에 예전부터 중요하게 여겼다.

청초호는 아름다운 경치로 유람객들을 매혹시켰다. 1751년에 이중환은 「택리지」에서 관동팔경의 하나로 꼽을 정도였다. 유휘문柳徽文, 1773~1827도 동참한다. 「북유록상」에서 "맑으며 잔물결 그득하고 넓으며 흰 호수가 십여 리 둘러싸였다. 서쪽으로 기이한 봉우리가 둘러 있고 남북으로 작은 산이 둘러싸고 있다. 동쪽에 흰 명사鳴沙가 호수와 바다 사이에 있다. 밟으면 소리가 난다. 노란색과 흰색이 반인데 흰 모래는 부서진 옥 같고 노란 모래는 금 같아 다른 곳보다 두드러지게 빼어나다. 앞 사람이 팔경을 논할 때 어떤 때는 낙산사를, 어떤 때는 청초호를 드는 것을 보았는데, 청초호의 이름을 양양 사람들은 아는 이가 적다" 이유원李裕元, 1814~1888은 영랑호와 비교하면서 각기 다른 아름다움으로 평한다. 영랑호는 큰 못에 갈

조선의 핫플레이스

청초호

무리된 구슬[珠藏大澤]로, 청초호는 화장대에 펼쳐진 거울[鏡開畵奩]로
형상화하였다.

　시인들은 시를 지어서 청초호를 찬미했다. 조선 초의 성현成俔은
「쌍성호」를 남기고, 「쌍성호에서 큰바람을 만나다」란 시도 남긴
다. "낙락장송 다 뽑히고 풀 어지러이 쓰러지며, 물가엔 자욱하게
모래 먼지가 흩날려서, 얼굴을 마구 쳐 대니 화살촉보다 날카롭고,
눈을 뜰 수도 없어라, 누가 이렇게 가리는고"라고 혀를 내둘렀으니
거센 바람도 청초호의 특징 중 하나로 꼽을 수 있을 것이다.

청초호에 대한 시로 유명세를 탄 것은 유희경劉希慶, 1545~1636일 것이다. 이덕무李德懋는 「청장관전서」에 「양양도중襄陽途中」을 인용한다.

산은 비 기운 머금고 물에선 안개 피어나는데　山含雨氣水含煙
청초호 가엔 흰 해오리 졸고 있네　靑草湖邊白鷺眼
길이 해당화 아래로 굽이져 돌아드니　路入海棠花下去
만발한 향기로운 눈 채찍에 떨어지네　滿池香雪落揮鞭

비 기운을 머금은 산과 물안개, 호숫가에 졸고 있는 백로에 한가롭고 맑은 마음이 투영되어 있다. 해당화가 핀 길로 지나가는 말, 휘두르는 채찍에 해당화가 눈처럼 흩날린다. 밝은 표정에 감미로운 풍미와 고상한 낭만이 비친다.

화장대에 펼쳐진 거울같이 맑은 청초호, 호수와 바다 사이에 펼쳐진 소리를 내는 모래, 채찍에 떨어지는 해당화는 일제강점기에 항구가 개발되면서부터 사라지기 시작했다. 청초호를 큰 항구로 개발하기 위해 좁은 입구를 파내 수로를 만들고 축대를 쌓았다. 이때부터 속초는 청초호를 중심으로 성장하였고, 전쟁 이후에도 성장은 지속되었다.

삼재가 미치지 않는 신의 땅

신흥사

설악동 오른쪽에 '켄싱턴스타호텔'이 있다. 설악산을 찾는 사람들은 호텔을 지나쳐 주차장으로 달려간다. 가던 길을 멈추고 호텔 입구 맞은편을 봐야 한다. 길가에 쓸쓸히 삼층석탑이 서 있다. '향성사지 삼층석탑'이다. 권금성을 배경으로 서 있는 삼층석탑은 아주 오래된 이야기를 들려준다. 「건봉사급건봉사말사사적」에 의하면 신라 진덕여왕 6년인 652년에 자장율사가 향성사를 창건한다. 이때 탑과 불사리를 봉안했다. 삼층석탑은 동해안에서 가장 북쪽에 위치한 신라시대의 석탑이 되었다.

향성사에 화재가 나자 내원암 자리인 능인암터에 중건하고 선정사禪定寺라 개칭한다. 1642년에 화재가 발생하여 소실되자 백발신인이 나타나서 지금의 신흥사 터를 점지해 주며 "이곳은 누 만대에 삼재가 미치지 않는 신역神域이니라"라고 말씀하신 후 홀연히 사라졌다. 점지해 준 터에 절을 중창하니 지금의 신흥사이다.

1672년에 윤휴尹鑴, 1617~1680는 신흥사에 들렀다. "중들이 어깨에 메는 가마를 가지고 동구 밖까지 환영을 나왔다. 신흥사는 설악산 북쪽 기슭에 있는 절로 동쪽을 향해 앉아 있었는데 여러 건물로 보아 규모가 큰 사찰 중의 하나이다. 여기에서 보는 설악산과 울산바위의 깎아지른 봉우리와 가파른 산세는 마치 금강산과 기묘하고 뛰어남을 겨루기라도 하는 듯하다." 「풍악록」의 글이다. 신흥사는 설악산을 찾는 사람들의 베이스캠프 역할을 했다. 이곳을 찾은 숱한 사람들은 계조암과 흔들바위를 구경하러 가거나, 비선대로 향하곤 했다. 가끔은 마등령을 넘어 오세암과 봉정암으로 발길을 돌리기도 했다.

1705년에 김창흡은 이곳에 들러 「신흥사에서 저녁에 거닐다」란 시를 짓는다.

> 비선대에서 돌아오니 새도 나무로 자러 가고　仙臺歸後鳥投松
> 빈 경내서 한가로이 거니니 귀엔 종소리 가득　散步虛庭滿耳鐘
> 머리 돌려 가마 지나온 곳 바라보니　回首筍輿穿歷處
> 달 주변엔 근엄한 봉우리들 촘촘히 늘어섰네　月邊森列儼千峯

신흥사를 찾은 사람들은 대부분 비선대나 울산바위를 구경하기 위해서였다. 김창흡도 마찬가지다. 시는 깊은 밤 신흥사의 모습을 보여준다. 설악산에 달뜨자 주변은 온통 산들이다. 아마도 권금성 부근의 산을 보았던 것 같다. 텅 빈 마당에서 거닐고 있는데 종소리가 울려 퍼진다. 아마 종소리는 앞산에 갔다가 되돌아오며 계곡 전체에 울렸을 것이다. 그 속에서 서성이는 김창흡의 모습이 보이는 듯하다.

김상정金相定, 1722~1788은 저녁에 신흥사에서 투숙하며 시를 한 수 남긴다.

> 수레가 삐걱이며 소나무 속으로 들어가자　肩輿伊軋入松行
> 신흥사 종소리 저녁노을 속에 퍼지네　山寺鐘鳴暝靄平
> 신선을 보지 못했지만 마음은 이미 취하는데　未見飛仙神已醉
> 밝은 달은 권금성 위로 떠오르네　娟娟月上權金城

신흥사

　비선대에서 종일 놀다가 저녁 무렵에 신흥사로 돌아오는 중이다.
마침 저녁 예불을 알리는 종소리가 설악동을 울린다. 비선대에서
몇 잔 걸치거나, 아니면 아름다운 경치에 취하거나 둘 중의 하나일
것이다. 아직 여운이 남아 있어 달밤에 신흥사 경내를 서성이다가
동쪽을 본다. 담장 너머로 권금성이 까맣게 서 있고, 위로 밝은 달
이 어둠 속 설악산을 비춘다. 밝은 대낮의 설악산이 형형색색으로
정신을 차리지 못하게 만들었다면, 밤의 설악산은 수묵화다. 검은
색의 농담으로 그려진 주위는 장엄함을 연출하고 있었다.

비선대

와선대는 비선대와 짝하여 이름을 떨친 명소다. 비선대 아래쪽 경치를 김홍도가 솜씨 좋게 그려냈다. 시내를 가로지르는 길쭉한 너럭바위는 세 층이다. 조그마한 폭포를 이루며 하얀 물을 내뿜는다. 어떤 글에는 너럭바위가 푸르스름하다고 적었는데 놀랍다. 물을 뿌려 닦은 후 살펴보니 진짜 푸르스름하다. 시인들은 와선대를 온자蘊籍란 단어로 평했다. 넓고 온화함, 너그럽고 따스함. 온화하며 고상함 정도로 풀이할 수 있다. 부드러움과 따스함의 아름다움이다. 온화한 아름다움이 와선대의 미학이다.

온화한 아름다움의 와선대와 정반대의 아름다움을 보여주는 곳이 비선대이다. 와선대에서 노닐던 마고선이 이곳에 와 하늘로 올라가서 비선대라 이름이 붙었다는 전설을 갖고 있다. 예전에는 식당암으로 알려지기도 했다. 공양하는 장소인 식당과 비슷하다 하여 이렇게 불렀다. 비선대는 상식당암이라 부르고, 와선대는 하식당암이라 일컬어졌다.

김창흡의 비선대 예찬은 유명하다. 조선의 아름답다고 일컬어지는 장소와 비교해서 품격을 매긴다면 이곳이 제일이라고 칭송하였다. 벽하담은 장쾌한 물줄기를 자랑하나 땅이 좁기 그지없고, 선유동는 그윽한 맛이 있다고 하나 멋스러운 풍채가 부족하고, 파곶동은 큰 반석이 장관이나 크기만 하지 쓸데가 없으며, 병천애은 영롱

비선대

한 것이 기묘하다고 하나 주위와 어울림이 전혀 없고, 백운대는 위
로 푸른 봉우리와 아래로 흰 돌들이 펼쳐져 있어 조금 굽어보고 쳐
다볼 수 있으나, 비선대와 나란히 논할 수 없다고 품평을 하였다.
설악산의 주인다운 품평이다. 뒤에 안석경은 김창협의 사적인 감정
이 개입되었다고 비판하기도 했지만, 김창흡의 눈에는 필경 비선대
가 조선 제일이었다.

이헌경李獻慶, 1719~1791의 「식당폭명」은 비선대의 아름다움을 두 가지로 설명하였다. 먼저 물의 기이함에 주목하였다. 비선대는 다양한 물의 모습을 보여준다. 또한 물소리는 어떠한가? 또한 돌을 자세하게 관찰하였다. 옥을 깎은 듯 얼음을 조각한 듯 기기묘묘한 바위는 비선대의 또 다른 아름다움이다. 김유金楺도 물과 바위를 강조하였다. 그는 비선대가 기이하고 힘찬 남성미를 보여준다면서 시로 비선대를 노래했다.

비선대의 이름을 떨치게 한 것은 계곡 건너편에 우뚝한 봉우리들 때문이기도 하다. 하늘을 찌를 듯 우뚝한 봉우리들은 왼쪽으로부터 장군봉, 형제봉, 적벽이라 부른다. 적벽은 이름 그대로 붉고 거대한 바위다. 장군봉은 장군다운 모습으로 굳건히 서 있다. 왼쪽의 장군봉과 오른쪽의 적벽의 가운데에 있는 형제봉은 두 봉우리가 보호하는 듯하다. 봉우리들은 연꽃처럼 깎아지른 듯 서 있다고 평했다. 예전엔 봉우리들은 각기 이름이 있었다. 장군봉은 학이 둥지를 틀었다는 학소봉鶴巢峯으로, 적벽은 하늘을 괴고 있다는 천주봉天柱峯이었다. 식당암은 옥과 같이 하얗다고 백옥대白玉臺라고 하였다.

비선대를 찾은 수많은 시인과 묵객들은 넓은 바위에 앉아 풍류를 즐겼다. 아름다운 비선대를 구경한 것은 가문의 영광이었다. 한번 유람길에 오르면 적지 않은 시간과 경비가 소요되었던 조선시대는 선택받은 자만이 누릴 수 있는 영광이었다. 그래서 그들은 자신이 왔다는 것을 흔적으로 남기려고 하였다. 그 시대엔 풍류하고 생각했다. 비선대의 너럭바위에 새겨진 글씨들은 비선대의 또 다른 멋이 되었다.

석굴에 앉으니 마음이 시원해지네

계조암

흔들바위 바로 옆 계조암은 신라 652년 자장율사가 창건했고, 이 곳 석굴에 머물면서 향성사香城寺를 창건하였다. 의상, 원효 등 조사 祖師의 칭호를 얻을만한 승려가 이어서 수도하던 도량이라 하여 계 조암繼祖庵이라는 이름을 얻었다. 석굴 법당은 목탁이라 불리는 바 위에 자리 잡고 있어 다른 기도처보다 영험이 크다고 하는 목탁 바 위 전설이 전해 내려온다. 본래 석굴사원의 형태를 지니고 있었으 나, 지금은 석굴 내부에 원형으로 법당을 조성하고 아미타삼존불을 봉안하였다.

> 바위굴은 절을 품고 있는데　巖窟藏精舍
> 높은 산이라 모두 짙은 자줏빛　岩嶢切紫冥
> 바위는 엎드린 용과 호랑이　石皆龍虎伏
> 봉우리는 봉새와 난새의 형상　峯亦鳳鸞形
> 가랑비 내리자 저녁 안개 일고　暮靄成微雨
> 작은 뜰 샘물에 한 방울 두 방울　寒泉滴小庭
> 쓸쓸히 잠시 앉아있자　蕭然暫時坐
> 갑자기 깨달아 마음이 시원해지네　頓覺爽襟靈

이경석李景奭, 1595~1671은 금강산을 구경하고 내려오다가 이곳에 들러 「계조굴」이란 시를 한 수 짓는다. 문득 깨달음을 얻어 마음이 시원하게 뚫리는, 서늘한 바람이 가슴에 부는 날이 올 수 있을까?

계조암(김홍도)

　김유金楺는 1709년에 계조암에 들렀다가 계조암 앞 흔들바위를 보았다. "동쪽에 있는 석대는 100여 명이 앉을 수 있다. 북쪽 치우친 곳에 크고 둥근 돌이 있는데, 스님이 말하길 이것이 흔들바위로 여러 사람이 밀면 쉽게 흔들리지만 1천여 명의 힘으로도 더 흔들 수 없다고 한다. 시험 삼아 해보니 과연 그러하다." 흔들바위는 옛날부터 유명했다. 점잖은 선비들도 진짜인지 시험하곤 하였다.

계조암뿐만 아니라 흔들바위 주변도 온통 새긴 글씨가 차지하였다. 계조암 앞에 깎아지른 듯 서 있는 용바위에 도대체 몇 사람의 이름이 새겨졌는지 셀 수 없을 정도다. 그중에도 윤사국尹師國, 1728~1809이 쓴 '계조굴'이 백미다. 이름을 새기는 것에 대해 조식曺植, 1501~1572은 "대장부의 이름은 사관이 책에 기록해 사람들의 입에 오르내려야 하는데, 구차하게도 산속 썩지 않는 돌에 이름을 새겨 만 년을 전하려 한다."고 비판하였다. 박지원朴趾源, 1737~1805도 「발승암기」에서 같은 입장을 보였으니, 예전에도 글씨를 새기는 것에 비판적인 견해를 보인 이가 있었다.

계조암을 옆으로 끼고 도는 길은 울산바위로 이어진다. 옛 문헌은 바람과 관련된 이야기를 들려준다. 바람이 산중에서 스스로 불어 나오기 때문에 하늘이 운다[天吼]는 뜻에서 천후산이라고 부르게 되었다는 기록과, 바람이 불기 전에 산이 먼저 울기 때문에 천후산天吼山이라고 이름 붙였다는 설명이 주류를 이룬다. 양양과 간성에 바람이 잦고 센 것이 이 때문이라고 한다. 전망대에 오르니 왼쪽의 달마봉에서부터, 가운데 대청봉과 중청봉이 중심을 잡고, 오른쪽 끝은 황철봉이 보인다. 정상에 오르자 바람은 다 날려버릴 기세다.

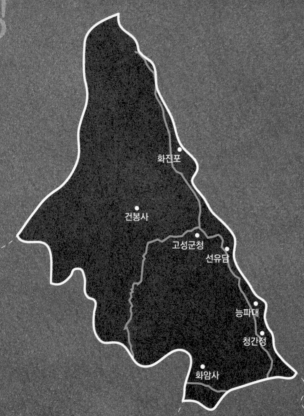

고성

화진포

건봉사

고성군청

선유담

능파대

청간정

화암사

화암사

금강산화암사金剛山禾巖寺라는 현판이 걸린 일주문이 보인다. 일주문을 통과하여 올라가면 왼쪽으로 화암사에서 수행한 고승들을 기리는 부도군이 나온다. 화곡, 영담, 원봉, 청암스님 등의 15기가 세워져 있다. 화암사의 역사가 만만치 않음을 보여준다. 화암사는 신라 혜공왕 5년인 769년에 진표율사가 창건한 것으로 알려졌다. 만해 한용운이 편찬한 「건봉사급건봉사말사사적」에 의하면 최초의 이름은 화엄사華嚴寺였다. 그러다가 1912년에 화암사禾巖寺로 바뀐다.

화암사 남쪽에 바위가 웅장하다. 이 바위는 스님들이 수도장으로 사용하였다. 독특한 바위 모양 때문에 바위에 얽힌 이야기도 다양하다. 바위 위에 물웅덩이가 있는데, 웅덩이에는 물이 항상 고여 있어 가뭄이 들면 웅덩이 물을 떠서 주위에 뿌리며 기우제를 올렸고, 바로 비가 왔다고 한다. 이 때문에 물 수水자를 써서 수암水巖이라고 부르기도 한다. 어떤 사람은 바위의 생김이 뛰어나 빼어날 수秀자인 수암秀巖으로 보기도 한다. 이런 기록도 있다. 옛날 이곳에서 적과 싸울 때 짚으로 만든 거적으로 이 바위를 둘러싸서 마치 볏가리 같이 보이게 하여 적을 물리쳤고, 그래서 화암禾巖이라 했다고 한다.

화암사

바위는 또 다른 전설을 들려준다. 화암사는 민가와 멀리 떨어져
있어 스님들은 항상 시주를 구하기에 어려움이 많았다. 어느 날 스
님의 꿈에 백발노인이 나타나 수바위에 조그만 구멍이 있으니, 그곳
을 찾아 지팡이를 세 번 흔들라고 말한다. 잠에서 깬 스님은 바위로
달려가 노인이 시킨 대로 했더니 쌀이 쏟아져 나왔다. 그 후 스님은

식량 걱정 없이 불도에 열중할 수 있었다. 몇 년 지나 객승은 스님이 시주를 받지 않고도 바위에서 나오는 쌀로 걱정 없이 지낸다는 사실을 알았다. 객승은 세 번 흔들어서 두 사람분의 쌀이 나온다면 여섯 번 흔들면 네 사람분의 쌀이 나올 것이라는 엉뚱한 생각을 하였다. 다음날 날이 밝기를 기다려 아침 일찍 바위로 달려가 지팡이를 넣고 여섯 번 흔들었다. 쌀이 나와야 할 구멍에서는 엉뚱하게도 피가 나오는 것이 아닌가. 그 후부터 쌀이 나오지 않았다고 한다. 이러한 이야기 구조를 갖고 있는 이야기는 널리 퍼져있다. 이야기의 의도도 명료하다. 무엇이겠는가. 지나친 욕심을 경계하는 것이다.

조위한趙緯韓, 1567~1649은 1623년에 양양부사로 부임했는데, 그해 화암사에 화재가 났다. 1625년에 중건하고 다시 1635년에 산불로 인해 피해를 봤다. 1644년에 중건하게 된다. 그는 「화암사」란 시를 짓는다.

오래된 절 황량하니 나무조차 성글고　古寺荒涼樹影疏
남은 스님 드문드문 두세 명이 살고 있네　殘僧牢落兩三居
금강산과 이어졌으니 서린 뿌린 멀고　地連楓岳蟠根遠
화암(禾巖)이 만들어진 건 태초의 시절　天造禾巖邃古初
계단과 탑은 이리저리 화를 만나 재만 있으나　陛塔縱橫經劫燼
안개와 놀 흐릿한 속에 진여(眞如)를 만나　煙霞仿像會眞如
연못 속 밝은 달 바라보다가　坐看明月涵潭底
그제야 인간 만사 헛됨을 깨달았네　始覺人間萬事虛

조위한이 들렀을 때 화암사는 황폐해져 겨우 절의 형태만 남아있었다. 석조물만 남아있고, 스님 몇 분만이 겨우 거처할 정도였다. 그는 그 속에서 깨달음을 얻는다.

푸른 유리가 정자 앞에 펼쳐진 듯

청간정

김금원金錦園은 1830년에 청간정淸澗亭에 오르며 의문을 품는다. 정자는 바닷가에 있는데 계곡의 시내라는 '간澗'이 이름에 들어갔기 때문이다. 김금원뿐만 아니라 많은 사람이 의심을 품었던 '간澗'자에 청간정 출생의 비밀이 들어있다.

만경대 남쪽 2리쯤 간수澗水에 임해 역에 딸린 정자를 지으면서 청간정의 역사는 시작된다. 정확한 시기는 알 수 없지만, 처음에는 천진천 시냇가에 있었다. 1466년에 팔도도체찰사가 된 이석형李石亨, 1415~1477이 지은 「청간정에서 더위를 씻다」는 초창기 청간정을 읊은 것으로 보인다.

> 몇 그루 소나무 아래 언덕 평평한데 數株松下一丘平
> 넘실넘실 흘러온 골짜기 물 맑구나 混混長流石澗淸
> 티끌 다 없애지 못할까 두려워 却恐塵蹤除未盡
> 때때로 더위 씻으며 갓끈 씻네 時能濯熱濯吾纓

청간정은 소나무 아래 언덕에 있었다. 밑으로 맑은 산골짜기 물이 흐르고, 더위에 몸을 식히다가 갓끈도 씻는다. 물이 흐리면 발을 씻었을 테지만 물이 너무 깨끗해서 갓끈을 씻는다. 갓끈을 씻는 탁영濯纓은 혼탁한 세상과 함께 흐리게 살지 않고 깨끗하게 살고 싶다는 의지다.

청간정

홍경모洪敬謨, 1774~1851가 기술한 「청간정」은 옮겨진 청간정 모습
이 생생하다. 글에 의하면 정자는 바다에서 수십 걸음 떨어졌지만
만경대가 모퉁이를 담당하고 물속 험준한 섬이 먼저 파도와 싸워
물리치는 까닭에 수해를 입지 않는다. 정자는 탁 트여서 넓은 바다
를 굽어본다. 해와 달이 떴다 지고, 갈매기 날아와서 모인다. 어촌
의 연기와 바다의 넓고 아득한 것이 모두 안석과 책상에서 볼 수 있
다. 이뿐만이 아니다. 정자 아래로 흘러온 물은 바닥까지 맑으며 머

리털도 비추어볼 수 있다. 매번 바람이 불어와 날아온 파도가 어지러이 때리면 서리와 눈이 사방으로 흩어지는 것 같다. 마치 호수와 산, 연못과 폭포 사이에 있다는 생각이 들게 한다. 청간정은 해와 달이 뜨는 것을 보기에 적당한 곳이며, 밤에 방에 누워 바람과 파도 소리를 듣기에도 적당하다. 창문이 흔들리면 황홀한 것이 배가 항해 중인 것 같다고 기술하였다.

만경루와 청간정은 생사고락을 함께 해왔다. 만경대에 있던 만경루가 황폐해지자 만경대 옆으로 청간정을 옮겨 지었는데, 이때 만경루도 다시 지었던 것 같다. 옛 그림들은 항상 청간정과 만경루를 같은 공간에 배치하였다. 안석경安錫儆, 1718~1774은 「동행기」에서 청간정에 오르니 정자는 왼쪽으로 푸른 바위를 끼고 있고, 동쪽으로 푸른 바다에 접하고 있으며, 오른쪽으로 만경루와 이어져 있는데, 만경루는 비교적 높아서 멀리에서도 볼 수 있다고 적었다.

청간정은 바다와 매우 가까워 사나운 파도가 뜨락 가에서 시끄럽게 치니, 소리가 매우 웅장하여 잠을 이룰 수 없다고 불평 아닌 불평을 한 이는 신익성申翊聖이다. 파도 소리는 청간정의 매력 중의 하나였다.

김금원은 정자 위에 앉아 월출을 기다렸다. 닭이 울 때가 되자 홀연히 바다 구름이 영롱해지면서 반원의 달이 숨을 듯 드러날 듯 살포시 얼굴을 드러낸다. 찬란한 빛이 구름 끝에서 나오는데 하얀 연꽃 한 송이가 바다 위를 비추는 듯, 갑자기 푸른 유리가 정자 앞에 펼쳐진 듯하다. 모두 드러나자 맑은 바람 서늘한데 마음이 날아갈 듯 가벼워져 밤이 깊도록 잠들지 못했다. 청간정의 미학 가운데 하나가 달구경이다.

능파대

죽암면 문암2리 문암항 근방의 능파대는 경이로운 세계의 경연
장이다. 눈이 휘둥그레지고 입은 절로 벌어진다. 갖가지 모양의 크
고 작은 바위, 바위마다 뚫린 구멍들. 누가 더 많은 구멍을 가졌는
가, 누가 더 기이하게 파였는가, 바위들의 경연장이다. 편편한 바위
에 좁게 패인 도랑(그루브)과 둥글게 파진 구멍(나마)을 볼 수도 있
지만, 구멍들이 모여 벌집 모양을 이룬 것(타포니)이 가장 많다. 구
멍이 움푹 패어 있는 바위는 그로테스크하다.

허훈許薰, 1836~1907은 동해안을 유람하다 능파대에 들린 경험을 「동
유록」에 기록하였다.

> 능파대에 올랐다. 돌무더기가 치솟아 바다로 뻗쳐 쌓여 있는데,
> 종종 속은 비고 껍데기만 남아 소라나 조개껍데기나 도자기 속 같
> 다. 거센 바람이 깎아 내고 바다의 파도가 부딪쳐 오랜 세월을 지나
> 단단한 것이 변한 것인가?

허훈이 능파대에서 주목한 것은 바위가 아니라 물이었다. 단단
하여 변하지 않을 것이라 생각한 바위가 시간과 파도에 속절없이
파이고 무너져버린 것을 목도하였다. 능파대에선 기이한 바위를
구경하는 것에만 정신이 팔리면 안 된다. 물의 위대함을 생각해야
한다.

능파대의 아름다움을 어떻게 정의할 수 있을까. 조선 순조 때 강원도 관찰사를 역임한 홍경모洪敬謨, 1774~1851의 「능파대기」에서 실마리를 찾아볼 수 있다.

> 능파대는 간성군의 남쪽 30리에 있다. 바위 언덕이 비스듬히 바다로 들어가는데 서 있거나 누워 있다. 해금강과 같이 해안가에 깎아서 빽빽하게 벌려 놓았는데 더욱 기괴(奇怪)하다. 모두 괴이한 바위이며 색깔은 검다. 요철이 심하여 들쭉날쭉하고 휑한 골짜기에 빈 구멍이 있다. 구덩이는 술잔 같고 깎아 낸 것은 구유와 같다. 어떤 것은 고래가 껍질을 벗은 것 같으며 어떤 것은 좀 벌레가 파먹은 것 같다. 또한 곰이나 소와 말이 솟구치고 내달리며 발굽과 다리가 엇걸려 뒤섞이는 것 같다. 다투어 기이한 모습을 한 것을 셀 수 없다. 옆 석굴로 파도가 출입하며 세차게 부딪치는 것이 포성과 같고, 내뿜는 것은 눈 색깔 같으니 역시 기이한 볼거리다.

「논어」에 '자불어괴력난신子不語怪力亂神'이 나온다. 괴怪는 괴이怪異한 일, 력力은 용력勇力한 일, 난亂은 패륜이나 혼란한 일, 신神은 귀신의 일이다. 모두 상식과 윤리를 벗어난 일이다. 유가 사상이 지배 이데올로기 역할을 할 때, 중국에서의 예술은 공자가 말하지 않았다고 한 괴怪, 력力, 난亂, 신神 등은 철저하게 부정되고, 온유돈후溫柔敦厚한 중화의 미를 담고 있는 것을 미의 기준으로 삼았다.

능파대의 미학은 온유돈후도 중화의 미도 아닌 '괴怪'란 키워드로 표현할 수 있다. '괴怪'는 다른 것, 새로운 것, 기이한 것, 인간 본성이 억압되고 왜곡된 뒤에 일어난 분개와 불만, 인욕을 드러낸 것, 상투적인 법칙과 정해진 심미 틀에 대한 반역 등의 의미로 읽을 수 있다. 그렇다면 능파대는 기존의 유가가 제시하는 미학을 반하는 '기괴함의 미학'으로 수렴된다.

능파대

덕을 숨긴 어진 선비

선유담

호수는 사라졌다. 바람 빠진 풍선처럼 한껏 작아진 습지에 무성한 갈대만 보일 뿐이다. 선유담仙遊潭은 육화가 빠르게 진행되어 거의 사라진 상태가 되었다. 윤휴尹鑴, 1617~1680의 「풍악록」 속으로 들어가야만 선유담의 온전한 모습을 만날 수 있다. 간성읍을 지나 소나무 숲속으로 10여 리 가자 둘레가 3리쯤 되어 보이는 호수가 보인다. 남쪽으로 산부리가 호수 속까지 들어오고, 고색창연한 바위에 모래가 하얗다. 푸른 소나무 울창하고 호수 안에 순채가 가득하다. 논으로 변한 곳이 모두 호수였고, 바닷가 국도는 소나무 울창한 모래언덕이었다.

산으로 둘러싸인 선유담은 낮은 담장 같은 모래언덕을 경계로 바다와 나뉘었다. 언덕 너머로 담청색을 칠한 것 같이 보이는 것은 바다다. 호수 가운데로 향해 뻗은 산자락에 우뚝한 정자도 보인다. 그윽하고 한가하며 얌전하고 고운 것이 규방의 처자 같고, 밖으론 어둡고 안으로 밝은 것이 덕을 숨긴 어진 선비 같다. 규모가 크지 않아 위압적이지 않고 화려하게 자랑하지 않는다. 짙게 화장한 여인이 아닌 수수한 처자이며, 자신의 능력을 떠벌리는 권력자가 아닌 은둔하고 있는 선비와 같다.

선유담의 미학을 알려주는 이의숙李義肅, 1733~1807의 선유담에 대한 글이다. 덕을 숨긴 어진 선비와 같은 아름다움에 하나 더 추가한

조선의 핫플레이스

344

가학정(김홍도)

다면 신령함이다. 신익성申翊聖은 「금강산유람소기」에서 "선유담은 원래부터 신령스러운 곳이다. 내가 피곤하여 소나무 뿌리에 기대어 잤는데, 꿈에서 옛날 의관을 입은 사람과 함께 도가와 불가의 일을 실컷 이야기했다. 잠에서 깨어난 뒤에도 그 말이 여전히 기억나니 기이한 일이다."라고 기록했다. 선유담은 게으른 낮잠을 자면 다른 세계로 인도하는 신령스러운 공간이 된다.

아름다운 선유담에 시가 없을 수 없다. 일찍이 안축安軸, 1287~1348

은 '관동별곡'에서 "선유담, 영랑호, 신비하게 맑은 골짜기 속 / 녹색 연잎 덮인 섬, 푸른 구슬 두른 산, 십 리의 바람과 이내 / 향기 은은하고 푸른빛 짙은데 유리 같은 수면에 / 아, 배 띄운 광경 어떠한가!"라고 흥취를 맘껏 발산했다. 최립崔岦, 1539~1612의 시는 연못 옆 정자에 걸려 있었다. 여러 시인의 문집에 오르내리며, 정자에 오른 자들은 반드시 그의 시에 화답하여 시를 지을 정도였다.

시뿐만 아니라 인문지리지도 선유담을 기록했다. 「신증동국여지승람」은 봄에는 철쭉꽃이 바위를 끼고 많이 피며 순채가 못에 가득하다고 알려주고, 「연려실기술」은 작은 봉우리가 우뚝 솟아 있는데 반은 호수의 한가운데로 들어가 있다고 묘사한다. 「관동지」는 영랑의 무리가 이곳에서 놀아서 선유담이란 이름이 생겼으며, 예전에 정자가 있었는데 지금은 없어졌다고 알려준다. 군수가 연못가에 관청에서 운영하는 정자를 짓고 이름을 가학정駕鶴亭이라 했다. 그 뒤 정자가 무너져 김광우가 옛터에서 물가로 조금 내려가서 1칸의 정자를 옮겨 짓고 유한정幽閒亭으로 이름을 고쳤다.

가학정은 그림으로 전해져서 선유담의 모습을 눈으로 확인할 수 있다. 1788년 김홍도金弘道, 1745~?는 정조의 명을 받고 관동지역 일대와 금강산 등을 유람하며 명승을 그린 「금강사군첩」을 남겼다. 그중 한 작품이 선유담 옆에 있는 정자를 그린 「가학정」이다. 그림 오른쪽 위는 가진항이고 소나무 무성한 모래언덕은 국도가 됐다. 그림 좌측의 산은 바위 가득한 모습으로 변함이 없으며, 정자가 들어선 산부리에 선유담仙遊潭 글씨가 바위에 남아있다. 정자의 주춧돌과 기와 파편도 보인다. 선인들의 글과 그림 속에 생생하게 남아있는 선유담과 가학정은 이제 볼 수 없다. 신선이 유람하고 싶어도 유람할 수 없는 상황이 됐다.

의로움을 좇은 곳

건봉사

정조 23년인 1799년에 건봉사의 승려 월률月律 등이 상소를 올린
다. "유정대사惟政大師는 임진왜란이 일어나자 승병 700명을 모집하
여 적을 베었고, 두 왕자가 일본에 포로로 붙잡혀 있을 때 왜장을
설득하여 모시고 돌아왔습니다. 왜국으로 사신으로 가서 협상에 참
석하여, 포로로 잡혀갔던 조선인 3,500명을 데리고 일본에서 귀국
하였습니다. 머리를 깎고 가르침을 받은 곳은 건봉사요, 의승을 모
집하여 의로움을 좇은 곳도 건봉사입니다. 또한 가사, 염주, 철장
등의 물건이 모두 건봉사에 있고, 생전의 화상도 건봉사에 남아 있
으니, 오직 이 건봉사야말로 유정대사의 일생 행적이 남아 있는 곳
이고 백세토록 선사의 혼령이 잊지 못하고 머물러 있을 곳입니다."
유정대사, 곧 사명당과 건봉사와의 인연이 두터움을 알려주는 기록
이다. 건봉사 입구에 사명당 동상을 세운 이유를 알만하다.

건봉사 역사는 유구하다. 520년에 아도화상이 창건한 이래, 세조
가 행차하여 자신의 원당으로 삼은 뒤 조선 왕실의 원당이 되었다.
조선의 4대 사찰로 불리던 건봉사는 1878년 대화재를 겪었다. 승정
원일기에 의하면 3,183칸이 소실될 정도로 규모가 대단하였다. 대
덕 고승들의 승탑이 50여 기가 있는 것으로도 건봉사의 역사가 간
단치 않음을 알 수 있다. 그러나 한국전쟁으로 폐허가 되었고, 휴전
후 민통선 안에 위치하여 출입할 수 없었다. 조선 31본산의 하나로

대찰이었던 건봉사는 1980년대 후반 민통선 출입이 개방되어 일반에 알려지기 시작하였다.

500년 수령의 팽나무 옆 불이문을 지나면 본격적으로 건봉사 경내다. 불이不二란 둘이 아닌 경계다. 스님과 일반인이 둘이 아니고 세간과 출세간이 둘이 아니며, 중생계와 열반계가 둘이 아닌 이치를 가르치는 문이다. 적멸보궁에는 석가모니 진신사리가 모셔져 있다. 사명당께서 포로로 잡혀갔던 조선인을 데리고 일본에서 귀국할 때, 왜군에 강탈당했던 통도사의 석가모니 진신사리도 되찾아서 건봉사에 안치했다. 대웅전으로 가려면 능파교를 건너야 한다. 1708년 건립된 다리는 '속세의 파도를 헤치고 부처님 세상으로 이르는 다리'라 하여 능파라고 하였다. 세속의 마음을 청정하게 씻어버리고 진리와 지혜가 충만한 세계로 나간다는 의미이다.

봉서루 앞에서 십바라밀을 형상화한 상징기호를 만날 수 있다. 각각 5개씩 새겨져 있는 석주가 양쪽에 서 있다. 십바라밀은 속세의 고통으로부터 해탈하여 열반의 세계에 도달하기 위한 10단계의 수행을 의미한다. 십바라밀 석주는 다른 절에서는 볼 수 없는 독특한 양식이다. 봉서루에는 금강산건봉사金剛山乾鳳寺라는 현판이 걸려 있다. 건봉사는 금강산의 최남단 향로봉 남향에 있어서 금강산 건봉사라 한다.

대웅전 뒤편에는 새로 단장한 유서 깊은 샘물이 있다. 임진왜란 당시 사명대사가 승병들을 이 물로 치료했다고 한다. 세월이 흐르면서 광천수가 흔적 없이 사라졌던 것을 몇 해 전 이 절의 스님들이 옛 기록을 뒤져 다시 찾아냈다.

이재의李載毅, 1772~1839는 「건봉사」를 노래한다.

건봉사

북서쪽 돌아보니 봉황바위 있고　晥彼乾方鳳石留
홍교 누워있는 곳에 누대가 섰네　虹橋偃處起禪樓
사명당의 자취 진기한 물건 많으니　松雲古蹟多珍玩
흰 비단 가사와 옥 허리띠 보이네　白錦袈裟玉帶鉤

　고려시대 도선국사는 가람 서쪽에 봉황의 모습을 한 바위가 있어
서 서봉사西鳳寺라 하였고, 공민왕 때 나옹화상은 봉황 바위가 서북
쪽[乾方]에 있어 건봉사乾鳳寺로 바꾸었다는 이야기를 들은 것 같다.
능파교와 봉서루가 기억에 남았던 것 같다. 송운대사松雲大師는 사
명당이다. 그가 평소에 쓰던 물건들이 조선 후기에까지 전해져 왔
다는 것을 알 수 있다.

지천으로 꽃 피는 나루

화진포

　해당화꽃이 지천으로 피어 꽃 피는 나루라는 화진포花津浦. 꽃보다 소나무가 먼저 반긴다. 바람은 청량한 소리를 내며 지나간다. 여름이면 이름에 걸맞게 붉은 해당화가 피어난다. 호수는 백두대간을 다 담고도 남을 정도로 넉넉하다. 하늘도 함께 담고 있으나 으스대지 않는다. 새가 까맣게 날아올랐다가 다시 내려앉지만 고요하고 담담하다. 이명준李命俊, 1572~1630이 「유산록」에서 '맑고 넓으며 깊숙하고 그윽한 것을 경포호와 비교한다면 경포호가 아래'라고 평한 것은 이런 아름다움에 주목한 것이리라. 그렇다면 화진포의 미학은 '맑고 넓으며 깊숙하고 그윽함'이다. 시로 표현하면 이럴 것이다.

　　겹겹 산봉우리 평평한 호수 에워쌌는데　層巒疊嶂擁平湖
　　물 푸르고 모래 희어 한 폭 그림 같네　水碧沙明似畵圖
　　우뚝한 소나무는 바다 구석을 가리고　偃蹇松杉遮海曲
　　들쭉날쭉 꽃과 버들 숲 모퉁이서 비치네　參差花柳照林隅

　성현成俔, 1439~1504의 「열산호列山湖를 지나다」이다. 열산호는 화진포의 다른 이름이다. 「신증동국여지승람」은 전설을 들려준다. 열산현烈山縣 동쪽 2리에 큰 호수가 있어 둘레가 수십 리이다. 언덕과 골짜기를 감싸고 걸쳐 있어서 여러 호수에 비하여 제일 크다. 전

화진포

해져오는 말이, 옛날 큰물이 나서 열산 골짜기를 휩쓸자 새 고을을
옮겨 산기슭에 마련했다. 예전의 고을은 물속에 잠겼는데, 갠 날 파
도가 조용하면 담장과 집 모습을 볼 수 있다고 한다. 어느 전설이
먼저인지 모르겠으나 화진포 전설과 궤를 같이한다.

　이화진이라는 부자가 시주 온 스님에게 소똥을 퍼주자, 며느리가
쌀을 퍼서 스님에게 주면서 시아버지의 죄를 용서해 줄 것을 빈다.
스님은 산까지 쫓아온 며느리에게 절대 뒤를 돌아보지 말라고 당부

한다. 그러나 며느리는 뒤에서 소리가 나자 무심결에 뒤를 돌아본다. 폭우가 쏟아져 마을은 호수로 변하고, 며느리는 슬퍼하다가 돌이 되었다. 마을 사람들은 며느리를 서낭신으로 모셨는데, 이후 농사가 잘되고 전염병이 사라졌다는 내용이다.

　맑고 넓으며 깊숙하고 그윽한 아름다움에 매료된 사람들은 별장을 만들어 신선의 경계에서 노닐었다. 호수와 바다 사이의 야산에 '김일성 별장'으로 알려진 '화진포의 성'이 자리를 잡았다. 1938년 지어질 당시엔 휴양촌의 예배당이었는데, 전쟁 후 김일성이 가족과 함께 이곳에 며칠 묵었다. 김일성 별장으로 불리다 지금은 역사안보전시관으로 단장되었다. 인근 소나무 숲속에 있는 건물은 이기붕 별장이다. 1920년대에 외국인 선교사들에 의해 건축되어 현재까지 보존된 건물이다.

　이기붕 별장에서 1km쯤 떨어진 곳에 이승만 별장이 호수를 바라보고 있다. 이승만 별장은 1954년에 신축된 뒤 1961년에 폐허가 되었다가, 1997년 7월 육군이 재건축하여 전시관으로 복원되었다. 별장의 외부는 아담하고 소박하다. 1957년 설날 아침에 쓴 글씨가 먼저 눈에 들어온다. '언무실즉허言無實則虛 심위공즉정心爲公則正', '말에 실질이 없으면 공허하고, 마음이 공공을 위하면 정의롭다' 얼마나 좋은 말인가.

찾아보기

조선의 핫플레이스

ㅇ

조선의 핫플레이스

찾아보기

ㅊ

찾아보기

찾아보기

363